BEST SELLER

Mónica Castellanos nació en Monterrey y es egresada del Instituto Superior de Cultura y Arte de Monterrey. Es cofundadora del Centro de Estudios Familiares y Sociales, trabaja también como conferencista, organizadora de eventos y académica. Desde el 2013 se dedica a escribir de tiempo completo. *Canasta de comadres* (Azul editores, 2016) es su primera novela publicada.

MÓNICA CASTELLANOS

AQUELLAS HORAS QUE NOS ROBARON

El desafío de Gilberto Bosques

DEBOLS!LLO

El papel utilizado para la impresión de este libro ha sido fabricado a partir de madera
procedente de bosques y plantaciones gestionadas con los más altos estándares ambientales,
garantizando una explotación de los recursos sostenible con el medio ambiente y beneficiosa para las personas.

Aquellas horas que nos robaron
El desafío de Gilberto Bosques

Primera edición en Debolsillo: abril, 2022

D. R. © 2018, Mónica Castellanos
Publicado mediante acuerdo con Verónica Flores Agencia Literaria

D. R. © 2022, derechos de edición mundiales en lengua castellana:
Penguin Random House Grupo Editorial, S. A. de C. V.
Blvd. Miguel de Cervantes Saavedra núm. 301, 1er piso,
colonia Granada, alcaldía Miguel Hidalgo, C. P. 11520,
Ciudad de México

penguinlibros.com

Diseño de portada: Penguin Random House / Maru Lucero
Fotografía de portada: © archivo personal Laura Bosques

ISBN: 978-607-381-201-6

Impreso en México – *Printed in Mexico*

A Laura, Teresa y Gilberto
A la familia Bosques Manjarrez
A los perseguidos y exiliados

A veces hay que salirse de la legalidad para entrar en el derecho...
¿cuál derecho?, el derecho que tienen los hombres a la libertad.

GILBERTO BOSQUES

Gilberto Bosques, mi padre, era de espíritu revolucionario. Siempre lo fue. Y mientras paso la mano por la cubierta de su escritorio de caoba, por el lomo seductor de sus libros, mientras escucho el apagado tic tac de su reloj, garabateo con su pluma fuente, miro esas fotografías de antaño y me doy cuenta de que finalmente se ha ido. Los recuerdos me asaltan como si el tiempo se hubiera suspendido y después, para mi asombro, dejara correr un año en un minuto, un lustro y una década en otro, una época en tan sólo unos segundos más.

Para reconstruir la vida y trayectoria política de mi padre desde sus inicios, mis hermanos, Gilberto, Teresa y yo, Laura, nos dimos a la tarea de conservar un vasto archivo con notas, cartas, fotografías, documentos, discursos y grabaciones. Tuve la fortuna de permanecer a su lado hasta sus 103 años de vida. Y tal vez por eso ahora se agolpan en mi pecho recuerdos que me compartió, hice míos y que, según el primer documento, datan del 20 de julio de 1892.

Tez de bronce y ojos de chocolate

Villa de Chiautla, Puebla, 20 de julio de 1892

Aquel miércoles —tan caluroso como son en Chiautla todos los días de julio— mi abuela María de la Paz Saldívar de Bosques, recostada en su cama de latón rodeada de azucenas y aferrada a las blancas sábanas, pujaba con ahínco los dolores del parto. Entre cada contracción aspiraba fuerte el intenso perfume de las flores recién cortadas, como si quisiera que ese aroma llegara también a los pulmones del que estaba por nacer. La gruesa trenza anudada en la nuca le formaba una corona que aumentaba la dignidad de su rostro. Había algo que brotaba de su interior y se transformaba en el tono sosegado de su voz, siempre humilde, prudente y atinado al brindar consejos.

Ella decía que ese embarazo no había sido como los anteriores, porque su vientre había crecido mucho más y las agruras que sufrió, según le explicaron, eran consecuencia de que la creatura de seguro vendría con mucho pelo. Seguramente será un varón, se ilusionaba ella, y eso rogaba a toda la corte celestial. Lo deseaba con todo el corazón. Y no podía ser de otra manera, porque largo era el aguerrido linaje de los Bosques del estado de Guerrero y, sin faltar a la tradición, había que dar al mundo hombres que portaran el apellido. Como su suegro, el comandante Antonio Bosques, que había peleado honorablemente en la guerra de tres años contra la Intervención francesa y el Imperio de Maximiliano, hasta aquel otro de sus antepasados, el muy respetado Franco Bosques que había luchado al lado del cura Hidalgo a principios de siglo.

Esperaba, pujaba, confiaba y volvía a rogar que fuera un niño.

Aunque con todo y que en los embarazos anteriores tuvo las mismas emociones no por eso se desanimaba: la ilusión de saberse encinta, la espera que en los últimos meses se hacía eterna, las contracciones, el agua caliente, el corredero de gente, los pujidos y, finalmente, una niña, luego otra, y después una más. Y no es que no amara a sus hijas: las amaba con todo el corazón y se alegraba cada día con sus retozos e inquietudes infantiles, pero no perdía la esperanza de que algún día llegaría a tener en brazos a su niño.

Se lo imaginaba con vívida ilusión, ora recostado en su pecho, ora mientras corría por entre los pasillos de esa casa, heredada de sus padres junto con los recuerdos de varias generaciones y en la que ahora vivía con su marido Cornelio Bosques Pardo y sus tres hijas que, como todas las mujeres de la familia, esperaban ansiosas afuera del cuarto el anuncio que las dejaría conocer a quien tanta penuria había hecho pasar a su madre desde la concepción.

Para mitigar la espera, su esposo Cornelio se paseó a lo largo del pasillo —si se podía llamar así a esa terraza cubierta con viejos tablones de madera— que comunicaba las habitaciones con el patio; a la par que las niñas se sentaron en el suelo a jugar a la matatena, y elevaban por el aire la pelotita de caucho que subía y bajaba, mientras recogían unas pequeñas piezas de metal en forma de estrellas. Como todos los niños, a los pocos minutos se cansaron y entonces decidieron salir al patio a jugar a la bebeleche con su bolita de papel mojado. Cuando de nuevo se cansaron, tomaron una piedrita y, de regreso junto a la puerta de la recámara de su madre, decidieron jugar al acitrón.

Cornelio estaba más inquieto que en los nacimientos anteriores porque le preocupaba que la edad de su mujer trajera complicaciones: no es lo mismo dar a luz a los dieciocho que a los veintinueve, pensaba. Porque sucedía con mucha frecuencia —quizá más de lo que debiera ser— que las madres se morían de fiebres que las aquejaban días después de parir. Pero sabía que María de la Paz era una mujer fuerte; era de las Saldívar de esa región, y eso no era decir poca cosa. Eran aguantadoras si se trataba de lidiar con las enfermedades. Habían resistido, sin contagio, a las fiebres eruptivas del *matlazáhuatl* y a las epidemias de cólera que a tantas otras almas se llevaron al cielo.

Y tal como corresponde a una buena matrona, y conforme a la usanza de las mujeres de su apellido, no pasaron dos horas cuando sobre las letras de "acitrón de un fandango, zango, zango, sabaré, sabaré de farandela, con su triqui, triqui, tran", se oyó el llanto que anunció la buena noticia y que hizo bailar a las tres hermanas que, con fuerte voz, exclamaban: "¡Ya nació, ya nació!".

Exhausta por el esfuerzo, María de la Paz recibió al bebé en sus brazos: era un niño con tez de bronce y mirada de chocolate, tersa y dulce. Tal como bien anunciaron las mujeres del pueblo que habían tenido experiencia con sus propios chamacos, la cabecita del recién nacido estaba cubierta de tupidos rizos oscuros, motivo cierto de esa fuerte acidez estomacal que la acompañó durante todo el embarazo.

Y así como sucede a cada mujer después de dar a luz, la alegría de tener al recién nacido entre los brazos la hizo olvidar el anterior cansancio del esfuerzo y el agudo dolor de las contracciones. Con delicadeza, se aseguró de que tuviera los diez dedos de las manos —ni de más, ni de menos— y después verificó lo mismo en los de los pies de su pequeño. Con su niño, había dicho, llegaba la tranquilidad a su vida. O al menos eso creyó en aquel momento en que el futuro se reservaba para sí sus misterios y dejaba paso solamente a la ilusión.

—Gracias —musitó en voz baja.

La nana Aurelia, tan antigua y gastada como los muros de la casa, se lo quitó de los brazos para lavarlo en una palangana que se había instalado para el recién nacido. Con mucho cuidado, lo vistió con el pañal sin serenar para que no se rozara, porque si se olvidaban en el tendedero después de las tres de la tarde en que comenzaba el sereno, de nada servía el hervido en jabón, el secado al sol y su posterior planchado para dejarlo suave. Al final, lo envolvió en un lienzo de blanco percal para entregarlo, limpiecito, al pecho de su madre.

Apenas levantó la nana Aurelia al bebé, cuando un trozo de viga crujió, crepitó más fuerte y cayó del techo justo en el lugar donde estaba el chiquillo hacía un momento. Con un gran estruendo y una nube de polvo de aserrín, cal y adobe, dejó el metal de la palangana abollado y el agua regada por todo el piso.

No se hizo esperar el alboroto de voces apuradas para ver cómo estaba el niño y constatar que no tuviera ni un rasguño. El pequeño, por su parte, no se había inmutado por ese atentado contra su vida. Sin que nadie lo notara y, sólo por un brevísimo instante, se oscureció su mirada, aunque tal vez fue la sombra del trozo de madera o quizá algo más.

Cornelio se acercó al lecho, sin importarle el griterío ni el desorden, ni el agua regada en el piso. Quería ver el rostro de su hijo. Quería ver también el de su mujer.

—Un niño, Maripaz, un niño —repetía, mientras ella sonreía, satisfecha— ¿Cómo lo llamaremos?

No sería como Cornelio. Ese nombre perteneció por tiempo breve a su hermano mayor, antes de que la epidemia de influenza se lo llevara.

Tal vez porque la fecha en que nació coincidía con esa de muchos años atrás cuando los conquistadores españoles habían entrado a la gran Tenochtitlan para iniciar casa por casa la destrucción de la ciudad, y su nombre significaba el famoso que destaca en la batalla con su flecha, o tal vez porque su naturaleza sería emotiva y clarividente, o quizá porque aún sin sospecharlo tendría el talento para armonizar contrarios con tacto y diplomacia, de fundir lo ancestral con lo actual, fue que decidieron llamarlo Gilberto.

¡No me dejéis aquí!

Barcelona, marzo de 1937

Salimos de la nevería del Tío Che para pasear por la Gran Vía. *Els meus pares* me habían comprado un barquillo con helado de limón, mi favorito. Yo me colgaba de la mano de *la meva mama* haciéndole muecas con la boca llena del frío dulce, paseaba mi lengua sobre los labios para quitármelo y le sonreía. Llevaba puestos los pendientes de aguamarina en forma de gota de agua y el sombrerito de fieltro con una pluma verde que sólo usaba los domingos y que tanto me gustaban. La imité en su caminar con la cabeza inclinada, moviendo la cadera a un lado y al otro, tan coqueta que el *meu papa* la miraba con cara de bobo o como quiera que se miran los que se quieren como ellos. Guardé ese momento en la pequeña caja que tengo adentro del pecho, que crece conmigo, donde llevo los recuerdos que más me emocionan y que a pesar de la guerra sigue llena con mis tesoros alegres, aunque siempre me queda lugar para poner uno más. *Mama* me enseñó, desde que era muy niña, que los abrazos, los besos, las risas y todo el helado de limón que quisiera guardar estarían ahí para sacarlos cuando me hicieran falta, cuando estuviera triste o enojada, o nada más porque sí.

Papa caminaba junto a nosotras, llevaba en una mano a Lola, mi muñeca de trapo con vestido rojo, rizos negros y ojos redondos con tres largas pestañas en cada uno. Creo que ella y yo nacimos al mismo tiempo, porque ha estado conmigo desde que recuerdo. Me acompaña a todos lados, es como una hermana pequeña. Él decía que a pesar de la guerra se debía conservar la alegría, que era lo único que no nos podrían quitar.

Por eso los domingos, después de misa, en vez de regresar a casa salíamos de paseo. Entre lamida y lamida una gota verde cayó sobre mi vestido celeste, escurrió dejando una marca larga y delgada. Volteé los ojos al cielo, como si no me hubiera dado cuenta, pero el *meu papa* me pilló en la trampa y para evitar un regaño le di lo que siempre me pedía y le gustaba: una sonrisa grande y chimuela.

Del otro lado de la acera un edificio había sido bombardeado el mes anterior. Dos mujeres buscaban algo entre los escombros, yo creo que cosas de su casa porque una de ellas, la que llevaba una pañoleta anudada a la cabeza, traía bajo el brazo lo que parecía un empolvado álbum de fotografías y otra, muy anciana, cargaba con esfuerzo un candelabro plateado.

Ese día las alarmas de alerta no sonaron a tiempo. Para cuando lo hicieron el ruido de los aviones se oía muy cerca. Como todos los que caminaban en la calle, corrimos hacia la estación de metro que estaba a tres cuadras, parecía que estábamos jugando a las carrerillas para ver quién llegaba primero. Los que no tenían refugio subterráneo en sus casas o tiendas iban hacia allá también. *Papa* me tomó de la muñeca con fuerza, corrimos muy aprisa, mis pies apenas tocaban el suelo y aunque no solté el barquillo la bola de helado cayó al piso junto con uno de mis zapatos.

El meu papa volteaba a ver el cielo y nos obligaba a correr aún más. Los aviones ya volaban sobre nosotros. Una cuadra más adelante una bomba cayó sobre un edificio de dos pisos, un silbido y ¡bam!, le hizo un boquete. Nos detuvimos de golpe y a *la meva mama* se le cayó el sombrero. No se agachó a recogerlo. El aire se llenó de polvo. Los cristales de las tiendas que estaban cerca se quebraron uno tras otro con un sonido como de muchos vasos aplastados. Otro silbido y ¡bam!, un edificio se incendió. La tierra se movió; una señora y un niño pequeño gritaron, un anciano y su esposa cayeron al suelo, dos muchachos también; lograron levantarse con mucha dificultad, aunque tenían sangre en el rostro y avanzaron a gatas entre los escombros y fierros regados por la calle, pero los abuelitos se quedaron tirados.

Els meus pares volvieron a correr haciéndome volar, el camino se había llenado con pedazos de edificios, de llamas que incendiaban hogares, algunas eran chiquitas, pero otras, las enormes, vomitaban fuego y humeaban el aire. Por todas partes había *pares i mares* que corrían con sus hijos, algunos abuelitos iban también, agarrando aire con las manos como hacen los niños pequeños cuando aprenden a caminar. Los viejecitos siempre quedaban atrás. Un señor salió de uno de los edificios incendiados, se tiró al suelo para apagarse el fuego del cuerpo, dándose golpes con su sombrero en las piernas y en el estómago. El auto rojo y elegante que siempre estaba frente a la casa González tenía en el capó una abolladura tan grande como la de un balón pinchado. De pronto, al otro lado de la acera, vi cómo un señor con la ropa llena de sangre y la mano separada del brazo se arrastraba por entre los escombros. Al verlo, apreté tanto mi barquillo que se acabó de desbaratar, una joven con vestido verde y la cara sangrando gritaba que no podía ver, las muñecas me dolían, nadie se detenía a ayudar a los heridos, *papa* zarandeaba a Lola en su otra mano, todos corrían hacia la estación del metro, el sonido de las bombas no acababa.

Comencé a llorar, gritando.

—Papi, papi.

—Tranquila Mina, ya vamos a llegar.

El silbido se escuchó esta vez muy cerca de nosotros. Por curiosa vi la bomba en el mismo momento que dejó salir lo que traía adentro, eso que le dicen metralla. ¡Bam! Una fuerza enorme que no sé de dónde venía me tumbó contra el suelo, mi mejilla derecha se raspó por el golpe, *el meu papa* se dejó caer sobre mí y *la meva mama* lo abrazó por la cintura. Pedazos de pared, fierro y muebles de madera volaron por el aire y cayeron a nuestro alrededor, sobre nosotros. Fue un segundo, sólo un segundo en que ese gran estruendo me dejó un zumbido largo en los oídos, el cuerpo golpeado y sangre en la cara. Después de ese momento no pasó nada, no escuché nada. No pude reaccionar, no me pude mover, no pude llorar. Estuve como muerta un largo tiempo. Los aviones se fueron y en su lugar quedó un silencio que me hizo sentir que el pecho se me iba a reventar hacia adentro, era algo que jamás había sentido. Me pareció extraño pero no oía nada, me rasqué adentro de la oreja, una gota de sangre mojó mi dedo, pensé que había quedado sorda porque no podía escuchar ni siquiera los gritos desesperados que sin cesar salían de mi boca.

El pecho *del meu pare* oprimía mi cara y el cuerpo *de la meva mare* cruzaba su cintura formando una cruz. Su cara estaba vuelta hacía mí. Quise creer que sólo estaban dormidos y me abracé a ellos aunque su peso no me dejaba respirar. Tenían los ojos muy abiertos pero no me veían. Sentía sus cuerpos pesados, mojados de sangre, estaban calientes y yo apenas podía agarrar un poco de aire. Traté de deslizarme hacia un lado, pero mi cintura y piernas quedaron atrapados entre ellos y el escombro. Subí y bajé el cuerpo tratando de liberarme. Mi corazón retumbaba como las palmas de una bailadora de tablado, muy aprisa. Comencé a desesperar y lloré sin control. En mi estómago se formó un grito tan fuerte que subió por mi garganta y salió como si lo hubiera vomitado. Esta vez pude escucharlo.

Sobre el aire comenzó a flotar un fuerte olor a sangre, y así como el olor dulce de las flores del mercado de la Concepción que inunda todo, se metió por mi nariz y no quiso salir. Dos moscas revoloteaban sobre nosotros, una de ellas se paró en la mejilla *de la meva mama*, después en su boca. Quise matarla pero mi mano no la alcanzó. "¡Quítate, déjala en paz!" Su cabello acariciaba mi rostro cuando el aire lo movía, algunos mechones olían a su perfume de rosas.

—*Mare, pare* —grité.

Los moví para ver si despertaban. Apreté una mano que no supe de quién de ellos era, pero siguieron muy quietos. Intenté besar a *la meva mama*, pero sólo alcancé la manga del abrigo sobre la que descansaba su cabeza. Empecé a entender que eso que me negaba a creer sí había pasado.

—Mama, *papa* —volví a gritar—. ¡No me dejéis aquí! —pero ellos no respondieron.

No eran los primeros muertos en Barcelona. Aunque *els meus pares* trataron de ocultármelo durante los dos años que teníamos en guerra, yo lo sabía por los niños más grandes que todo el tiempo hablaban de lo mismo: de los muertos en el bombardeo de aquí, de los muertos en el bombardeo de allá. La muerte, esa señora de velo oscuro que llegaba cualquier noche sin aviso para llevarse al hermano, a la hija o al tío, se había hecho parte de nuestras vidas. No la veíamos pero sabíamos que ahí estaba.

De reojo pude ver que Lola, mi muñeca de trapo, había quedado junto a nosotros tendida boca arriba. Le faltaba un brazo. Traté de alcanzarla con la mano que tenía libre, me estiré un poco más y apenas logré tocarla. Aunque Lola nunca había llorado, de haberla alcanzado le habría tapado los ojos para que no viera todo este espanto que nos rodeaba. La hubiera abrazado para que no se quedara ahí sola, tirada en medio de los escombros.

Acaricié la chaqueta *del meu pare*. Era muy suave. Cerré los ojos e imaginé que era su cara. Recordé su risa que hacía un momento sonaba fuerte, mientras caminábamos por la Gran Vía. ¿Qué había sucedido? Todo me dolía y no quería pensar. ¿Cómo pudo pasar esto? ¡*Els meus pares*! ¡Ellos no podían morir! De pronto escuché gritos y sirenas que venían de lejos, se acercaron hasta oírse muy cerca. Una nube de polvo tan amargo como cuando a *la meva mare* se le quemaba a algún pan se había metido por mi nariz, había cubierto mi mano. Un sonido de pisadas de tacón grueso de los que usan las señoras se acercó. Con todas las fuerzas que me quedaban agité la mano que tenía libre.

—Aquí, aquí —escuché—. Aquí hay alguien.

Dos pares de botas como los de la milicia avanzaron hacia nosotros. Recordé la historia que me contaron los compañeros de la escuela sobre esos que llamaban anarquistas y que habían sacado de sus tumbas las momias de las monjas y frailes en el Convento de las Salesas y sentí pánico. En ese momento quise que mi alma se fuera al cielo junto con la *dels meus pares*, que de seguro estarían ahí como decían las religiosas en el catecismo, pero no morí; sólo pude sentir que tomaban mi mano y después ya no supe más.

No estoy segura de cuánto tiempo pasó, empecé a oír voces que hablaban bajito. Poco a poco se hicieron más fuertes. Cuando desperté, me dijeron que estaba en el hospital de la Rambla del Raval. No entendía bien qué sucedía. Me habían metido en una cama suave y blanca. Tenía una bata limpia. Una linda enfermera de ojos claros con un sombrerito curioso y blanco estaba junto a la cama; me sonreía. Entonces, los recordé otra vez:

—¡*Mare*! ¡*Pare*!

La enfermera me acarició la cabeza y, con voz tierna, me dijo:

—Calma, *petita*.

—¿Dónde están *els meus pares*? —insistí.

Quería pensar que todo aquello no había sido más que un mal sueño. Una horrible pesadilla que no quería volver a recordar jamás.

—Tranquila, *maca*. ¿Cuál es tu nombre?

—Mina —dije, mientras recordaba todos los detalles—. Guillermina Giralt.

—Hola, Mina. Yo soy Maruja. Lo siento mucho, pero tus padres no…

La enfermera dudó unos segundos. Me miró con ojos tristes, como si no quisiera decir lo que pensaba.

—Mina, querida: tus padres no han logrado sobrevivir.

Eso ya lo sabía.

Lo que no sabía y me terminaron de decir fue que a *els meus pares* los habían llevado a un lugar al lado del hospital, junto con los demás muertos del bombardeo.

—¿Y se van a quedar ahí, en el anfi…?

—¿En el anfiteatro? No, Mina. Les darán sepultura.

Algo dentro de mí se partió y crujió igual que las galletas que *la meva mama* hacía los domingos y que tanto me gustaba comerlas con una taza de leche merengada. Yo creo que ha de haber sido mi pequeña caja porque todos, todos los tesoros alegres que tenía ahí guardados volaron de un jalón y se quedó vacía. Por más que hacía no encontraba ninguna risa, ningún abrazo, nada que pudiera alegrarme. Quería tener a *els meus pares* a mi lado, ver de nuevo sus ojos risueños, abrazarme a ellos. No podía creer que ya no estarían conmigo. Pensaba que en cualquier momento aparecerían junto a esa cama de hospital para sacarme de ahí. Pero volvía a recordar sus cuerpos heridos por la metralla, llenos de sangre, y el recuerdo me hacía entender que ya no podrían estar conmigo. El pecho me dolía mucho, más que aquella vez en que me machuqué un dedo con la puerta de mi recámara, tanto, que me pareció que se iba a caer, sólo que en este momento lo machucado era lo que tenemos dentro, era mi corazón.

Mis lágrimas comenzaron a caer, despacio primero, pero luego salieron tantas, tan enojadas, que no hubo manera de detenerlas. ¡Ay! Grité sin saber qué otra cosa gritar para sacar eso que tanto me dolía por dentro. ¡Ay! Lloré lo más fuerte que pude para ver si el dolor desaparecía. Quería quitarme esa opresión, arrancarla, que saliera de mí. ¡Ay! Volví a gritar, entre los mocos y las lágrimas que se juntaban sobre mi boca, fuerte, como para que Dios en el cielo me escuchara, a ver si se compadecía y me los devolvía. Pero no me escuchó. Ese día Dios ha de haber estado muy ocupado. O tal vez estaría escondido, llorando también al ver nuestro sufrimiento.

Maruja me abrazó. Pasó su mano por mi adolorida cabeza, todavía con pedacitos de escombro y polvo. De entre las madejas de cabello sacó un pendiente de aguamarina que, con mucho cuidado, me entregó.

—Es de *la meva mama* —dije, emocionada.

Le di un beso, lo apreté en mi mano y me lo puse en la oreja derecha.

—¿Me llevas con *els meus pares*?

—Sí. Pero dime antes: ¿tienes familiares a quien podamos llamar?

—No —me sorbí los mocos—. Creo que sólo la tía Carmela, pero no vive aquí. Se fue a otro lugar que no me acuerdo. La tía Gloria se murió y el tío Felipe dijeron que se iba a luchar.

Los ojos de Maruja se llenaron de agua.

—Bien —dijo—. No te preocupes, ya veremos qué hacer contigo.

Enseñanza viva

Villa de Chiautla de Tapia, mayo de 1904

*G*ilberto pasó sus primeros años en la recién bautizada Villa de Chiautla de Tapia. En su cerro del Titilinzin, blanqueado de fragantes azucenas, disfrutó las clases que su madre le impartía entre rojos atardeceres.

—Tengo una duda.

—¿Cuál es, hijo?

—¿Se puede vivir en una mentira?

El viento suave agitó los holanes del vestido de María de la Paz y, con el mismo ímpetu juguetón, meneó las flores del campo de cempasúchil y el ejemplar del *El Mundo Ilustrado* que tenía en el regazo.

—¿A qué te refieres?

—A que si uno sabe que algo es cierto, aunque todos digan que no, ¿se debe creer lo que uno piensa?

María de la Paz se asombró ante la pregunta de su hijo. No pasaba día en que el pequeño Gilberto la obligara a rebuscar en su interior las palabras adecuadas para abonar ese espíritu inquieto.

—Con la verdad se vive mejor que con falsedades, hijito. Porque es una virtud del hombre buscar la verdad.

Gilberto acarició la suave hierba y miró por sobre el caserío. El atardecer filtraba un abanico de colores que terminaba estampado en los muros de adobe de los hogares, hasta dejarlos dorados.

—Que nos tengan por veraces es una satisfacción y un buen camino de vida —continuó María de la Paz—. Que nos tengan por mentirosos o falsos es una humillación que nos aparta de muchas personas. De seguro, Gilberto, habrá ocasiones en que tendrás que decidir correr los riesgos de sostener la verdad —que es lo meritorio—, a salvarte con la mentira. Y ¡quién sabe!, tal vez te veas en el caso de tener que callarla cuando tu silencio evite un daño para alguien.

—Entiendo.

—Qué bueno, hijo. Pero a lo que vinimos: dame la tabla del seis.

Recitar la tabla del seis o del siete recostado una tarde de mayo sobre la hierba verde y suave del valle era una hazaña especial. Porque aquel paisaje invitaba a la admiración o a descubrir sus secretos, pero en ningún momento a recitar la tabla del seis. Aunque María de la Paz no era una mujer que se dejara ganar con facilidad.

—Dame la tabla del seis, Gilberto.

—Seis por una seis, seis por dos doce, seis por tres… Mamá, si ya sabe que me la sé al derecho y al revés… Seis por diez sesenta, seis por nueve cincuenta y cuatro, seis por ocho…

—Sé que eres un niño listo —y tras un momento de reflexión añadió—: pero tu educación es primordial. El ejercicio de pensar no se puede dejar de lado. Por eso, piensa todo. Lo que has hecho ayer, lo que haces hoy y lo que puedes hacer mañana. El pensamiento es lo que nos hace un ser distinto a los animales. Lo más importante que puede hacer el hombre es pensar, pensar siempre, pensar todo. ¿Me entiendes?

—Sí, madre. La entiendo. Ahora sigo con la tabla.

Nunca lo confesó María de la Paz, pero sentía un orgullo secreto ante la inteligencia del pequeño Gilberto. Desde que dio sus primeros pasos y pronunció las primeras palabras, presintió esa mente inquisitiva, observadora y serena que todo lo medía para bien o para mal. Porque, así como atrapaba una mariposa y, al querer mirarle las alas terminaba por despanzurrarla, así se aguantaba el piquete de alguna abeja que lo revoloteaba, nada más para ver qué se sentía. Su mirada oscura y profunda siempre tenía ese dulce atisbo de comprensión que da la conciencia del entorno y las personas, algo inusual en un niño de tan corta edad.

Por eso, con el tiempo, la dejó de sorprender que ante los berrinches de alguna de sus hermanas, él dijera:

—Déjenla, no es su culpa. ¿No ven que extraña a su bello pájaro cu?

—Qué pájaro cu, ni qué nada. Si se murió hace un mes.

—Sí. Pero todavía lo extraña, y por eso se enoja.

Tampoco le causaron admiración los rápidos avances que hacía en las ciencias o las interminables preguntas que empezaban con por qué. ¿Por qué meneas la olla? ¿Por qué tuestas el chile? ¿Por qué tengo que estudiar? ¿Por qué Aurelia es la nana? ¿Por qué existen los peones? Y muchas otras preguntas de las que si no se satisfacía con la respuesta, indagaba otra vez hasta quedar satisfecho.

Como la casa de la familia Bosques estaba en Hidalgo, la calle principal de entrada a Villa, y sobre el mismo costado y a pocos pasos se había instalado una sala de billar que se animaba con exclamaciones, risas y ruido seco del chocar las esferas de marfil, no pudo pasar desapercibido para María de la Paz el interés del pequeño Gilberto en ese juego nuevo. Un buen día, Pascasio, el carpintero de Chiautla, llegó a la casa de los Bosques con una pequeña mesa de billar, unos pequeños tacos y unas canicas grandes de vidrio.

De inmediato María de la Paz tomó la cinta de medir.

—A ver, Gilberto, ¿cuánto mide el perímetro de la mesa?

Con algo de dificultad Gilberto midió un lado y alargó la cinta hasta que abarcó los cuatro costados de la mesa de billar.

—Tres metros con sesenta centímetros.

Desde ese momento, Gilberto entendió que aquello no iba a ser un juguete más, sino un instrumento de enseñanza que su madre utilizaría para hacerlo avanzar en la geometría y en la suma, resta, multiplicación y división, aplicados a volúmenes y superficies.

Las enseñanzas de su madre fueron determinantes para su educación y se quedaron grabadas en su memoria, en el corazón y como norma de conducta por el resto de su vida.

Cuando pardeaba el horizonte y la luna se elevaba tras la iglesia de San Miguel Arcángel, María de la Paz y Gilberto bajaron a Villa.

—Vámonos, hijo, que ya ha de estar tu padre en casa. No quiero hacerlo esperar. Hoy, que decidiremos tu futuro, menos que nunca.

¿Y la casa?

*L*a gente decía que mi abuelo Cornelio y mi padre eran inseparables. Por eso, cuando comerciaba entre poblados y rancherías para vender las mercancías de los negocios que representaba, siempre lo llevaba con él.

Durante tranquilas tardes de paseo a caballo, le enseñó cómo reconocer la buena semilla del maíz, cómo estar atento al olor de la llegada de la lluvia y que no se preocupara porque si no, las hormigas habrían de avisar. Le habló también de la patria que se mantenía a la espera de sus esfuerzos, para forjarla mejor de lo que era ahora. Le enseñó, a fuerza de caídas y raspones, cómo ir mejor sobre la silla vaquera para no sentir cansancio en las jornadas largas, cómo atravesar los ríos y tomar los ascensos o descensos difíciles del camino.

Y una mañana fresca de abril lo llevó a conocer a los habitantes de la sierra, quienes le enseñaron su propia sabiduría: que no te acerques a esa hierba porque no te quitarás la comezón en tres días, que la corteza del árbol de la piel, o tepezcohuite, sirve para las quemaduras, y que hay unos hongos teyhuinti o carne de los dioses que si los comes te producen terribles visiones. Contaron las historias de sus orígenes y del Talokan o la casa de las aguas, donde habitan los dioses que hacen llover —los tlaloques del mundo antiguo—. Dijeron que es ante todo la bodega del mundo, que en él se encuentran las ollitas con la esencia del agua, del aire, de los rayos y del maíz.

Sin proponérselo, aprendió mi padre que aquellas comunidades percibían el entorno como un todo, en donde se desarrollaba su vida cotidiana.

Aunque mi abuelo decía que era de filiación católica y asistía en ocasiones a la celebración de la misa, lo hacía más para renovar de vez en cuando sus sentimientos, que por una entusiasta piedad. Ahora que como liberal ortodoxo —hijo del comandante Antonio Bosques, del ejército liberal que combatió al clero insurrecto, a la Intervención francesa y al llamado Imperio de Maximiliano—, mantuvo siempre su actitud anticlerical, a la que nunca hizo referencia, pero que para sus hijos se concretó en el hecho notorio de que nunca, a ninguno, lo llevó a la iglesia. Pero eso sí, la familia Bosques se caracterizaba por ser devota de las virtudes, más que de los dogmas y sermones.

A mi abuelo Cornelio, que había aprendido todo de su padre en las fértiles montañas de Huamuxtitlán, que su hijo no pudiera aprender del mismo modo, le parecía disparatado. Algo así como un capricho de su mujer. ¿Qué tanto pueden enseñarle en Puebla? ¿Cómo va a estar mejor en casa ajena que en la propia? ¿Cuándo va a regresar? ¿Y si se convierte en uno de esos señoritos estirados que no sirven más que pa'mirar pa'-bajo? Ni Dios lo quiera.

Luego de un rato de estire y afloje en los razonamientos con María de la Paz, terminó por ceder.

—¿Y quién se hará cargo de la casa si Gilberto no vuelve?

—Algún yerno.

—Pero si las niñas no se han casado.

—Ya se casarán.

Cedió porque en el interior tenía la convicción de que su muchacho regresaría a Villa, porque *a los Bosques la tierra siempre los jala*.

No sabía mi abuelo de los atractivos de la capital del estado de Puebla y de sus seducciones. Si lo hubiera anticipado, tal vez se habría opuesto con mayor firmeza para arraigarlo a la tierra que lo vio nacer.

Pero como no lo anticipó, lo dejó ir.

Una noche de dolor

Barcelona, marzo de 1937

El anfiteatro estaba lleno de gente que se movía de un lado a otro, señores se levantaban, señoras se sentaban, cambiaban de lugar, iban y venían. Formaban entre todos como una pequeña ola de mar, maloliente. Las moscas volaban por todas partes, se paraban sobre las cabezas, las mejillas, los ojos y las bocas, sin distinguir a vivos de muertos.

Me apreté la nariz nada más entrar.

Maruja me sentó en una esquina mientras ella iba a averiguar qué harían con los que habían muerto. Los habían dejado acomodados en el suelo, uno junto a otro porque ya no cabían. Dos señores, con sombrero en mano, se agachaban a revisar los cuerpos, yo creo que buscando a algún pariente; muchas mujeres lloraban encima de sus esposos y sus hijos muertos. Una de las mayores, la que llevaba un abrigo verde y grande como ella, jalándose el cabello gritaba:

—¡No puede ser, más de novecientos muertos, más de cien niños!

Casi todos los muertos tenían manchas de sangre, algunos en vez de cara tenían como una masa de carne; la mayoría de los niños habían perdido los zapatos, sus piernas estaban cubiertas de un lodo rojo oscuro, quizá sería polvo revuelto con su sangre. Las lágrimas se me quisieron salir. No quería verlos, pero al mismo tiempo no podía dejar de mirarlos. Una niña más grande que yo, de cabello rubio, se me acercó:

—Son feos —me dijo. Asentí—. Mira ése, no tiene brazo, aquel niño tampoco y aquella mujer tiene los ojos abiertos —quise volver el estómago.

—Mejor vamos a contarlos —le dije, porque ya no quise verlos así de cerca. Comenzamos a contarlos: uno, dos, tres, cuatro, cinco, seis, pero cuando llegué al treinta y dos perdí la cuenta y ya no seguí. La niña me hizo una mueca y se fue, yo le saqué la lengua.

Me llamaron la atención los gestos de las personas que estaban ahí. Mientras esperaba a Maruja, los miré. A algunos la cara se les deformaba al darse cuenta de que su hijo o su esposo estaba entre los muertos. Caían al suelo, se desmayaban, dejaban escapar un grito adolorido. Otros lloraban acurrucados como si fueran a dormir; lloraban quedito y limpiaban su nariz con un pañuelo. Luego estaban los del dolor tan encostrado que parecía que se les caería junto con su cara. No sólo lloraban: era como si lo que sentían, los jalara hacia abajo. Pero los que me llamaron más la atención eran los de mirada dura. Los que parecía que a ese dolor le hubieran cerrado la puerta con llave para no dejarlo entrar. Yo quería hacer lo mismo: cerrarle la puerta al dolor.

Maruja regresó por mí.

—Vámonos, *petita* Mina.

—¿Qué pasará con *els meus pares*?

—Mañana a las once iremos a Montjuic para darles sepultura.

—¿Y yo qué voy a hacer?

—Esta noche te quedarás conmigo. Luego, veremos.

El piso de Maruja tenía dos recámaras. Me acomodó en la pequeña de paredes grises y cortinas canela; trajo un plato de galletas y un vaso de leche. Un Cristo colgaba sobre el respaldo de latón. Me quitó mi vestido celeste todavía con manchas de sangre y roto en algunas partes y me metió en la cama. Sus blancas sábanas y el colchón mullido me reconfortaron un poco, aunque me habría gustado tener a Lola conmigo, pero yo creo que quienes recogieron a *els meus pares* se olvidaron de ella porque en el hospital no me la dieron.

—¿Quieres rezar, Mina?

—Estoy enojada con Dios. No quiero verlo.

Maruja descolgó el Cristo y lo guardó en la mesita de noche, tomó mi cabeza entre sus manos, se sentó junto a mí y me plantó un beso en la frente. Me abracé a su cintura y, otra vez, lloré largo rato. Ella pasaba su mano sobre mi cabello mientras me decía que no me preocupara.

—Dios no tiene la culpa de la guerra, *petita,* ésa la hacemos los hombres. Pero no pienses en eso, piensa que todo esto pasará. Pronto pasará.

No pude pegar ojo en toda la noche. Los recuerdos no me dejaron dormir. Era como si me hubieran hecho un agujero gigantesco en el pecho y no dejara de doler. Mi vida había cambiado en un segundo y me había quedado sola. Sola. No tenía ganas de que llegara el día siguiente, ni el siguiente. Quería regresar en el tiempo y volver a estar con ellos. De Dios no quería nada. Era un dios malo. ¡Ningún dios bueno le habría quitado *els seus pares* a una niña de once años! Por eso no quise pensar en Él. Aunque debí hacerlo. Quizá habría sido un buen consuelo si lo que pasó no hubiera sido tan espantoso. No. No podía rezarle ni un Padrenuestro.

Por mucho tiempo, yo creo que horas, traté de dormir. Pero apenas cerraba los ojos, los veía. No recuerdo cuántas veces vi sus rostros, cuántas veces volví a vivir ese momento en que su sangre me cubrió y la pequeña caja que tengo adentro se rompió. Por más intentos que hacía de llevar mi recuerdo a los días felices, no lo lograba. La misma escena volvía una y otra vez.

Ésa fue la peor noche de mi vida.

Aprendí que eso que me aplastó el pecho cuando vi morir a *els meus pares* es el sentimiento más negro y solitario que puede haber. Descubrí que cansa. Cansa tanto por dentro, que deja el cuerpo igual de aguado que la pasta recocida. Y entendí también que no habría modo de que pudiera arreglar la pequeña caja que tengo dentro.

Antes de que llegara la guerra sólo había visto sufrir de dolor a Pilarceta, mi vecina de pupitre, cuando se le murió su perro y no fue a la escuela en dos días. Al volver, se veía su mirada triste todo el tiempo; pero, al cabo de una semana, olvidó al perro y la sonrisa apareció de nuevo en su rostro.

Conciencia revolucionaria

Puebla de los Ángeles, 1906

*P*or la noche, cuando el sol de Chiautla se había retirado, María de la Paz y Gilberto subieron en sus respectivos caballos y agarraron camino a la estación de tren de Tlancualpicán. Tomaron boleto y asiento de segunda clase.

Durante el trayecto, Gilberto iba dándose todo el valor que un muchacho de trece años se puede infundir ante la perspectiva de dejar el hogar, a sus padres, a sus hermanas mayores y a su cerrito de Titilinzin con sus albas azucenas. No sabía con exactitud si se preocupaba más por saber que estaría solo o por la añoranza de los suyos. Aunque cierto era que todo el tiempo le gustaba hacer rabiar a sus hermanas que no pensaban en otra cosa más que en los listones y los vestidos, que se afanaban en arreglar para lucir los domingos en la plaza donde los hombres daban la vuelta en sentido de las manecillas del reloj, las mujeres lo hacían en el sentido contrario y mostraban con el hábito —pensaba él—, que hasta en eso les gustaba dar la contra. O por lo menos a sus hermanas, que eran de lo más testarudas y difíciles de entender. Pero, con todo, no dejaba de pensar en ellas como si hubiera pasado un mar de tiempo, en vez de las pocas horas desde que se había despedido de ellas en la puerta de la casa. Regresa pronto, Gilito; te portas bien. No dejes de escribir. Lo vieron partir y se abrazaron para darse consuelo. Anticiparon ese dolor que causaría su ausencia y sollozaron con pesar hasta que su figura se perdió en el horizonte.

Gilberto recordó aquellas tardes en que tumbados sobre el pasto y de cara al cielo, contemplaban asombrados el movimiento ordenado de los astros —como decían los lejanos ancestros—, mientras su madre, con uñas de plata calzadas en los dedos, tocaba suaves melodías en la cítara.

Desde la parte más remota donde se guardan los recuerdos, trajo también a la memoria esos días de premonitoria rebelión y el de la primera insurrección, ese día preciso, que forjó su conciencia revolucionaria.

Era aquella una noche de obsidiana traslúcida de las que se dan en esa cálida tierra del sur. Bajo los árboles cargados de sombra en Cañada Grande un compás de marcha se comenzó a escuchar hasta llegar al cauce del arroyo. Cascos de caballos golpeaban esas piedras humildes del contorno. Al poco tiempo, los ruidos de la marcha dejaron la cañada y tomaron la loma y el sendero. Los jinetes se acercaron al poblado. Entraron a la siempre Heroica Villa de Chiautla de Tapia, por las calles del barrio de San Miguel, aquel semillero de valientes a la sombra de una ceiba secular.

Los dos jinetes, rancheros de machete acapulqueño en la silla vaquera y pistola al cinto, avanzaron entre las sombras, penetraron en línea recta aquella noche poblada de luciérnagas. Una frágil luz marcaba su destino.

Abraham Ramírez Aguilar, con su rostro bondadoso, reflexivo, los dejó pasar.

—Buenas noches, don Abraham.

—Buenas noches, hijos. ¿De dónde vienen?

—De Polocatlán y Cañada Grande.

—Siéntense… por allí, en la cama. Hablemos quedo, muy quedo, que ni las paredes oigan… ¿Hay novedades?

—No… Digo. Algunos impacientes. Otros dudan. Los que tienen don Jesús Morales, Amado, Luis, José y Domingo, Melitón y otros más están listos. No se aguantan… no nos aguantamos, don Abraham. No sabemos si hay denuncias.

—Calma, muchachos. Es necesario preparar todo antes del golpe. Reunir gente. Esperar las carabinas. Son pocas, pero están pagadas con el dinero reunido. Es bueno contar con los descontentos de Acatlán y algunos más de Morelos… Hablaré con Jesús Morales para prepararlo todo, de modo y manera que no fracasemos.

—Don Jesús no descansa. De Sumidero a Polocatlán y Cañada Grande y Pilcaya, Ixcamilpa y hasta Acaxtlahuacán y por esos rumbos.

En todas partes hay amigos, pero no hay armas. Sólo machetes y una que otra escopeta venadera de Aminitlán y más abajo. De este lado de arriba hemos ido a Miquetzingo, Tecolacio, Don Roque y Ahuehuetzingo, Ayoxuxtla… Todas las rancherías que nos dijo usted. Vimos a los hombres de la lista. Muchos están pendientes de lo que se disponga y ordene, en el momento que sea.

—Pensamos, señor, que tiene que ser rápido. Y que pase lo que tenga que pasar. La gente puede desalentarse… de tanto esperar. Si ustedes lo ordenan podemos dar la última vuelta por los pueblos para que los comprometidos sepan de una vez el día y la hora. Don Jesús quiere hablar con usted para convenir lo último.

—Sí, hablaré con Morales. Hay que redondear al plan. Escoger la fecha. Nos veremos en Polocatlán.

Un ligero apretón de manos marcó la despedida. Abraham abrió la puerta y los dos jinetes volvieron a tomar la sombra del camino, ágiles, esbeltos. Chiautla dormía esa tibia noche del mes de mayo hacia la madrugada del día 3 de 1903.

La torre de la parroquia soltaría las campanas de fiesta del día de la Santa Cruz. No había ninguna premonición de drama en los rosados fulgores que rozaban las copas de los árboles. Pero ahí estaban —para formar el dispositivo de asalto— aquellos hombres maduros y jóvenes de la vieja estirpe guerrera que guardó por siglos su libertad. Los insurrectos habían medido muy bien las horas de aquella madrugada, a fin de dar puntualmente la sorpresa. El jefe político de guardias rurales, el alcalde de la cárcel municipal y el recaudador de rentas, dormían bajo el cuidado del aparato opresor de la dictadura. El estampido de las balas sería, al despertarlos, nada más que un primer tronar de los cohetes que inauguraban la celebración religiosa. Una sonrisa desperezada plegaría acaso sus labios.

La vanguardia y el grupo de apoyo de los conjurados llegaron hasta el puente, sobre la barranca y se destacaron a toda brida, en tropel raudo, sonoro, dispararon sus carabinas 30-30.

Aquel amanecer del 3 de mayo, Gilberto vio, desde el frente de su casa, cómo entraba a Chiautla, volando sobre ingentes nubes de polvo, esa estampida de insurgentes que iban a jugarse la vida. Sintió el sonido de los cascos al chocar contra el empedrado, se estremeció con el tronido intermitente de las descargas. Los vio pasar como figuras irreales y, en su mente, asoció sonidos a imágenes. Tras la refriega, en las primeras horas de la mañana, Cornelio tomó a su hijo de casi once años y lo condujo a ver el resultado de la insurrección. Miró el reguero de muertos, presenció la persecución enconada y el acoso de los dispersos en aquella región montañosa.

Desde ese día entendió y tomó conciencia de lo que significaba revolucionar: luchar hasta la muerte por aquello que se cree.

Pasadas las cinco de la tarde, Gilberto y su madre llegaron a la ciudad de Puebla de los Ángeles. Capital del estado que portaba ese nombre —según la tradición— por haber estado trazada por alados seres celestiales.

Y cierto era que Gilberto tenía la ilusión de continuar sus estudios. Pero, al llegar a aquella ciudad, sintió temor. Puebla era otra cosa, era otro mundo. Lo atemorizó la majestuosidad del Popocatépetl, que vigilaba la ciudad desde su cumbre eternamente nevada. Los grandes y coloridos edificios con sus portales alrededor del parque central le parecieron imponentes. También lo intimidó la catedral, que superaba con mucho a la Iglesia de San Miguel Arcángel de Chiautla.

Pero si la ciudad se le hizo digna de temer, el Instituto Normalista de Puebla por poco lo obliga al llanto. Con el sol de la tarde filtrando su claroscuro por los verdosos ventanales, en el edificio creyó ver un monstruo al acecho, que tan sólo caer la noche lo engulliría sin que nadie notara su ausencia.

Como no se quiso quedar solo en aquella lobreguez, María de la Paz tuvo que permanecer con él en la ciudad.

Ella estaba decidida a mantener todo su empeño en que Gilberto recibiera la mejor educación. En sus sueños lo veía convertido en un hombre de bien, en un médico o licenciado. Aunque tal vez su vocación fuera distinta, tal vez como decía Cornelio la tierra lo jalaría de regreso a Chiautla. La Villa había sido para ella y sus antepasados el hogar, el lugar de retorno, el que despierta el anhelo al estar lejos, el que alegra la vista y acelera el corazón cuando se sabe que está cerca. No obstante, al conocer a Cornelio, entonces un joven impulsivo que con una mirada y un gesto de la cabeza lo dijo todo, su hogar se mudó con él. Y porque para el corazón no hay grados escolares que aprobar, María de la Paz se empezó a enamorar de Cornelio nada más de sentir la fuerza de su vista sobre ella. Esa misma mirada que había heredado el pequeño Gilberto y que traspasaba los pensamientos, los sentimientos, las intenciones, y que raras veces le fallaba.

Ya explicaría a su marido que aquel sacrificio sería por un tiempo y por el bien del niño.

Viaje a París

Puebla, noviembre de 1906

*N*o había pasado un par de meses, cuando el joven Gilberto se había habituado a vivir en la casa de su tío Filiberto Quiroz, quien además de aplicarle los exámenes a título de suficiencia para aprobar la primaria, amablemente ofreció darle alojamiento. Los Quiroz eran maestros y se acostumbraron a su presencia inquieta e inquisitiva. Una vez superado el temor de los primeros meses, el instituto fue para Gilberto como un estanque para los peces. Rápidamente hizo amistad con los demás jóvenes y, como los aventajaba en conocimiento —gracias a la perseverante enseñanza de María de la Paz—, esa ventaja le proporcionó un tiempo valioso que él ocupó en la natación y en enseñar a los demás a montar a caballo. Su destreza sobre los animales le crearon una buena fama entre los demás estudiantes.

Gilberto quiso disponer de todo el tiempo posible para pasear a caballo, por lo que encargaba los trabajos manuales de arte o ciencias a algunos compañeros a los que pagaba por su elaboración. Comenzó a ser común para los habitantes de Puebla ver por las tardes pequeños grupos de estudiantes montados a caballo, de paseo o a trote, por las calles que circundan el parque central o hasta las afueras donde jugar carreras era su mayor pasatiempo.

Una de esas tardes, se le acercó David C. Manjarrez, un joven inquieto con quien trabó una estrecha amistad. Se convirtió en compañero ideal para la búsqueda de aventuras que más de una vez los llevó a los límites de la ciudad para colarse en el velódromo, para ver las carreras de caballos o para practicar alguna actividad al aire libre en que desfogar el brío de su juventud. No sabía entonces la importante relación que tendrían a la larga, porque en esos días eran solamente amigos que compartían los mismos gustos, ideas y, sobre todo, la pasión por los caballos y por la política.

Era de suponerse que, al crecer entre las serranías y sus habitantes, Gilberto viera en la figura de Porfirio Díaz al antiguo caudillo ahora empecinado en mantenerse en la presidencia con el apoyo de su corte, con un ejército poderoso y con los mecanismos del fraude electoral. También —porque era obvio para cualquiera— que contrastara la opulencia y los espectáculos de rico esplendor, con la pobreza y la ignorancia de la gente del campo o con la explotación de los obreros.

Como a muchos, esa disparidad lo indignó. Lo indignó, le dolió y le dolería siempre.

Porque bien tenía entendido que la condición humilde no era —como algunos decían con menosprecio— que los pobres eran pobres por flojos y porque querían serlo. Él sabía que, aunque los llamaran con motes despectivos, poseían una dignidad heredada de los antiguos. No. No eran pobres porque quisieran serlo. ¿Quién querría ser pobre nada más por gusto, nada más porque sí? ¿Quién en su sano juicio desearía ver a sus hijos sufrir de hambre y de enfermedad? Quizá algún cura estaría dispuesto a sufrir la carencia, aunque lo dudaba, porque ni con todo y su voto de pobreza, ni con toda la sobriedad que predicaban, se los veía apartarse de las casas señoriales que les prodigaban su sustento, quizá como un modo de paliar el reclamo de sus conciencias.

Gilberto se sentía, a veces, como un espectador entre aquellos mundos y pensaba que de alguna manera se podrían conciliar. Deseaba encontrar la circunstancia que permitiera despejar sus diferencias. Seguiría el consejo de su madre: pensar mucho, pensar todo. Pensar hasta dar con un punto de encuentro, de armonía, entre lo que él percibía como dos realidades buenas y capaces de convivir para beneficiarse una de otra, pero con justicia.

Una tarde, David y él comenzaron a leer antiguas publicaciones del periódico *Regeneración*, que databan de antes de que Porfirio Díaz lo clausurara y enviara a los hermanos Flores Magón al exilio en Estados Unidos. Las ideas de los hermanos tuvieron sentido, sobre todo para Gilberto, que conocía de cerca las carencias de la gente en las zonas rurales y entendía su modo de pensar.

David había nacido en Tochimilco, un lugarcito de cielo azul ubicado en el regazo del Popocatépetl, por lo que tampoco eran desconocidas para él las estrecheces en que vivía la mayoría de los pobladores de las zonas rurales.

De la coincidencia con las ideas de los Flores Magón pasaron a exponer sus propias ideas. Se sentaban en las tardes en algún resquicio del instituto y durante horas leían y discutían. Otros alumnos se sumaron en número y en propuestas que ellos creían podrían mejorar la situación del campesinado, de los obreros, de los comerciantes.

Con el tiempo, formaron círculos de estudio para analizar los problemas nacionales y los textos del programa del Partido Liberal Mexicano que habían publicado los Flores Magón el año anterior. Sabían que, desde San Luis Missouri, los hermanos habían promovido la huelga de Cananea y la de Río Blanco, la rebelión de Acayucan y otras insurrecciones en pequeños poblados del norte de México como parte de un plan para extender la revolución por todo el país. Plan que Roosevelt, desde Estados Unidos, y Porfirio Díaz, desde México, persiguieron y reprimieron de manera implacable.

De esos grupos de estudio, surgió el Movimiento Estudiantil Maderista del Estado de Puebla.

Pero aquel día de mediados de noviembre dejaron de lado sus inquietudes políticas y se dispusieron, como la mayoría de los poblanos, a acudir al recién inaugurado cinematógrafo de la Sala Pathé, que instaló el señor Toscano en la calle Mercaderes y que proyectaba la película *Un viaje en automóvil de París a Montecarlo en dos horas*. Aquello era todo un acontecimiento que marcaría la época de Puebla, decían los jóvenes entre ellos.

Ansiosos por el inminente descubrimiento, se apresuraron a presentarse una hora antes.

Al llegar, su enorme sorpresa se podía comparar a la gran fila que doblaba una esquina, y otra y otra. Todas las calles estaban abarrotadas de personas que tuvieron la misma idea. Gilberto hizo seña a sus compañeros y se escabulleron entre la gente hasta llegar a un lugar cercano a la taquilla. No faltaron los empujones a que dan lugar los amontonamientos. Así como una ola de mar se adelanta y se repliega sobre la costa, así la gente se adelantaba y se replegaba a la entrada del cinematógrafo.

Cuando dieron las cinco de la tarde, la taquilla abrió.

Más tardaron en hacer fila, esperar, acomodarse en un asiento, que los diez minutos que duró el cortometraje. Pero valió la pena. Nunca habían visto una filmación, sólo las fotografías que se tomaban tras una cámara cubierta con un paño oscuro. Esto era otra cosa. Las personas se movían aprisa y con gesto exagerado en la cara, mientras los títulos narraban la historia dirigida por Georges Méliès que en blanco y negro presentaba al rey Leopoldo II y a su chofer en una vertiginosa carrera para ganar la apuesta de realizar el viaje en dos horas, mientras a su paso cometían una serie de peripecias que iban desde el atropello de un policía que quedó tendido como un tapete y que al inflarlo, por sugerencia del rey, se les pasó la mano y estalló; hasta que arribaron a Montecarlo, atropellaron a los peatones, las gradas de espectadores e incluso un kiosco.

El suceso dio de que hablar durante los diez meses que estuvo en cartelera la película y sólo fue sustituida cuando llegó el estreno de la siguiente proyección.

El Fossar de la Pedrera

Barcelona, marzo de 1937

—*B*uenos días, Mina.

—Buenos días.

—Vamos a la cocina. Te preparé algo.

Oscuras y surcadas ojeras ensombrecían el rostro de Mina. Al entrar a la cocina de Maruja para desayunar le vino a la memoria un recuerdo inesperado de los días anteriores al bombardeo. Su madre se había levantado de la mesa, donde picaba patatas, para abrazarla sin motivo. El deleite de abrazarse a ella para seguir el latir acompasado de su corazón hacía a Mina feliz. Sentía que podía fundirse con el corazón de su madre. Estaba convencida de que no había nada en el mundo que fuera mejor que abrazarla y, en la quietud del sonido de su pecho, experimentar la más completa seguridad.

—Mi hermosa Mina —dijo, mientras acariciaba su cabello—. La más bella de todas.

—Te equivocas, *mama* —respondió con zalamería—; más bien eres tú la más guapa de todas.

—Ay, hija —respondió en tono triste—. ¡Qué la más guapa, ni qué nada! Si con esta nariz parezco perico…

—¿Perico? No, mama. ¡*Molt maca* y que nadie se atreva a decir lo contrario!

Ese par de minutos en que se quedaron abrazadas en el centro de la cocina, se quedó en su memoria como algo sagrado. Por fin había conseguido un recuerdo diferente, alegre, y no lo quería soltar. Sintió alivio.

La voz de Maruja la trajo, de los recuerdos en la cocina de su madre, hasta su cocina.

—¿Qué tal unas torrejas con canela? ¿Te gustan?

—Sí. Me encantan —dijo sin entusiasmo.

Las torrejas, que tanto le gustaban cuando su mamá las preparaba el domingo de Resurrección, esa mañana no la endulzaron.

Salieron a enterrar a sus padres en un día soleado. Parecía que la naturaleza no se hubiera dado cuenta de la devastación de Barcelona. Su barrio, tal como el día anterior, ya no existía. Sólo quedaban escombros y almas rotas.

Con esos bombardeos, primero con metralla y después incendiarios, desmoralizaron a la población civil y militar. Fueron una prueba para la guerra que librarían más adelante los ejércitos de Italia y Alemania.

Mina, sus padres y el resto de la población corrían a los refugios cada vez que sonaban las alarmas, pero alguna vez el aviso no llegó a tiempo. Ninguno sabía qué zona o barrio sería el siguiente, por lo que las calles, antes de cubrirse de humo y polvo, se llenaban de gente en busca de resguardo. Cuando el polvo se asentaba y las sirenas callaban, la población seguía el sonido de los lamentos para auxiliar a los heridos que yacían a media calle o bajo los escombros. Al final, hacían el recuento de las víctimas.

Esa mañana, el panteón de Montjuic estaba atestado de hombres vestidos de traje oscuro y viudas con el rostro cubierto con velos que ocultaban su dolor, de ancianos con paso vacilante, de niños llorosos, huérfanos de pantalón corto, suéter y zapatos rotos que, con una flor entre las manos, acudían como muertos en vida, sin lágrimas de tanto llorar, a sepultar a sus padres. Con dificultad, Maruja se abrió paso por la ladera sur de la montaña hasta el Fossar de la Pedrera donde estaba la tumba común. Mina iba pegada al cuerpo de la enfermera, asustada por lo que sus ojos veían, sus oídos escuchaban y su mente no comprendía.

En el camino, Mina vio una escultura de una niña con una túnica larga que le caía hasta los pies. Los grandes alas y su mirada apuntaban al cielo. El rostro sonreía a lo alto. Más adelante vio la lápida de mármol blanco con signos abstractos del arquitecto Ildefonso Cerdá, la tumba de gran roca del poeta Jacinto Verdaguer y luego en la de Durruti alcanzó a leer la inscripción: "Nosotros llevamos un mundo nuevo en nuestros corazones". Pensó que ese mundo no le gustaba. La fosa común está en la base de la cantera. Ahí depositaron, entre muchos otros, los cuerpos de sus padres. Si tenían la propiedad de alguna tumba, ella lo ignoraba. Ahora estaban envueltos en mantas, sin ataúd, codeándose con muchos cadáveres.

Un par de inquietos petirrojos volaron bajo. Su alegre canto contrastaba con el pesar de las personas. Mina tampoco pudo evitar el llanto, por momentos sus ojos se extraviaban hacia el sol que brillaba sin obstrucción y luego volvía a sollozar con amargura. El dolor que anidaba en su corazón le subía por la garganta y la obligaba a gritar. Pero ella lo acallaba, lo enfriaba en su boca como se enfrían las palabras que no deben decirse. Apretaba las manos, que días antes habían tomado las de sus padres, y se hacía daño.

Maruja era una buena mujer que en todo momento trataba de confortarla, sin lograrlo. Apenas terminó el entierro, Mina se soltó de su mano y escapó de ahí. Corrió hasta que no pudo más.

Entre montañas y banderas, un revolucionario

Puebla, mayo de 1910

C on la firmeza que da la convicción, Gilberto y sus compañeros se alistaron aquella mañana de mayo para recibir a Francisco I. Madero, quien contendía como candidato contra don Porfirio Díaz para la presidencia de la República.

Gilberto todavía conservaba fresca la plática del día 14 que presenció entre Madero y Aquiles Serdán.

—¿Y si las elecciones son burladas? —preguntó Serdán.

—Confiemos en que no lo serán —apaciguó Madero.

—Será hora de ir a la lucha armada —decidió entonces Aquiles Serdán.

La efervescencia de la juventud y de los ideales maderistas alborotaron a todos los estudiantes —los de la Normal y los de la que más tarde sería la Universidad de Puebla— que habían decidido hacerse presentes durante el mitin que se llevaría a cabo dos días después. Los estudiantes hicieron reuniones para planear su participación. Durante una de ellas notaron que la bandera tricolor con la leyenda de propiedad de los estudiantes —que pensaban usar para el mitin— había sido removida de su vitrina en la biblioteca. El celador residente informó a Gilberto que el director Manuel H. Herrero se la había llevado a su oficina.

Como presidente de la Junta de Estudiantes tuvo que solicitarla. No podía pensar en otro modo más que en la petición formal al director. Claro está que no concordaban en ideas pero, aun así, no le cabía en la cabeza cómo el director había abusado de su cargo. Así que con la debida parsimonia que el caso requería, se dispuso a negociar.

El señor Herrero, hombre serio, accesible y paciente para escuchar toda clase de solicitudes y quejas, confió poder convencer al joven Gilberto y al resto de los estudiantes de los inconvenientes de su participación en actos políticos.

—Mire usted, Gilberto: todo es claro y sencillo. Ustedes tienen como obligación estudiar sin preocupaciones de otro género y menos, mucho menos, de alborotos políticos. El hecho de haber retirado la bandera tiene por objeto que reflexionen sobre lo indebido que resulta la participación de los estudiantes normalistas en perturbaciones del orden establecido, contrarias a la paz, que con tanta sabiduría y esfuerzo nos ha dado un héroe de la patria como es el señor Porfirio Díaz. No es admisible que se quiera acabar con el progreso, con la riqueza y la fama de un gobierno que les ha dado a ustedes la oportunidad de formarse como buenos ciudadanos, llamados a mantener lo que se ha conseguido para el bienestar de México.

Sin perder la compostura, Gilberto mantuvo una actitud de escucha, pero tuvo que dejar claro cuál era la posición del estudiantado. No quiso tampoco engancharse en una discusión sobre los motivos que lo impulsaban a apoyar a Francisco I. Madero porque creyó que no llegaría a ningún lado.

—Señor director: quiero que tome usted en consideración el hecho de que todos nosotros hemos tenido nuestras propias razones para actuar en lo que usted llama alborotos políticos. Respetamos o debemos respetar sus puntos de vista, pero no los compartimos, y creo que no se trata de discutir eso, sino de la devolución de un objeto que pertenece, para su uso, a los estudiantes de este plantel, y que ha sido adquirido con nuestros propios recursos. Hago esta petición en representación de mis compañeros.

El director dijo que lo pensaría y, a media mañana del día siguiente, de manera definitiva, negó su devolución.

Tuvieron entonces la idea de acudir a un taller de pasamanería ubicado en la antigua calle de Herreros. Las dueñas eran un par de mujeres bien entradas en años que, como maderistas entusiastas, accedieron a bordar un estandarte de buen tamaño. Compraron tela blanca de seda y una barra de metal. Aquellas afanosas mujeres trabajaron toda la tarde y toda la noche para bordar, con hilos de oro, la leyenda: Alumnos del Instituto Normalista del Estado. Los flecos y los cordones completaban la flamante insignia con la que desfilaron en aquella multitudinaria manifestación de apoyo al candidato Francisco I. Madero.

El mismo día, la dirección del instituto acordó la expulsión de los estudiantes señalados como agitadores, entre los que figuraban Eliezer y Saltiel Oliver, David C. Manjarrez, Gilberto Bosques Saldívar y otros más. Comenzó la persecución y los alumnos Alfonso G. Alarcón y Luis Sánchez Pontón fueron aprehendidos y encarcelados. Gracias a un amigo, Gilberto escapó a la policía de Miguel Cabrera. Cabrera, soldado de agresiva ignorancia, con todos los atributos necesarios para la obediencia ciega, tenía una siniestra hoja de servicios a la dictadura. Nombrado por Porfirio Díaz como hombre de su confianza, había mantenido una vigilancia estrecha sobre estudiantes, obreros, maestros de las escuelas primarias, artesanos.

—Ponte mi sombrero y entras a mi casa —dijo Gilberto a un compañero—. Creerán que soy yo. En lo que te estás ahí, yo me escapo.

Así burlaron a la policía y, durante la madrugada, pudo salir a caballo y refugiarse en las montañas del sur de Puebla.

Desde su escondite, Gilberto mantuvo comunicación con Aquiles y, en su momento, fue convocado para la revolución nacional.

Aquiles Serdán había congregado y coordinado a la clase trabajadora poblana para la inminente sublevación que tendría que iniciarse el día 20 de noviembre, según instrucciones recibidas de la junta revolucionaria de San Antonio, Texas.

Distribuyeron carabinas, pistolas y municiones entre los grupos estudiantiles, maestros, trabajadores, obreros y artesanos, individuos de clase media, empleados del comercio y algunos profesionistas. Formaron el levantamiento rebelde en todos los sitios elegidos por Aquiles y sus compañeros.

El plan que habían diseñado para llevarse a cabo era tan sencillo que por su simpleza no debería provocar graves daños. Habría de iniciar en la casa número 4 de la calle de Santa Clara para llamar la atención y esperar la acometida de los guardias cuyos cuarteles quedarían vulnerables para ser atacados y tomados por los grupos armados de las fábricas y barrios.

Para México, la noche del 20 de noviembre de 1910 sería gloriosa.

Ni un español sin pan

Barcelona, abril de 1937

M i barrio aún era mi barrio. Mi casa todavía era mi casa, y yo tenía que ir. Lo malo es que jamás hubiera imaginado lo que iba a encontrar. Afuera de mi edificio había cerros de ladrillos, vidrios, paredes, muebles y vasijas de los que vivíamos ahí. De los tres pisos sólo quedó uno y medio. El frente estaba derrumbado. Mi hogar, que estaba en el tercero, había desaparecido. Removí escombros y busqué alguna fotografía, mi caja de música, cualquier cosa que pudiera llevar conmigo, pero no encontré nada.

Me senté sobre un bloque a llorar.

Cuando mis lágrimas se cansaron de salir fui a ver los lugares por los que pasaba a diario. La escuela La Salle había sido incendiada. La catedral de San Felipe Neri ya no estaba, supe que ahí era porque en su lugar había restos de santos quebrados entre los escombros y un pedazo de la cúpula.

Por donde caminara pisaba restos de basura, latas vacías de sardinas, aceitunas o leche condensada, algunas todavía con forma de lata, otras aplastadas en forma de ocho; evitaba los pedazos de cascarón de huevo, esqueletos de pescado, cáscaras de plátano, naranja o patata que algunas mujeres sacaban de la basura, le quitaban los gusanos y se las llevaban para freírlas. Cuando las veía, alejaba la vista de las ratas muertas con la barriga inflada y evitaba toparme con alguna viva.

Todos los días y a todas horas llegaba gran cantidad de gente que llamaban refugiados, tantos que llenaron las plazas y calles de Barcelona.

Busqué un baño pero nadie me lo quiso prestar, como ya no me aguantaba tuve que esconderme detrás de un árbol para orinar. Vi a otra niña que cerca de mí también orinaba y ya no sentí tanta vergüenza. Todos hacían lo mismo, buscaban una piedra, un rincón, a algunos no les importaba que los vieran en cuclillas o de pie orinando. Caminaba con cuidado para no resbalar con las cacas encharcadas. Los olores se revolvían y me provocaban ganas de vomitar, pero me aguantaba, apretaba mi nariz después de agarrar aire por la boca, como en esos días de verano en que me tiraba al mar.

Habían pasado dos años desde que inició la guerra. Mientras estuve con *els meus pares*, nunca tuve miedo ni la sensación de estar en peligro, porque aún con los bombardeos, ellos me arropaban en la cama para dormir calientita, me daban un beso en la frente y, aunque no había luz, bajo una vela me leían un cuento o me contaban alguna historia de los abuelos; yo me sentía segura: ellos estaban conmigo y tenía un hogar. Como no había alarmas, los bombardeos llegaban sin aviso. A veces se escuchaban las explosiones mientras el cielo se iluminaba con los antiaéreos o con los reflejos de los incendios, pero aun así no le temía a nada.

Dos días me escondí entre las paredes solitarias de edificios derrumbados. En momentos el hambre era tanta que los retortijones me acalambraban el estómago hasta hacerme doblar del dolor.

Me encontré con otros niños asustados que también lloraban a *els seus pares* y, juntos, deambulábamos por los escombros.

—Soy Rafael.

—Mina.

—Yo Jacinta. ¿Tenéis algo de comer?

Rafael sacó del bolsillo del pantalón un par de algarrobas que comimos como desaforados. Como no había comida en ninguna parte, los pocos lugares que tenían alimento lo vendían muy caro y yo no tenía ni un céntimo para comprar. Las filas de mujeres esperando conseguir un poco de alimento para sus hijos eran muy largas. Las riñas y los empellones se volvieron algo del diario.

Una mañana de cielo muy azul, mientras un grupo de niños buscábamos latas de comida entre los escombros, se escuchó en el aire un sonido distinto, uno que no había oído jamás. No era el rugido fuerte de los bombarderos, que acelera el corazón, lo hace subir a la garganta y atonta; más bien parecía como si alguien hubiera alborotado un avispero y chocaran sus alas unas con otras haciendo un zumbido intenso.

Nos miramos con miedo en los ojos, con ese que tan bien conocíamos y cada uno se fue hacia donde su propio miedo lo empujó.

Los que estaban más cerca de la calle pronto pudieron correr. Se perdieron entre las madres que en brazos llevaban a sus bebés, *els pares* que entre jalones apuraban a sus hijos y todos los que buscaban ponerse a salvo y que vistos desde lo alto donde yo estaba se parecían a esas desbandadas que provocaba algún pequeño cuando quería atrapar una paloma en la plaza.

Los demás tratábamos, a brincos, a gatas o como cada uno podía, de bajar pronto del cerro de escombros para alcanzar la calle.

Salté un pedazo de pared, esquivé una pata de mecedora y me tropecé, tal vez con la barra de una carriola o con el barandal de alguna escalera. Quedé en cuatro patas. El dolor en las rodillas no me dejó ponerme de pie. El zumbido casi rozaba mi cabeza, mientras más cerca lo oía mi cuerpo menos le hacía caso, se hacía el tonto. Ya no me levanté, no pude o no quise, no sé. Sólo me quedé ahí con las manos y las rodillas sangrando, sin aliento y esperando que en cualquier instante alguna bomba, perversa, viniera a caer sobre mí.

Sobre la pila de escombros una sombra me apresó. La vi hacerse más y más chica hasta que preferí cerrar los ojos. Esa vez no quise verla cayéndome encima.

De pronto algo golpeó mi cabeza y rebotó frente a mí.

Miré hacia arriba. Parecía que desde los aviones muchos listones cruzaran el cielo, cayeran como lluvia después y finalmente, en nuestras manos y ante nuestra sorpresa, se convirtieran en panes. Eran panecillos de Franco con anuncios de propaganda que decían: "Ni un español sin pan, ni un hogar sin lumbre". Así como caían, nos los peleábamos con las mujeres y con otros niños.

Una mañana eché de menos las palomas de la plaza de Cataluña, cuando supe que los refugiados las cocinaron en platos de estofado se me hizo un nudo en la garganta y tuve que respirar más hondo para desbaratarlo, tenía hambre, sí, pero eran tan hermosas que yo no habría pensado en comerlas.

Las mujeres freían residuos de naranja, hervían hojas de lechuga como si fueran espinacas, preparaban tortillas con harina y cáscaras de fruta porque no había huevos; daban forma de chuletas a un puré espeso de algarrobas rebosado con pan rallado.

Cada día encontraba un escondite y niños distintos. Acudíamos a los comedores populares por un plato de lentejas y un trocito de pan. Hasta ese día en que unas señoras muy bien vestidas entraron por la puerta del comedor. Una de ellas, de tez muy blanca, con un sombrero calado hasta los ojos, nos dijo que eran de un grupo de auxilio a las familias de Barcelona para enviar a sus hijos fuera del alcance de los bombardeos. Los niños irían a diferentes ciudades por un tiempo y después regresarían a España. Así que a unos los enviarían a Suiza, Bélgica o Inglaterra. Otros a Rusia y Ucrania.

A algunos de los niños la invitación les pareció como tomar unas vacaciones. Algo así como una aventura que podrían vivir por un tiempo. Pero a mí, no. Cada vez que pensaba en alejarme de Barcelona mi estómago protestaba con dolores tan enfadosos como las campanadas de la iglesia, el corazón se aceleraba y no se calmaba hasta pasado un rato. No podía irme, porque aunque no estuvieran vivos, *els meus pares* estaban ahí, también mis recuerdos, mi barrio y las calles que ya tan bien conocía. Además yo no sabía dónde estaban esos países ni cómo serían. No me quería ir.

Decidieron ponerme con el grupo de niños que iría a México, a una ciudad llamada Morelia. Decían que ese lugar estaba del otro lado del mar, tan lejos que había que viajar muchos días. Nos enviaron con un grupo de ayuda al pueblo español donde trataron de convencerme de que México era un lugar lindo, seguro. Aunque no me dejaba convencer, de cualquier forma tendría que ir. Sentí ganas de darle una patada en la espinilla a la señora Ruiz, esa mujer de cara roja y redonda que finalmente me obligó a ir, pero pensé que a *la meva mare* no le habría gustado que me portara así, con una conducta impropia de su hija, como diría ella, así que aguanté lo más que pude el nudo que últimamente se me hacía en la garganta de la nada. Sin poder evitarlo las lágrimas se me salieron a empujones de los ojos, hasta que no me quedó ninguna.

A mí, como a otros niños, las imágenes de la guerra me asaltaban por las noches. El recuerdo de chiquillos tirados, con sus pequeños cuerpos sangrientos y los ojos con el espanto dibujado. Adultos arrastrando sobre las calles sus cuerpos heridos, buscando ayuda para no morir. Gritos que cortaban el aire obligándonos a tapar los oídos. Sobresaltos en las noches por alarmas reales o imaginarias que nos sacaban del sueño para dejarnos en vela. Recuerdos de esos momentos que no volveríamos a vivir con nuestra familia. Palabras de los adultos de que pronto acabará esta guerra, pero que no se hacían realidad. Silencios rotos por el ruido de cristales que estallaban junto con esas bombas que nos obligaron a crecer antes de tiempo.

Huir. Tenía que huir. No podía seguir ahí.

Tren perdido, voluntad confirmada

Tlancualpicán, noviembre de 1910

*G*ilberto había huido y se había ocultado durante meses en la sierra chiauteca. Sus moradores le dieron cobijo, lo ayudaron a evadir las pesquisas de Ángel Andonegui y de la policía rural, que no averiguaban nada en los interrogatorios que hacían a los serranos, por el contrario, quedaban más confundidos: que lo habían visto por Cañada Grande, que andaba en Tlancualpicán, que ayer estaba en Huehuetlán, que yo lo vi con estos ojos.

Lo conocían, era de los suyos. No lo entregarían.

Muy entrada la noche del 17 de noviembre, Gilberto llegó hasta las primeras casas de Tlancualpicán asomadas al rumor del río Nexapa. Acortó el paso del caballo para atravesar la plaza y llegar a la esquina de la casa de su cuñado Rafael Rosendo, presidente auxiliar. Dos golpes seguidos y uno aislado permitieron su paso al zaguán del patio. Esa noche no pudo dormir, por estar atento a cualquier ruido.

Al mediodía siguiente —tras un rodeo precautorio— se encaminó hacia la estación de bandera más próxima a la terminal ferrocarrilera de Tlancualpicán, un tanto distante. Esperó paciente bajo unos matorrales. Vio pasar el tren de pasajeros procedente de la ciudad de Puebla que abordaría a su regreso.

No pasó mucho tiempo cuando llegó uno de los mozos de su cuñado:

—Tiene que ir a casa de mi patrón, porque algo muy grave ha sucedido.

Rafael plantó en sus manos la circular telefónica enviada por el gobierno del estado, en la que ordenaba localizar y sofocar las posibles ramificaciones del movimiento rebelde que acababa de estallar en la capital.

—Es inútil y arriesgado que vayas a Puebla, Gilberto.

—Toda lucha es arriesgada.

—Caerás en las manos de Mucio Martínez o de los soldados federales.

—Ni modo. Tengo que ir.

Gilberto regresó a tomar el tren para ir a Puebla, pero ya era tarde. El tren había pasado de regreso minutos antes.

Tres días se mantuvo oculto en el mismo pueblo de Tlancualpicán. Con avidez leía y releía los periódicos con la versión oficial y algunas otras versiones de aquella jornada histórica y heroica, vivida por los hermanos Serdán.

Salió de su refugio para encontrarse con los correligionarios de Izúcar de Matamoros y de Atlixco lleno de las interrogantes que lo habían llevado a mantener su lucha revolucionaria.

Mina no irá a México

Cerbère, Francia, mayo de 1937

*D*e varias formas intenté escapar del albergue a donde nos llevaron: me arrastré con la panza en el suelo, como hacen las culebras, para salir por la puerta sin que me atraparan, pero la señora Ruiz me levantó de un brazo con tanta fuerza que no se me desprendió de milagro; otro día me hice la enferma para que me llevaran al hospital, pero ella puso su mano en mi frente, me pidió que abriera la boca y luego hizo una mueca, por más que traté no pude zafarme de su mano que como tenaza me apretaba el brazo o me estiraba la oreja mientras me gritaba cada que me separaba de ella.

—Deja ya de moler, bandida.

Aunque de día el recuerdo *dels meus pares,* de nuestro piso y de Lola me dolía menos, por las noches, al imaginar su mirada, su sonrisa o un abrazo, los ojos se me humedecían. Me sentía como una fuente que no termina de secar porque cualquier lluvia aunque sea ligera la vuelve a llenar. Ya no sabía qué hacer y parecía que no tendría más remedio que ir a México. No tenía ganas de levantarme ni de jugar o hablar con los demás niños, sólo quería dormir y dormir hasta ver si a fuerza de no levantarme me despertaba cuando en mi ciudad ya no hubiera guerra.

Como todo lo inevitable, llegó el día de tomar el tren en Barcelona. Nos dijeron que tras un par de paradas llegaría a Burdeos para de ahí subir al barco que nos llevaría a ese lugar al otro lado del mar. La estación bullía de adultos y ancianos que en brazos o tomados de las manos llevaban a sus hijos, nietos o sobrinos y entre lágrimas se despedían de ellos antes de subirlos a los vagones. Veinte adultos subieron también para cuidarnos.

En la frontera entre Port Bou y Cerbère nos bajaron a esperar el nuevo tren. Ahí en la estación, entre el barullo de todos esos niños y niñas de todas las edades, algunos con caras sonrientes y otros con el ceño fruncido, encontré el momento para huir.

Me separé del grupo y me escondí dentro de lo que me pareció era una bodega. Cerré la puerta y a tientas me metí hasta el fondo. Habían pasado dos meses desde la muerte *dels meus pares* y ahí estaba yo, en medio de esa oscuridad que me aterraba. La negrura profunda, escondida, de aquel lugar, me envolvía y me hacía perder la idea de dónde estaba. De lo que va arriba o abajo, y lo que va del otro lado. Como cuando en la noche quería que a mis ojos llegara algo de luz y no podía pescar ni una hebra.

"Aguanta, Mina, aguanta", me decía en mi interior una y otra vez. Al cansarme de aquella oscuridad, mis ojos se cerraban y aparecían los recuerdos. Me mordía el labio, los dedos de las manos, el brazo, la rodilla o cualquier parte del cuerpo que alcanzara para que no se me salieran las lágrimas, hiciera ruido y me encontraran.

El terco hoyo en el estómago me hizo recordar la caja de merienda que nos dieron cuando nos subieron al tren de Barcelona a Francia. Luego de tantos días de alimento escaso, aquella merienda nos supo a gloria.

Ya me quería levantar. Deseaba estirar, aunque fuera un poco, las piernas. Las sentía tan pesadas como si tuviera atada una piedra de molino en cada una. Me dolían mucho. Después se me durmieron al aguantar mi peso por tanto tiempo. El borde de los botines se me clavaba en la espinilla por la postura forzada. Aflojé las agujetas. Quería llorar, pero el temor de que me descubrieran era más grande. Tendría que aguantar en esa bodega junto al andén, hasta que el tren se hubiera ido de la estación.

Todavía podía escuchar las últimas palabras de mi madre cuando corríamos por la Gran Vía: "Mina, *meva nena*, olvida todo. Olvida todo". ¿Cómo podría olvidar? El sonido de las bombas al caer retumbaba en mi interior apenas cerraba los ojos. Oía los gritos de la gente que corría para mantenerse a salvo de las explosiones o de los incendios. Los gritos de las personas heridas; quejidos de adultos y de niños. Pero los de los niños se me quedaron grabados con todo su terror. Había un olor agrio, era ese olor que engrasa la nariz y se te queda pegado por dentro. Después supe que era el de la carne humana quemada que resulta imposible de borrar de la memoria al igual que el 17 de marzo, fecha en que me robaron a *els meus pares*.

"¿Habría también fronteras que defender en el cielo?", pensaba. ¿Habría republicanos y franquistas? Esperaba que no. Porque, entonces, qué mugrerío de historia sin fin con los adultos. *El meu pare* decía que el egoísmo establece fronteras y el amor las borra. Pero a mí me parecía que en el cielo no podía haber ninguna división, de ningún tipo. Debía ser una gran ciudad con muchos montes, bosques, jardines y flores pero sin cercas, con fuentes y ríos de gente alegre que canta. No existiría el hambre porque el mero deseo sería saciado de inmediato. Tampoco habría hombres ni mujeres, derechas ni izquierdas de las que hablaban los adultos, ricos ni pobres: sólo personas. La alegría sería perpetua.

Pero, ahí, la bodega olía a humedad. Era un acre olor a moho que me picaba en la nariz y me dificultaba respirar.

Podía escuchar los sonidos del andén haciéndose cada vez más sordos.

Cuando no hay mucha comida se aprende a engañar al estómago. Eso me lo enseñaron los otros huérfanos que vivían en la calle. Se junta un buche de saliva y se traga, luego se junta otro, se traga y así se alarga el engaño hasta que llegan los calambres. El mío me pidió comida otra vez y lo entretuve hasta que los piquetes se hicieron tan fuertes que al apretarme mi panza se juntaba con la columna. Deseé haber muerto con *els meus pares* en vez de estar ahí, sola.

Por fin oí el eco del ferrocarril al arrancar. Muy despacio primero. Un resoplido de vapor y un silbatazo le siguieron. El ruido se hizo más alto. Las voces del andén, antes fuertes, se volvieron un murmullo opaco que finalmente se acalló mientras crecía el sonido de la marcha del tren.

Pensé en salir, pero el miedo me tenía paralizada todavía. Dejé pasar cinco minutos más; entonces, me atreví a salir de la bodega. Apreté las agujetas y, al querer mantenerme en pie, las rodillas se me doblaron. Caí al suelo. El delgado vestido de algodón se me había pegado a las piernas y el abrigo se me había atorado en algo. Me quedé un momento inmóvil. En un segundo intento, mis flacas piernas me pudieron sostener. Jalé el abrigo que, tras romperse un poco, cedió. Avancé a tientas. Iba muy despacio para no hacer ruido, mirando con las manos, sintiendo las texturas. La oscuridad me rozaba, me envolvía como un abrigo pesado. Toqué lo que parecía ser un arnés o algo de fierro. Al fin, sentí la aldaba de la puerta. No me decidía a abrirla. Pensé en *els meus pares* y los invoqué: "Ayudadme, por favor". Entonces la abrí. Una rendija solamente desde donde podía ver si había algún guardia. Parecía despejado. La separé un poco más. Asomé la punta de mi encorvada nariz y la claridad me obligó a cerrar los ojos. Los entrecerré para ajustarlos a la luz del exterior hasta que pude ver. No había nadie. Salí con cuidado, avancé muy pegada a la pared como cuando jugábamos a las escondidas entre las calles de la Barceloneta. Muy despacio, recorrí todo el andén hasta que llegué a cielo abierto.

No sabía a dónde iría. Pero lo que sí sabía era que no dejaría que me subieran a ningún tren o barco para ir a México.

La estación se situaba entre un monte muy verde y el mar azul. Decidí seguir el mar. Crucé las vías del tren y bajé por una pendiente hasta la playa. Todo el tiempo caminé con temor, el mismo que me invadía en Barcelona al escuchar el sonido de las sirenas y los altavoces que nos prevenían: "¡Atención! ¡Atención! ¡Los bombarderos han llegado! ¡El ataque ha pasado! ¡Ha pasado! ¡Viene un nuevo ataque! ¡Está llegando!".

La turbulencia de las armas

Puebla, enero de 1914

*L*a Revolución estalló en Puebla con los Serdán; en Chihuahua, con Pascual Orozco; en Morelos, con Emiliano Zapata. Al año siguiente, cuando Francisco Villa derrotó a su ejército en Ciudad Juárez, Porfirio Díaz vio terminado su largo mandato. Se exilió en Francia y México convocó a elecciones que ganó Francisco I. Madero.

Durante los primeros meses de la presidencia, Gilberto continuó con nuevos bríos los estudios del tercer año de la normal que había interrumpido el año anterior. Pero a escasos meses de graduarse, volvió a tomar las armas en el ejército constituido por Venustiano Carranza para combatir a Victoriano Huerta, quien había traicionado a Madero y, de manera artera, lo había ejecutado el 22 de febrero de 1913 para dar inicio a un periodo de gran turbulencia en el país.

Nunca imaginaron Cornelio y María de la Paz que Gilberto cambiaría los libros por las armas.

A su padre se le henchía de orgullo el corazón de saber que su hijo tenía el mismo espíritu aguerrido de sus antepasados, de los Bosques que no fueron sujetos bajo el dominio imperial y que, como los chiautecos, también cultivaron su dignidad y señorío.

María de la Paz, que creía en la fuerza de las letras y de las ideas, no compartía el mismo orgullo que Cornelio. No había día en que su corazón no elevara una plegaria para invocar la protección de Dios para su hijo. Y si de su espíritu sosegado no salía ningún gesto, ninguna frase o algún ligero suspiro que mostrara su preocupación al estar con Cornelio o con sus hijas, en su interior deseaba que acabaran las luchas que alejaban a Gilberto de la que ella creía era su verdadera vocación: la docencia. No veía el día en que concluyera sus estudios de la normal, estaba tan cerca, a unos meses. Pero el país traía obnubilados a hombres y a buena parte de sus mujeres que, con fusiles, carabinas o ametralladoras, sangraban a la nación. María de la Paz lo había estudiado con Gilberto cuando era niño, los cambios sociales difícilmente se lograban sin la lucha armada. Pero, aun así, ya deseaba ver a su hijo rodeado por días de paz.

Para Gilberto la vía de las armas no era un cambio en sí mismo, sino el único posible para hacer respetar la tierra, al hombre y la educación. Pensaba que no era posible separar estas realidades. Para el hombre, decía, es la tierra y el saber. No como proclamaban los conservadores que se oponían con vehemencia a reducir las jornadas laborales y a eliminar las tiendas de raya con las que aseguraban la mano de obra para el campo, las minas y fábricas. Quería defender estos derechos aunque se le fuera la vida en ello, como le sucedió más de una vez, que entre balazos que le silbaron junto al oído, volvió a esquivar la muerte. Cuando el ejército de Carranza venció, y tras la abdicación de Huerta, Gilberto regresó a Puebla a terminar sus estudios en el instituto, donde obtuvo el título de profesor de educación primaria y superior. Habían pasado siete años desde que partió de Chiautla y cada vacación le costaba más trabajo volver. Si bien se sentía poblano, disfrutaba de la compañía de amigos y el estilo de vida de la capital del estado, añoraba los soles de la tierra mixteca que le seguían corriendo por las venas.

Francesc y el petirrojo

Cerbère, mayo de 1937

¡Qué bello era el color del mar de Cerbère! Igual de hermoso que el mío en Barcelona. Dios hizo un buen trabajo cuando imaginó el mar. Tal vez lo hizo así para que no me sintiera tan lejos de casa. Porque no estaba segura de dónde andaría. Sólo sabía lo que en el tren nos habían dicho: que llegaríamos a Port Bou, pasaríamos la frontera y, en Cerbère, ese tren especial al que no subí, nos llevaría a Burdeos a tomar un barco hacia México.

Al poco tiempo de caminar sobre la playa comenzó a oscurecer. Pensé que debía encontrar un lugar para dormir. Hacía frío y lo sentía más, tal vez por la soledad.

—Niña. Oye, tú: *petita* —escuché a mis espaldas.

Era un muchacho que caminaba por la playa tras de mí. Primero me quedé tiesa del miedo, pero luego pensé: éste habla mi idioma, ha de ser catalán también. Se veía algo mayor que yo. Quizá tendría unos quince. Traía pantalón largo y no los pantaloncillos que usaban los menores. Un abrigo de tela delgada, se veía ajustado en el pecho y corto en las mangas. Tenía tantas pecas en la cara que formaban un tapiz, parecido al del sofá de mi casa.

—¿Sí? —dije bajito.

—Que cómo te llamas.

—Guillermina Giralt —dije, todavía con algo de temor—, pero los más cercanos me dicen Mina. ¿Y tú?

—Francesc Planchart.

Arrugó la nariz de manera graciosa, ladeó la cabeza y se me quedó mirando.

—Pues mira, Mina Giralt: será mejor escondernos.

—¿Escondernos? ¿Por qué?

—Porque si nos pilla la policía nos mandan a un campo de internamiento. Los franceses envían a estos campos a cuanto español se encuentran.

—¿Y cómo son estos campos?

Su rostro se volvió serio.

—Como todos, supongo. La verdad no los he visto, pero he escuchado que son lo peor.

En silencio caminamos por la playa. Con el pie hacía rodar las pequeñas caracolas o enterraba las conchas, mientras los recuerdos del día me agitaban. El vaivén del mar desbarataba sus olas a nuestros pies. Alguna ola grande, traviesa, me hizo estremecer al romper contra las rocas. Volví a mis once años de realidad. De ese día, de esa noche, de esa orfandad. Las lágrimas retornaron; esta vez las dejé correr. Con ellas, también el desahogo, entre mocos que embarré en la manga del saco porque no tenía pañuelo.

—¿*Els teus pares* han muerto también?

—Sí.

Francesc me miró, compasivo, sin decir nada. ¿Qué podía decir? No había mucho que hablar cuando se ha perdido lo más querido. Él lo sabía y yo también.

Llegamos a un extremo de la playa, donde comienza la roca del farallón.

—Éste es un buen lugar —dijo.

Nos sentamos en la arena, con la espalda contra el risco. Me dolía todo el cuerpo y estaba muy cansada. Dejé que los pensamientos caminaran libremente. Los últimos meses me habían enseñado que luchar contra ellos hacía que se repitieran con mayor terquedad, así que nada más cerré los ojos.

Los diminutos fragmentos de concha que formaban la arena hacían un excelente colchón. Como en un juego, aprisioné puñitos que luego dejaba escapar entre los dedos. Recordé la suavidad de mi cama, el olor a lavanda de mi almohada y el enojo de mi madre cuando rompí la azucarera de porcelana de la abuela Maragda. Me negué a recordar la discusión *dels meus pares* el día que nos cortaron la luz porque no alcanzó la mesada.

En algún momento me dormí y soñé con la figura esbelta de *la meva mare* mirándome desde la ventana del piso, lanzándome el infaltable beso que me acompañaba a la escuela, mientras yo corría con mi mochila al hombro. Una y otra vez la misma imagen que tanto amaba.

Un silbido cortó la bella imagen para llevarme a otro sueño en lo alto de un monte que rodeaba un valle grande. Desde ahí escuchaba un silbido, luego otro y otro en una maraña que no podía detener. La angustia me oprimía el pecho y la desesperación me hacía gritar en un intento por detener el curso y el estallido de numerosas bombas que caían sobre una bella ciudad.

Francesc debió notar que ni dormida podía estar quieta porque entre sueños sentí que me acariciaba la cabeza para tranquilizarme.

Desde el balcón en lo alto miré aquella destrucción y lloré. *El meu pare* me tomaba entonces de la mano, limpiaba mis lágrimas y me obligaba a ver hacia otro lado. Bajamos por una ladera cubierta de hierba verde y flores púrpuras cuando, a la mitad, nos encontramos frente a una puerta con postigo. Extrañados, nos detuvimos frente a ella. Miré a mi padre con la pregunta en los ojos: él asintió. Abrí la ventana con curiosidad y escuché como si un hilo de agua endulzada con las voces de gran número de personas empezara a correr. Crucé la puerta. Mi padre se alejó sin dejar de mirarme, hasta perderse a lo lejos.

Una cálida sensación sobre la cara me hizo entreabrir los ojos. Era el sol que desde el fondo de la bahía comenzaba a despertar. Me levanté asustada al darme cuenta de que Francesc se había ido. Me asomé sobre el empedrado que hacía las veces de muelle bajo para buscarlo sobre la playa. No lo vi y el miedo me invadió. Comencé a llorar. ¡Basta, Mina,- basta! ¡Tienes que dejar de llorar de una buena vez! No quería estar sola aunque en la Barceloneta solía estarlo. Mi barrio triangular de pescadores me tenía sorpresas cada día. Subir al faro, deambular por las calles estrechas de piedras grises por el salitre, correr como desaforada por la plaza.

Sentarme en la banqueta a hacer dibujos mientras disfrutaba del fresco de la tarde. Y lo mejor: ir al muelle a ver llegar las barcas de los pescadores con sus redes repletas de gambas rojas o comer un plato de cuchara de cuando vivía la abuela, como las lentejas pardinas estofadas con patatas.

Tenía una vida buena. ¡Sí que la tenía!

—*Petita* Mina.

Francesc regresó. De un salto lo abracé del cuello, me di cuenta de lo que acababa de hacer y de inmediato lo solté. Él comenzó a reír.

—He traído algo de pan. Tendrás hambre, supongo.

—Sí.

—También esto.

Sobre la palma de su mano estaba algo redondo, entre café claro y amarillo, tan arrugado que recordé la piel de los ancianos que se sentaban por las tardes en la plaza de mi barrio.

—¿Qué es?

—No tengo idea, pero podemos averiguar —dijo mientras me lo daba.

Echamos a reír. Con el hueco que tenía en el estómago, aquello sería como comer torrejas.

—Parece un fruto, pero bastante seco. ¿Dónde lo has conseguido?

—Lo tomé por ahí.

—¿Lo robaste?

No contestó. Tomé un pedazo de pan y di un bocado a lo que resultó ser un albaricoque. Continué comiendo el pan y mordisqueé la fruta.

—¿Y tú no vas a comer?

—Ya he tomado mi porción.

Por la forma en que me miraba comer, creo que su porción debió haber sido muy escasa. Comí un poco más y dije que estaba satisfecha. Él devoró el resto. Me quedé mirándolo. Su quijada subía y bajaba mientras un par de hoyuelos aparecían y desaparecían de sus mejillas. Lo hacían ver como un pequeño pillo enfundado en ropa gris. Cuando terminó de comer se quitó los zapatos, el abrigo y la gorra de fieltro. Se dirigió a la orilla de la playa.

—No te acerques —me dijo.

Se adelantó un poco dentro del mar y, sin más, orinó sobre la siguiente ola que le mojó los pies. Giré la cabeza hacia otro lado. No había visto orinar a un hombre en mi vida, estando sola, ni siquiera a los pescadores. Había visto a niños, pero era distinto. Nunca nadie mayor que yo.

—Disculpa, Mina, pero no podía aguantar más.

—Está bien. Soy grande —dije en un intento de convencerme de que mi infancia se había quedado en Barcelona.

—Tendrás que utilizar también el mar —en su mirada había compasión.

—¡Excelente! —el nudo en la garganta se me apretó más—. Haré de cuenta que soy una gran reina en su inmenso baño.

Cerbère despertó. Los sonidos de la ciudad se hicieron más fuertes. Hasta la playa se escuchaban los gritos que algunas mujeres se intercambiaban entre balcones, tal vez pidiéndose alguna medida de harina o de azúcar. El sonido del ferrocarril que subía con esfuerzo la pendiente de inmediato me recordó mi escape del día anterior. Algunos pescadores que regresaban con sus redes cargadas de crustáceos reían a carcajadas. La costa francesa, aquí en Cerbère, no racionaba la comida.

El viento traía de lejos y arrojaba desde su barriga el eco de voces de niños que jugaban en algún lugar.

—¿Aquí hay escuela, Francesc?

—Sí. Van también algunos niños de Port Bou que se han refugiado aquí.

—¿Irás tú?

—No. Yo seguiré más adelante. Pero puedo llevarte a la escuela si lo deseas.

—¿A dónde irás?

—A Marsella. Tengo un tío ahí.

Yo no sabía qué hacer. Si iba con él, al menos tenía a alguien. En ese colegio quién sabe cómo tratarían a los españoles. Seguro que no sería como mi escuela en Barcelona, pensaba con tristeza. Allá formábamos un gran corro al que la directora regañaba todo el tiempo por alterar el orden —como decía—, pero que entre cantos y juegos nos divertíamos todo el tiempo. Hasta aquel día triste en que sonaron las alarmas, y no volvimos más.

Decidí continuar con Francesc. Con el temor de que se negara, y en tono lloroso, así como cuando le pedía a *la meva mare* una pieza extra de pastelillo, se lo pregunté.

—¿Me podrías llevar contigo?

Agrandó los ojos y me dijo:

—Siéntate.

Nos dejamos caer sobre la arena, uno frente al otro. Hubo un largo silencio en que yo repasaba con los dedos las costuras de mi abrigo con la mirada baja, y él me repasaba con la mirada ausente. Su cara seria, como la que ponía *el meu pare* antes de regañarme me hizo pensar que no aceptaría.

—Mira, Mina: no es que no quiera que vengas. Llegar hasta aquí no ha sido fácil, y creo que sería peligroso que continuaras conmigo. Eres pequeña, eres frágil…

No podía dejar pasar la oportunidad, y el deseo de que me llevara con él fue todavía más fuerte.

—Tengo once bien cumplidos y no soy frágil —lo interrumpí, airada—. Soy delgada, escuchimizada, como me decía mi madre, pero siempre con muy buena salud.

Esperé su respuesta en un silencio prudente, como *la meva mare* decía de esos largos ratos en que debía estar callada esperando algún permiso. Y no es que yo sobresaliera por esa virtud, más bien era todo lo contrario. Pero en esta ocasión me parecía que de la decisión de este joven dependería mi seguridad, al menos para sentirme menos sola. Por lo que sin dejarle de mirar, esperé.

—Muy bien —dijo sin convicción—, pero te advierto que no voy a ir más despacio, ni me voy a detener porque estés cansada. Ahora vuelvo —se levantó y se fue sin decir más.

No me permitió brincar de alegría. Por lo visto, tendría que acostumbrarme a sus actos sin explicaciones.

Después de muchísimo tiempo, yo creo que media hora, trajo un pedazo de hogaza de pan, una patata cocida y un botellín abierto de vino.

—Para más tarde —dijo.

Tomamos el camino de la costa. Algunas de sus crestas, las más elevadas, eran peligrosas por la roca suelta, sobre todo al borde de los acantilados; pero, en general, dijo Francesc, era un camino seguro de recorrer. Subimos entre higueras de chumbo, olivos y terrazas de vides, rodeamos las formaciones rocosas de piedra caliza y volcánica, gastadas por el golpe de las olas. Donde la playa era más ancha, bajábamos a descansar debajo de alguna sombra. Luego volvíamos a subir al camino. A mí me gustaba dibujar las nubes, a la distancia, con una mano.

—Ése es un pequeño conejo —le decía mientras acariciaba el lomo nuboso del animal—. ¿Lo ves? —él me miraba como se mira algo que no se entiende mientras yo brincaba e imitaba el canto de algún pájaro.

—¿Sabes quién soy, Francesc?

—Ni idea.

—Soy un petirrojo, y voy a volar para ver el mar.

Dejé el camino y me dirigí a la orilla del acantilado. Aleteaba con los brazos y daba pequeños saltos de vez en cuando. Me acerqué hasta el borde.

—Es hermoso. Ven a verlo.

Se acercó despacio. Adelanté un pie y la punta me quedó en el vacío. Miré a la lejanía y crucé los brazos en la nuca para darme comodidad ante el paisaje.

—¡Anda! ¡Apúrate a ver esto!

—Ten cuidado, Mina.

—¿Cuidado de qué? —dije mientras giré la cintura.

—Mejor aléjate de la orilla.

—¡No me digas que tienes miedo a las alturas! Recuerda que soy un petirrojo. Estoy a salvo. Además no está tan alto. Quizá me parta la cabeza, pero no pasa a más —dije en broma aunque por un segundo pensé que si moría podría estar con *els meus pares*.

Francesc miró la orilla donde yo estaba parada; tal vez vio la roca desprenderse.

—¡Cuidado! ¡Mina!

Mi pie resbaló sobre el acantilado. Pequeñas motas de polvo y roca se desprendieron también. Arqueé la espalda, traté con manotazos desesperados de no caer; pero sólo pude agarrarme del aire. Vi el azul inmenso del mar y la rodilla se me dobló por el peso del cuerpo. Estaba casi segura de que caería. Cerré los ojos para no sentir el golpe contra el risco. De un salto, Francesc se abalanzó sobre mis brazos, que lastimó al agarrarme. Se detuvo un momento con los ojos cerrados mientras me sostenía en vilo. Con la respiración agitada, nos quedamos un momento como piedras.

Como si desde el cielo me hubieran lanzado una cubeta con agua o como si de pronto entendiera alguna enseñanza sobre la vida de las clases de catecismo o tal vez por eso que llaman instinto, preferí seguir viva a morirme para estar con *els meus pares*.

—¡Súbeme, Francesc! ¡Súbeme, por favor!

Francesc no podía estirarme así como estaba. Con lentitud dobló las rodillas. Primero una y después la otra. Con gran esfuerzo, jaló primero un brazo, luego el otro, hasta levantar la espalda y, con ella, mi peso. Se alegró de mi ligereza. Volteé a ver el fondo. No era demasiado alto y, aunque estaba acostumbrada a trepar y brincar de cualquier árbol, aun así, calculé que de haber caído no me hubiera ido nada bien. La presión de sus manos sobre mis muñecas fue intensa. Busqué apoyo con las piernas en los salientes rocosos para aminorar el esfuerzo conforme ganaba altura. Ya que estuve a salvo me sentí como tonta, pero eso no me impidió esta vez colgarme del cuello de Francesc, que había palidecido por el miedo y el esfuerzo. Estaba molesto, aunque, después de un sonoro suspiro, dijo que cada vez le gustaba más ese gesto mío, infantil, que me hacía volar hacia él.

—Gracias, Francesc —dije mientras me frotaba las muñecas todavía con moretones por las mordidas que me había dado en la bodega y encima lastimadas por sus dedos.

—De nada. Pero eres una niña imprudente.

—El paisaje era tan hermoso que no pensé que habría algún riesgo en acercarme al acantilado.

No era la primera vez que mis impulsos me ponían en peligro, y de verdad que yo luchaba por ser más pensante pero a veces lo olvidaba.

Desde ese momento Francesc se convirtió en mi mejor amigo. En el camino me contó que había quedado huérfano cuando el crucero *Eugenio di Savoia* atacó Barcelona desde el mar. Ocurrió el 13 de febrero, un mes antes del bombardeo que mató a *els meus pares*. Dejó salir apenas una lágrima que limpió rápido, y me dijo:

—No hay honor ni sentido ni gloria en la guerra. La guerra es locura de todos y ambición de unos cuantos.

Por un largo rato no dijo nada.

Una mujer, un amor

Puebla, 1922

*P*arecía que la lucha armada en México llegaba a su fin.

En alguno de esos domingos veraniegos de 1922, de aparente tranquilidad, Gilberto había acordado con su amigo David ir a comer a los portales de Puebla. A la una de la tarde, puntual como siempre y según su costumbre, había pedido mesa y ordenado su limonada. De todas las bebidas que podía seleccionar ninguna se acercaba en su preferencia a la limonada: ni las famosas gaseosas, ni los refrescos de cola, ni las bebidas del bar Las Pasitas, ni los nevados de don Herminio, ni el rompope de las clarisas. La combinación agridulce del limón con el azúcar producía en su paladar y en sus sentidos un delicioso placer. Hasta ese momento discurrió sobre el gusto de beberla en ese día de calor. Sí. Hasta ese momento en que vio acercarse a David y a Pelagio, su hermano mayor, acompañados de una hermosa joven.

—Buenas tardes —se levantó de un salto para saludarla con un beso en la mano.

—María Luisa, te presento a mi amigo Gilberto Bosques —dijo David.

Esa joven, tan alta como él, con sus grandes ojos cafés y de labios generosos, rojo carmín, lo hicieron olvidar, durante esa tarde, los ideales y la lucha revolucionaria. No tuvo otro pensamiento que no fuera María Luisa.

La menor de los hermanos Manjarrez estaba internada en un colegio católico, al que acudía Gilberto a visitarla ante la mirada reprobatoria de las compañeras y maestras, quienes le advirtieron sobre su reciente pasado combativo.

—Viene de la revolución —decían—, de seguro es delincuente y asesino, tienes que cuidarte, no vayas a lamentarlo, no te conviene, mejor búscate otro; tú tan bonita y él tan insurrecto. De seguro que tendrá ya un corrido con versos cargados de balazos.

Pese a que Gilberto le mostraba su amor a través de sus versos y de que sólo tuvo ojos para ella, María Luisa sufría de amor. Tanto era lo que le gustaba y tanto lo que le insistían sobre la poca conveniencia de aceptarlo, que no dormía, ni comía. Día tras día se cuestionaba si debía seguir a su corazón o a la razón colectiva del colegio. Hasta que un buen día se decidió a hablar con Tere, su hermana mayor y amiga.

—¿Tú sufres por no estar con él?

—Sí.

—Entonces no lo pienses más. Si te lo ha propuesto, cásate con él.

Gilberto era secretario de gobierno de Froylán C. Manjarrez, quien además de ser hermano de María Luisa, ejercía funciones de gobernador interino de Puebla.

Ahí, en la Casa de Gobierno, se llevó a cabo la boda con los familiares más cercanos a la pareja.

María Luisa terminó los estudios, dejó la escuela y a sus compañeras de clase para seguir a su esposo en una nueva lucha, la más cruenta: la rebelión delahuertista.

Barco fantasma, marido fantasma

Progreso, Yucatán, junio de 1924

*U*na tarde de junio de 1924 las ráfagas de calor inmisericorde golpeaban el puerto de Progreso. Desde la cresta de un cielo colorado, el sol parecía haberse acercado a la tierra más de lo habitual. Las hojas del manglar mantenían la misma posición estática que las estampadas en algún óleo. Sólo el constante chillido de algún animal expresaba su queja ante aquel calor hiriente, mientras la gente en el muelle luchaba por subir a bordo de aquel indolente barco que se mecía sin querer levantar el ancla para regresar a Cuba. María Luisa subiría por el puente, Gilberto y Bellizia lo harían desde una barcaza para evitar ser vistos. Los tres traían sus pasajes en regla, pero por la continua vigilancia de que eran objeto, prefirieron hacerlo como lo haría cualquier polizón por la popa.

Iban a conseguir armas para el levantamiento de Adolfo de la Huerta contra el gobierno de Obregón, que quería imponer para la sucesión presidencial a Plutarco Elías Calles.

Con cautela se acercaron al barco. Gilberto mantuvo la pequeña embarcación junto a la cadena del ancla para que por ahí trepara Bellizia. El movimiento del agua hacía difícil la maniobra, pero en un segundo intento logró asir un eslabón. Trepó sin dificultad. Pero, como era un hombre corpulento, al intentar subir a la cubierta se quedó atorado en medio del barandal, sus piernas colgaban por fuera. De inmediato, las sirenas comenzaron a sonar, se armó el lío y Gilberto no pudo subir por ahí.

Sin dudarlo, se dirigió rumbo al muelle y, con la mayor tranquilidad, se encaminó hacia el puente por donde los pasajeros hacían fila para abordar. Algún gesto involuntario de Gilberto, los hizo abrir el paso. Con las continuas luchas y el llovedero de balazos pensaron que quizá vendría armado. Con su habitual aplomo presentó sus papeles y su pasaje sin que el oficial hiciera ningún comentario.

Una vez a bordo se identificó ante uno de los tripulantes cubanos.

—Escóndeme —le dijo.

María Luisa había abordado primero, como ignoraba esos sucesos buscó a Gilberto a lo largo y ancho del vapor. Ni sus luces. Tampoco encontró a Bellizia. Con nerviosismo se paseó entre las dos cubiertas, preguntaba a la gente:

—Disculpe, ¿no ha visto a un hombre color del bronce con el tono de ojos como el chocolate?

Una negativa seguía a otra mientras crecía su nerviosismo. A punto de zarpar se dijo: "No. Yo no puedo irme sola."

Escondidos cada uno en las profundidades del barco, no imaginaron las preocupaciones de María Luisa. En su plan no figuró la posibilidad de que se tuvieran que esconder, ni calcularon que ella se angustiaría en su intento por encontrarlos.

Sacudiéndose el desgano, el buque partió hacia Cuba sin María Luisa, quien, de pie en el muelle, vio alejarse al navío.

Un viento suave comenzó a soplar desde el mar, quizá un vestigio del pensamiento de su marido que en ese momento, como en la mayoría, estaba destinado a ella. Las ondas del vestido ligero que llevaba, consintieron jugar con esa brisa que se empeñaba en hacerle volar el simpático sombrerito de paja al que, en su estupor, ella se aferraba como un niño a su dulce.

Cuando la embarcación se perdía a lo lejos, buscó por cielo, mar y tierra sin encontrarlos. No estaban en el muelle, ni en la playa. Recién casada y sin marido. Con pasaje de abordar y sin barco. ¿Qué había sucedido? Como si se los hubiera tragado la tierra o el mar. ¿Habrían caído durante el intento de abordar? Ay, no, ni pensarlo. ¿Qué haría? ¿Qué hacer?

Abatida, deambuló sin rumbo, hasta que una voz familiar la sacó de sus cavilaciones. Era Miguel Victoria, el amigo de Gilberto, que se había negado a fusilarlo y que ahora fungía como oficial encargado de Puerto Progreso.

—¿Qué sucede, señora María Luisa?

—Traigo perdido a mi marido.

Miguel tenía en gran aprecio a Gilberto, desde aquel día en que su negativa a fusilarlo le salvó la vida cuando fue aprehendido a su regreso de Cuba con armas para la revolución de De la Huerta.

—¿En qué la puedo ayudar?

—Deme un salvoconducto para alojarme en el puerto, así podré ir a Cuba a buscarlo en el siguiente barco.

Miguel se lo dio, además de recomendarle que se cuidara mientras esperaba en el puerto, la envió con una tía que tenía alquiler de cuartos, que si bien no eran de lujo, se podía pasar las noches a buen dormir. Los buques salían cada semana, por lo que María Luisa envió un telegrama a su hermano Froylán, que estaba exiliado en Cuba, en el que avisaba que llegaría en el siguiente vapor.

Esa semana de espera fue eterna. Aunque en el día trataba de no pensar en la posibilidad de que algo malo le hubiera sucedido a su esposo, en que Froylán no recibiera el telegrama, en llegar a Cuba y quedarse desamparada, esos pensamientos la asaltaban por las noches robándole el sueño. Para complementar su desdicha, las vueltas a un lado y al otro que daba sobre el colchón hacían que los resortes rechinaran continuamente. Así, entre el escándalo de sus pensamientos y el de los resortes, le era imposible encontrar uno sosegado al que asirse para cerrar los ojos y dormir.

Al sexto día de interminable espera, el barco que ondeaba bandera cubana atracó en el puerto. María Luisa se despidió de Miguel sin poder evitar que sus ojos se humedecieran.

—No tiene que agradecer, señora. Uno nunca sabe cuándo puede necesitarse un amigo.

—Gracias de nuevo, Miguel.

Al arribar a la costa cubana todos los pasajeros se reencontraron con sus familiares, amantes o amigos, que con emoción los esperaban.

Sólo María Luisa permanecía de pie, asida a su pequeño bolso de mano, sin nadie que la esperara. El sentimiento de abandono la sumió en una profunda tristeza. Subió de nuevo al barco con la intención de regresar a México. Las lágrimas brotaban sin vergüenza, abundantes y transparentes sobre su rostro de porcelana. Con la incredulidad que sacudía su delgado cuerpo se negó a aceptar su ausencia. Regresó sobre sus pasos, bajó por la barandilla hasta el muelle y, en la lejanía, escuchó:

—¡María Luisa! ¡María Luisa!

Lo vio correr hacia ella con toda la agilidad de su joven cuerpo. A su lado, Froylán le seguía el paso.

No hubo un día antes, ni habría un día después en que María Luisa sintiera la misma alegría que en ese momento en que del abandono pasó a la seguridad de los brazos de su marido. Nada le importaba más. El sólo saber que estaba bien, el escuchar el latido de su corazón al elevar su pecho, el sonido tranquilizante de su respiración bastaron para hacerla sentir feliz.

En ese instante decidió que nunca más permitiría que nada los volviera a alejar. Ni la revolución, ni la educación.

Luego de diez días en La Habana, regresaron a México en un pequeño buque con el armamento para el ejército de Adolfo de la Huerta. En el trayecto fueron avisados de la caída del gobierno y del riesgo que corrían de ser capturados por las fuerzas del general Álvaro Obregón.

No les quedó más remedio que volcar las armas al mar. María Luisa vio hundirse poco a poco ese arsenal. Al llegar a Progreso los esperaba la cárcel y una comitiva de gendarmes para registrar cada rincón de la nave. Aunque mucho y con gran revuelo se habló de aquel barco fantasma que decían transportaba armas y que jamás fue encontrado, no dejó de ser un gran dolor para Gilberto ver aniquiladas sus esperanzas en la rebelión de Adolfo de la Huerta.

Larga noche

Mérida, Yucatán, junio de 1924

*D*e nada valieron los alegatos al desembarcar en el puerto. Las órdenes de aprehensión contra ellos estaban giradas. Bellizia era un hombre valiente pero de temperamento nervioso. Contaba mi padre que tras unos días de incertidumbre en el calabozo, les dijeron que al amanecer del día siguiente serían fusilados. ¿Cómo podrían fusilarlos así nada más? ¿Les harían juicio sumario como habían hecho los delahuertistas hacía unos meses al gobernador Felipe Carrillo Puerto por sus simpatías con Obregón? ¿Sería su represalia?

Esa noche fue larga.

Mi padre tenía 32 años, a su parecer, bien vividos. Al cerrar los ojos aspiró de nuevo el claro aroma de las azucenas del cerrito del Titilinzin y el blanco caserío de Chiautla, cubierto de tejas rojas. Sin saber el motivo, siempre asoció ese perfume con el rostro de su madre. Desconocía que mi abuela María de la Paz le había regalado ese aroma al nacer, cuando llenó la habitación de flores recién cortadas. Un artificio femenino que le había funcionado para atraerlo a su terruño hasta ese día, en que la condena a muerte se lo impediría. Mi padre recordó la figura menuda de mi abuela, digna, serena en todo momento, y sintió pena por ella. Porque no hay dolor más grande para una madre que recibir un hijo amortajado. Pero su madre era fuerte, lo superaría.

Cabalgó las serranías en el recuerdo de mi abuelo Cornelio. Aún escuchaba sus comentarios jocosos cuando de niño no se acomodaba a la silla de vaquero:

—¡Ándale, Gilberto! —decía—. Mira que el animal te va a tumbar si te huele el miedo. Mejor me hubiera traído a tu hermana Guadalupe —y soltaba una carcajada.

Por mi abuelo se preocupó más. Conocía ese corazón suave como la masa, que escondía ante cualquiera. Porque lo había visto abatirse, a pesar de la reciedumbre aparente que en todo momento lo hacía demostrar que era muy hombre, y los hombres no lloran. ¡Claro que lloraría cuando le dieran la noticia! Se encerraría en su habitación, lejos de miradas indiscretas. Lo imaginó encorvado, con las manos en la cabeza, arrancándose cabellos para mitigar su duelo. Lo sintió tan cerca como si estuviera a su lado en la oscuridad del calabozo y quiso abrazarlo, decirle: "No se apure, padre, he vivido bien".

Podía oír a Guadalupe repetir una sinfonía de reclamos sobre su cuerpo inerte. "Se lo dije: te van a matar, Gilberto. Te van a meter un balazo para explotarte la cabeza y quitar de este mundo esas ideas de revolución que tanto molestan a los poderosos. Harás que te fundan a plomo esa boca llena de discursos de igualdad y de justicia. ¿No entendiste, Gilito? ¿No entendiste que contra ellos no se puede? Y ahora estás aquí, todo agujereado. ¿Y para qué? Para cambiar nada. ¡Ay, hermanito querido! ¿Y ahora qué va a ser de María Luisa?"

Mi madre era su amor, su vida. No le habían permitido verla desde que los apresaron en el muelle. Con seguridad se comunicó con mi tío Froylán o habrá intentado mover influencias para liberarlos. No se iba a quedar de brazos cruzados. Ella no era así, lucharía por sacarlos.

Bellizia estaba hecho un manojo de nervios. Se frotaba las manos, se sentaba, se levantaba, se restregaba la cabeza y volvía a sentarse en un carrusel de emociones sin fin.

—¡Nos van a fusilar, Gilberto! ¡Nos van a fusilar! ¿Qué vamos a hacer?

—Pues nos morimos. Pero ya estate tranquilo.

No podía dejar de escuchar en su cabeza las palabras del celador cuando en tono socarrón les había dado la noticia: "Mañana los fusilamos. Tempranito, mugrosos. Pa'las ocho van a estar bien tiesos, mugrientos rebeldes".

—¿Cómo quieres que esté tranquilo si nos van a fusilar?

—No nos van a fusilar.

El celador llegó a ver si querían cenar. Sería su última cena. Bellizia lo fulminó con la mirada y, con la cabeza erguida, ni siquiera respondió. En su habitual tono sereno, mi padre pidió unas enchiladas.

—¿Cómo puedes pensar en comer?

—Si nos matan, al menos habré disfrutado una última vez de mis enchiladas. Si no, no amaneceré con el estómago vacío.

—Qué inconsciente eres. ¿Cómo crees que vas a amanecer? ¡Mañana nos fusilan!

—Te digo que no.

Al llegar el alba, mi padre se incorporó. Bellizia estaba sentado sobre el borde del catre. No había dormido nada.

—¿Qué hora es?

Se respiraba un aire denso, premonitorio de muerte, la sentían cerca, exhalando su frío aliento sobre su espalda. Saboreando su momento, programado para las ocho de la mañana.

—¿Qué hora es? —repitió Bellizia.

—Las ocho.

No podía soportar la espera.

—¿Por qué no han venido por nosotros?

—Porque no nos van a fusilar.

Mi padre contaba que dieron las nueve, las diez, pasaron las once de la mañana y no ocurría nada. Seguían solos en el calabozo y sin que ninguno de los celadores les hubiera dirigido ni los buenos días. Al filo de las doce, con notable desgano y sin ninguna explicación, el guardia les abrió la puerta.

Los habían liberado.

Aubergue temporel

Banyuls-sur-Mer, mayo de 1937

*L*o bello del paisaje le alegró el trayecto a Mina. Porque en momentos se olvidaba de sus padres. Pero luego un olor, una flor, cualquier cosa, se los volvía a recordar y la llenaba de tristeza. Estaba estancada en un subibaja de emociones.

Cerca del mediodía llegaron a la parte alta de una población que parecía una copia de la bahía de Cerbère, pero mucho más grande.

—¿Cómo se llama este lugar? —dijo al admirar cada parte del paisaje.

—Banyuls-sur-Mer.

Se detuvieron en aquel mágico poblado de casas blancas cubiertas de teja roja, que yacía sereno entre la bahía azul salpicada de embarcaciones y las faldas de sus montes cubiertos de vides, olivos y bosques de roble.

Eligieron descansar del camino bajo uno de los arcos que sostienen el malecón. Sobre la arena, suave y pegajosa, Mina se recostó de lado y miró hacia el mar. El arrullo de las olas era tranquilizador.

—Francesc: ¿crees que *els nostres pares* no han muerto realmente?

—¿Cómo que realmente? Sólo han muerto.

Me refiero a que si siguen vivos en algún lugar. En el cielo.

—No lo sé, Mina. Creo que nada más morimos.

—Es que me parece que a veces me acompañan. Cuando veníamos de camino, en algún momento, sentí un abrazo. ¿Te ha pasado? Fue una sensación extraña. Como si unos brazos invisibles me abrazaran. Si no son de ellos, ¿de quién más?

—Pues podría ser. A mí no me ha pasado.

—Es raro, ¿no crees?

—Quizá sólo se aparecen a las niñas flacas y desbaratadas.

Le lancé, con dos dedos, un grano de arena que cayó en su nariz.

—Mejor descansa, *petita*. Traeré algo de comer.

Francesc se alejó y Mina aprovechó para orinar bajo otro de los arcos. Tantos regaños de su madre para mantener el pudor le impedían siquiera mencionar que tenía la natural urgencia. Era lo que más extrañaba de su madre: sus continuos aleccionamientos. Aunque siempre creyó que su desparpajo la preocupaba y por eso le daba tantos consejos de lo que una chica debía hacer. Al terminar, se volvió a recostar sobre la arena con la voz de su madre en la memoria.

El susurro suave de las olas y la brisa fresca la hicieron entrar en un profundo sueño.

Mientras Mina dormía, Francesc subió al malecón que lindaba con la parte central de Banyuls. Una hilera de pequeños restaurantes se alegraban con el bullicio del fin de semana. Algún coche carraspeó por la avenida mientras pequeños grupos de jóvenes se dirigían a uno de los locales que ofrecía las tradicionales gambas rojas. Francesc dudó un instante, pero no dejó pasar la ocasión y se acercó a ellos. Hizo un gran esfuerzo, luchó con su amor propio, extendió su gorra y dijo en orgulloso español para hacer ver su condición:

—Por favor.

Uno de ellos, con corazón desprendido, palmeó su hombro y, acompañado de una gran sonrisa, le dio un franco.

—Gracias, *merci* —dijo Francesc—. Es usted muy generoso.

—*Il n'y a pas de quoi* —sonrió con compasión.

Un franco alcanzaba para comprar una buena comida y sobraba para otro día. Francesc buscó el mercado. Subió unas cuadras por San Sebastián hasta la calle 14 de julio, donde compró fruta, queso fresco y pan. Se había tomado la responsabilidad de Mina muy en serio desde que accedió a que lo acompañara. La chiquilla lo hacía sentir que la vida no era tan miserable como parecía desde la muerte de sus padres en el bombardeo. Lo llenó de una nueva esperanza. La esperanza de que todo el horror de la guerra no sería sin sentido. Lo hacía creer que, de alguna manera, toda aquella locura valdría la pena si Mina lo sobrevivía. Apuró el paso. Al bajar contempló con agradecimiento la bahía azul de Banyuls, con sus botes amarrados a la orilla y un cielo coronado de blancas nubes.

—Toma, Mina —dijo Francesc, al despertarla.

Sentía los ojos cargados todavía. Le costó desperezarse, hasta que por fin pudo cruzar las piernas y sentarse.

—¿Qué hora es? ¿Cuánto tiempo dormí?

—Un par de horas, dormilona.

—Lo siento —dijo con algo de pena.

—No, *petita*. Qué bueno que has dormido. Seguramente tu cuerpo lo pedía.

Francesc no podía imaginar lo que para ella significaba un trozo de pan y una frutilla. Tanto que sin recato se abalanzó sobre el *croissant*, el queso y la manzana como si se hubiera tratado del festín de algún palacio. Ya no salieron. La techumbre de ese arco se convirtió en su hogar. Con el sonido del mar como fondo y el cielo estampado de estrellas se guarecieron en el interior de los propios recuerdos. La arena se pegaba a sus cuerpos, se les metía por la nariz y los rozaba.

A Francesc le parecía que el universo colapsaba de dolor, sin que hubiera nada que hacer. Sentía que todos los niños que son hijos de la guerra se resquebrajan de adentro hacia afuera. Pensaba que la fractura se consuela, se acompaña, pero no sana. Porque es tan honda, tan grave, que se vuelve absurda, incoherente.

Las voces de los pescadores los despertaron. Aún era de madrugada y ellos ya arreglaban sus aparejos para darse a la mar, confiaban en su abundancia.

Después de almorzar salieron a conocer Banyuls. Por entre las callejuelas de escalinatas con barandales, se toparon con una casa con un letrero que decía: *auberge temporel*. Era un albergue para refugiados.

Se miraron y con paso decidido entraron a averiguar cómo era. Amélie, una amable señora, los recibió y, tal vez porque sus rostros decían que tenían hambre, les ofreció un plato de algarrobas y un guisado de cacto. La dulzura de las algarrobas contrastaba con la acidez del guiso, por lo que, sin conservar trazo alguno de la educación impuesta en casa, se acabaron todo con voracidad.

Cuando supo que venían de Barcelona, Amélie ofreció algo más que comida. Dijo que podían quedarse con ella, porque el gobierno francés destinaba una retribución de ocho francos por cada refugiado de la guerra civil en España que fuese acogido temporalmente. Ésa era una gran noticia porque, al menos por un tiempo, tendrían techo y comida.

El sonido del mar invadía el poblado en todas sus callecillas, y el sol, generoso, hizo agradables esos días de mayo.

Cada día tomaban caminos que los llevaban a magníficos acantilados de roca, paseaban por la playa o descubrían los viñedos iniciados por los Templarios que producían el vino dulce de Banyuls. Se habituaron rápido al lugar y a su gente. El recuerdo de sus padres se desdibujaba un poco, aunque todavía las imágenes de esos días tristes los asaltaban alguna noche.

Encuentro en Chapultepec

México, septiembre de 1924

Años después diría Gilberto que no importó tanto cómo lograron su libertad. En la calle los esperaba María Luisa. Con un abrazo fortísimo le hizo saber la angustia que sufrió durante su reclusión.

Les habían perdonado la vida, pero sus nombres seguían entintados en la lista de los perseguidos por el gobierno de Obregón.

De inmediato hicieron gestiones para exiliarse en Cuba. Se establecerían con Froylán, que estaba en La Habana desde que comenzó la revolución de Adolfo de la Huerta. Llegaron a Puerto Progreso, en Yucatán, con la ilusión de abordar el barco que los llevaría a encontrar a su hermano. Al llegar al puesto de revisión mostraron sus documentos.

—Usted no puede salir.

—Pero si mis papeles están en regla.

—Tenemos órdenes de no dejar salir a ningún seguidor de Adolfo de la Huerta.

Durante largo rato estuvieron con el guardia en el estire y afloje. Uno intentaba que lo dejaran abordar, el otro se empecinaba en su negativa. Y Gilberto no era hombre que cediera rápido a las circunstancias adversas. Su temperamento de buen negociador lo hacía ganar tiempo, confianza y, en más de una ocasión, ventaja. Pero de nada valieron sus alegatos.

Al cabo de media hora le dijo que tenía un amigo en la oficina de aduana, que lo dejara pasar a buscarlo y el guardia accedió. Sin embargo, su amigo Miguel Victoria, que tanto los había ayudado, no estaba en ese momento.

—Miguel no está. ¿Qué hacemos?

En los últimos meses María Luisa había aprendido a aceptar lo inesperado, de que así sería su vida al lado de Gilberto.

—Pues regresarnos, ¿qué más?

Rentaron un apartamento cerca del Bosque de Chapultepec y se instalaron con sus escasas pertenencias. Durante un mes vivieron prácticamente escondidos, hasta que una tarde se aventuraron a dar un paseo por el bosque.

De la mano, como recién enamorados, hablaron de sus esperanzas. María Luisa, de establecerse y de impartir clases a niños de primaria. Gilberto, de los ideales de la Revolución, ahora reflejados en la ley.

Tan enfrascados iban en sus remembranzas durante aquel paseo, que al doblar un recodo en la amplia calzada, Obregón apareció delante de ellos. A María Luisa se le fue el color de las mejillas y Gilberto, sin inmutarse, caminó de frente tal como hizo el general Álvaro Obregón. Nadie de la pequeña comitiva que acompañaba al presidente lo reconoció. Solamente él, que de inmediato preguntó a su secretario qué nuevas había con Gilberto Bosques.

—Está desaforado, señor presidente. Vive en el exilio.

—¿Con que en el exilio?

—Sí, señor presidente.

Sonrió al recordar las enconadas discusiones de Gilberto en la Cámara de Diputados, que en franca oposición a su gobierno defendía su convicción socialista.

—¿Ah, sí? Pues yo lo acabo de ver.

El secretario miró con estupor al presidente, en espera de que ordenara detenerlo.

—¿Sabes qué? No lo molesten más.

—Como usted ordene.

El secretario vio a Gilberto y a María Luisa alejarse por la calzada. Los pinos del Bosque de Chapultepec cobijaban sus siluetas a la distancia.

—Y a partir de ahora reanuden el pago de sus dietas como diputado —añadió Obregón.

El servicio secreto de México lo encontró para cumplir las órdenes del presidente. Sin embargo, Gilberto no quiso tocar ni un centavo de ese dinero hasta que se lo ofreció a su amigo José Vasconcelos para echar a andar una imprenta.

Renuncia anticipada

México, 2 de septiembre de 1932

*D*urante esos días de relativa tranquilidad que obligó a mis papás a pasar juntos horas de lectura, de diálogos y de estrecha cercanía, fue que me concibieron. Aunque tal vez no era el mejor momento de tener familia, al enterarse de que yo llegaría a sus vidas, el gozo de ser padres los hizo olvidar por unos días los asuntos de la Revolución.

La imprenta Aztlán y yo nacimos en 1925, de esa feliz coincidencia surgió mi gusto por leer. Desde mis primeros años, cuando mi padre me llevaba con él o mi madre lo visitaba en la imprenta, se impregnaron a mi piel el olor a tinta sobre el papel y el canturreo del golpe de la prensa al estamparse sobre el pliego.

La tregua con el presidente Álvaro Obregón y la paz temporal que vivía el país en los últimos años le dio un respiro a mi padre para dedicarse al campo editorial en *La Antorcha*, *El Gladiador*, *El Libertador*, *Sonido 13* y *El Machete*, publicaciones que defendían el socialismo de la Revolución. Cuatro años más tarde, durante 1929, preocupado por la gente del campo que no sabía leer, fundó con Rómulo Velasco Ceballos el semanario *El Sembrador* para la Secretaría de Educación. Se distribuía en las escuelas rurales del país como medio de apoyo didáctico. La publicación estaba ilustrada por Diego Rivera, Leopoldo Méndez, Ezequiel Negrete y Fermín Revueltas.

Para entonces, mi tío Froylán había regresado de Cuba y juntos colaboraban en el periódico *El Nacional*. Ahí mi padre tenía asignadas las ramas editoriales sobre educación, finanzas nacionales y relaciones internacionales.

Cada día, realizaba también un editorial sobre asuntos económicos para la estación de radio de la Secretaría de Industria y Comercio. A sus manos llegaba copia de los informes que los cónsules enviaban regularmente a la Secretaría de Relaciones Exteriores. Así fue como pudo estar al tanto de tratados, derecho internacional público, privado y derecho diplomático.

Aunque había contendido contra José Vasconcelos, el presidente Pascual Ortiz Rubio y mi padre eran amigos. Contaba mi padre que en esos dos años de gobierno las cosas en el país se pusieron muy difíciles. El presidente sufrió varios atentados, las Cámaras le eran adversas y entre la presión de Calles y las inconformidades de los campesinos, no encontró la manera de gobernar.

Esa tarde de septiembre de 1932, al terminar el segundo informe de gobierno, Ortiz Rubio y mi padre conversaron largamente. Preocupado por su integridad y por el bienestar del país, una vez más le recomendó su renuncia a la presidencia de la República.

Por la noche mi padre lo ayudó a escribir el comunicado oficial, lo dejó sobre la máquina de escribir con la intención de darlo a conocer una vez que el presidente hubiera reunido a su gabinete para presentar la renuncia formal. Más tarde llegó mi tío Froylán a la imprenta y, cuando vio la nota en la máquina, supuso que mi padre la había dejado ahí para que él la viera. Apenado de que la renuncia quedara inscrita en la hoja de servicio de Pascual la envió a imprimir con los titulares que saldrían al día siguiente.

Narraba mi padre que esa mañana del 2 de septiembre leyó el titular del periódico y de la sorpresa se derramó el café sobre el pantalón. De inmediato llamó a Froylán, quien le explicó la confusión de la noche anterior. Sin perder un minuto partió al Castillo de Chapultepec. Ya el presidente había convocado a su gabinete para hacer eco a los titulares y entregar la renuncia anticipada a la presidencia de la República. Renuncia que terminaría con las inconformidades en el país y que abrió paso a una nueva etapa de su historia.

En esa intensa competencia

Puebla, marzo de 1935

*S*u inquietud por la educación y modificación del artículo tercero, el colorido político y económico de su pluma editorial, pero, sobre todo, el apoyo de trabajadores y campesinos que brindaron su confianza, se conjugaron para que mi padre se presentara como precandidato del PNR en marzo de 1935 para la gubernatura del estado de Puebla, y su amigo, Leónides Andrew Almazán, para el cargo de senador.

Para entonces, mi hermana María Teresa y mi hermano Gilberto completaban la familia Bosques Manjarrez. Éramos una familia unida y, aunque por nuestra edad no entendíamos bien eso de la candidatura, al menos yo sí alcanzaba a comprender que algo importante sucedía en la vida de mi padre. La agitación se sentía en el aire, en las miradas, en los apretones de manos, en una larga procesión de personas que no dejaban a mi padre ni un momento de descanso.

Gilberto dio la última vuelta a la corbata para terminar de acomodarla, verificó frente al espejo que los apretados rizos de cabello estuvieran bien acomodados y salió del baño. María Luisa lo esperaba en la entrada. Lo acompañaría, porque un grupo de mujeres estaría presente en el evento que se había planeado realizar en el pueblo de Esperanza.

Era una ocasión importante —además faltaban sólo cuatro días para realizar el plebiscito— porque en los últimos meses las tensiones entre la FROC y la CROM se habían recrudecido y Gilberto deseaba aplacar los ánimos y llamar a la calma durante la elección interna.

—¿Ya viste los titulares de hoy?

Gilberto tomó el ejemplar de *La Opinión*. El titular reclamaba justicia con grandes letras porque el domingo 9 de marzo de 1931 un perro hambriento había descubierto un hecho macabro: pedazos de cadáveres diseminados en un cerro cerca de Topilejo. Eran más de cien cuerpos de vasconcelistas desaparecidos, a los que después de torturar hicieron cavar sus propias tumbas. Los restos mostraban señales de haber muerto ahorcados. Se confirmó en el hallazgo que los asesinados habían sido internados y detenidos en la hacienda de Narvarte —cuartel del Quincuagésimo Regimiento de Caballería comandado por el general Maximino Ávila Camacho— de donde fueron llevados en camiones hasta el lugar de su ejecución.

Lo dejó de lado sobre el sillón y tomó el del *Diario de Puebla*, en el cual no faltaba el día en que su nombre apareciera acusado de socialista y, que por otra parte, dieran mucha publicidad al discurso anticomunista pronunciado por el candidato a senador Gonzalo Bautista —con Ávila Camacho, por supuesto.

Salió la hilera de autos hacia la Esperanza, un pequeño poblado cerca de Córdoba, Veracruz. El mitin estaba planeado para el filo del mediodía.

Acudió un gran número de campesinos, obreros y maestros que veían en Gilberto al hombre que representaba sus inquietudes, al que defendía sus derechos, al que se preocupaba por sus necesidades. Lo veían como un jefe a seguir. No así el clero y las clases sociales que, con la reforma educativa, se vieron afectadas en sus intereses económicos, patronales y religiosos.

Gilberto caminó por el centro. El calor formó una nata espesa sobre aquella muchedumbre que lo rodeaba para saludarlo, tocarlo o simplemente darle una palabra de ánimo. Sonreía a todos. María Luisa lo seguía algunos pasos más atrás.

El discurso fue largo porque a cada frase los vítores impedían continuar. Al terminar, las voces y los sombreros se elevaron: ¡Viva Bosques! ¡Viva Gilberto Bosques!

Tras dos horas el calor era tan intenso, que lo obligó a quitarse el saco. Se arremangó la camisa y comenzó a caminar entre la gente para despedirse. Algunas mujeres del sindicato de maestros se esforzaron por acercarse a saludarlo. Por un costado, el obrero Guadalupe Serrano se acercaba con prudencia, los ojos nerviosos se inundaron con el sudor de su frente. Palpó con la mano derecha la cacha del arma que llevaba cargada. Buen dinero le había prometido Maximino, se sentía como su hombre de confianza. Se abrió paso entre las mujeres. La maestra Gabriela Montaño lo miró de reojo y leyó sus malas intenciones. Con un grito agudo vio el momento en que Serrano desenfundaba para apuntar por detrás a la cabeza de Gilberto.

Adolfo Durán también lo vio. Lo traía en la mira, porque algo en su aspecto no le había gustado. Por un brevísimo segundo descargó antes su arma. La bala dio en pleno rostro de Serrano y, al salir, dejó un boquete en su ojo.

Todo el pueblo fue testigo de este hecho que mantuvo viva la esperanza en la lucha durante un año, hasta que la violencia se recrudeció. Poco pudo hacer Gilberto ante el robo de los sellos de los comisarios ejidales, el llenado de boletas y el uso del miedo para forzar el voto a favor de Maximino como candidato.

En esa intensa competencia Puebla perdió un gobernador honorable, pero México ganó un importante diplomático.

Arístides y Dina

Banyuls-sur-Mer, mayo de 1937

Una mañana Francesc bajó a la playa a saludar a los pescadores, que ya nos conocían. Yo me había ido a recorrer las calles. Pensaba en la mala comida del albergue de Amélie, cuando tropecé con un viejecito al que por poco tumbo. Mientras el hombre se sentaba en el barandal para recuperarse del susto, le ofrecí una disculpa por mi descuido. *No et preocupis*, me dijo en catalán con acento francés. Soy de Barcelona —le dije—. Luego pregunté a qué parte de Cataluña pertenecía. El viejecito de boina gris, con su rizada barba y bigote como la espuma, rio a carcajadas.

—Soy Arístides Maillol.

El dato no me dio ninguna luz.

—El escultor —elevó un poco el tono de la voz.

Nunca antes había conocido a un escultor. Una vocecilla interior me sugería la prudencia del recelo, pero luego pensé que ese hombre que llevaba a cuestas todos los años del mundo seguro era tan manso como el perro viejo, sin nombre ni dueño, que rondaba Banyuls con paso lento. Lo miré con seriedad. Sus ojos transparentes me convencieron.

—¿Y eres bueno?

Con gran aspaviento, se quitó la boina de la cabeza y la golpeó contra la rodilla un par de veces.

—¿Qué si soy bueno? ¡Claro que soy bueno!

Sentí emoción. La emoción de estar quizá frente a un gran personaje, escondido tras esa mirada anciana que no sabía estarse quieta.

—¡Me gustaría mucho ver alguna de sus esculturas! ¿Las tiene por aquí?

—Están en mi estudio. Pero está muy lejos. A una hora, allá en la montaña.

A lo lejos, se veía un bosque cubierto de pinos atravesado por una carretera que serpenteaba hasta perderse en la espesura. Me pareció que la distancia era larga y empinada como para que el anciano hiciera el trayecto a pie, por lo que no pude evitar preguntarle.

—¿Y ha caminado hasta aquí?

Arístides volvió a reír, mientras su barba subía y bajaba con el esfuerzo.

—He venido en mi coche, aunque de costumbre lo hago a pie.

—¿Tiene usted un coche? ¡Sí que ha de ser buen escultor!

Tal vez por la insistencia, o quizá porque le caí simpática, Arístides accedió a mostrarme sus esculturas.

—Sígueme —me dijo, mientras enderezó sin prisa sus huesos, igual de desvencijados que aquella poltrona de la entrada de la que fue mi casa.

Lo seguí hacia su automóvil. Subimos hasta llegar al camino que bordea la ribera de la Vallauria.

Debajo de las crestas fronterizas rematadas por la torre Madeloc estaba su estudio. Dos bloques de mármol blanco marcaban el acceso desde un camino bordeado de higueras, olivos, pinares y viñedos. Frente al vestíbulo estaba un cuadrado de césped delimitado por hileras de cipreses que, según dijo, él mismo había plantado para resguardarse de los vientos de la tramontana.

El estudio de dos plantas estaba forrado de ladrillo. Arístides abrió una puerta de madera que rechinaba como sus huesos y me hizo pasar primero. Un olor muy intenso me frenó de golpe.

—Es la trementina —dijo al ver que me tapaba la nariz. El haz de luz que dejó pasar la puerta iluminó un poco el lugar. Avancé sobre las losetas rojas que, por disparejas, me hacían tropezar. Sombras y figuras espeluznantes, desparramadas por el lugar, cobraron belleza cuando Arístides abrió las ventanas. Me sostuve sobre el yeso de la pared, fascinada ante lo que mis ojos veían. Su frescor me reanimó. En los muros colgaban numerosos dibujos que, dijo, eran bocetos en carboncillo. Todos de mujeres desnudas en distintas posiciones. Algunos eran partes del rostro, de una mano o de un pie. Sobre toscas mesas de tablones de madera de diferente altura, descansaban sentadas, recostadas o con las piernas al aire, algunas de las mujeres de los bocetos. Tenían distintos tamaños. Había de masilla, alguna otra de yeso y, una más, de bronce. Alineadas de pie en la pared, me miraban tres de ellas. Sus cuerpos enyesados sufrían la tortura de gruesos amarres de alambre.

La del final, en cambio, se elevaba orgullosa, mostrando su belleza acabada y pulida.

Las miré una a una, sin atreverme a tocarlas. Por alguna razón, y contra las enseñanzas de *mama*, ver tanta desnudez no me causó rubor. Me inquietaba que alguna no tuviera brazos, como las esculturas de las diosas griegas que nos mostraron en la clase de historia. En una pared colgaba un gran número de instrumentos, rollos de alambre, tela y otros trastes. Por la otra esquina los sacos de arcilla se recargaban sobre los de yeso. Al pasar metí la mano para sentir su textura que luego me desempolvé sobre la falda.

Pasamos a otra habitación.

Arístides abrió las ventanas. Una luz cristalina iluminó en el centro, sobre una cama de tablones de madera oscura, la escultura de la mujer más hermosa que hubiera visto. Era monumental. La luz formaba sombras en los huecos de sus formas. Sentada sobre una pierna, con la otra sostenía el brazo con la palma hacia arriba, como si pensara. Me quedé un rato mirándola con la boca abierta de asombro.

Con gran reverencia, como cuando íbamos a misa, caminé hasta ella. Como tenía el doble de mi tamaño, el viejo me indicó un banquito. Lo acerqué y su grueso muslo me daba a la cintura. Sonreía levemente desde su tímido perfil como si conociera un secreto prohibido. El cabello ondulado ascendía y formaba pliegues en el aire.

La emoción me desbordaba.

—¿Puedo? —dije en un intento de tocar la mano vuelta hacia arriba.

Arístides asintió.

Esa mano, aunque de mujer, era mucho más grande que la mía. Estaba entreabierta e indiferente, como si esperara recibir algo pero no la preocupara, así con… *¿Cóm es diu?* ¡Con placidez! Sentí la frialdad del metal entre mis dedos. Tracé con el índice los pequeños pliegues de su mano, lo bajé por el antebrazo. Con delicadeza lo posé sobre su cabello mientras sentía los mechones rizados al cielo.

Moví el banquito hacia el otro lado y me subí aprisa. La pierna salía del suelo como si ella creciera de la tierra. La mano descansaba sobre la corteza con el codo un poco curvado. Palpé su rostro con suavidad porque me dio ternura. Sentí la ligera curva de sus labios que hacía su sonrisa misteriosa.

—¿Te gusta?

Arístides seguía de cerca mis reacciones. Y, frente a mi rostro de asombro, él sonreía complacido.

—Sí, me gusta porque… No sé cómo decirlo…

Cómo me habría gustado haber tenido las palabras correctas para explicar lo que sentía al ver a esa mujer. No sabía con exactitud qué era. Me hacía sentir un remolino por dentro.

—¿Te provoca sentimientos?

—Sí, eso es. Provoca sentimientos, aunque parezca que sólo está ahí sentada, pensando. Tiene algo, parece tan viva, como si brotara de la tierra, sin preocupación, pero con seguridad.

—Me alegra que te guste —dijo, y luego añadió—: no te he preguntado tu nombre.

—Guillermina Giralt. Pero todos me dicen Mina.

—Pues bien, Mina Giralt: éste es mi estudio. Siempre que lo desees, ven a visitarme. Te regalaré una chocolatina cada vez que vengas. Aquí te doy una.

Los ojos debieron haberme crecido al doble de tamaño. ¡Me había regalado chocolate! ¡Con lo que a mí me gustaba! Con algo de desesperación quité el envoltorio. Me metí un gran trozo a la boca y, entonces, recordé a Francesc. Envolvía el resto cuando llegó una mujer muy joven como para ser la esposa de Arístides.

—Mina, te presento a Dina Vierny —dijo con formalidad.

—Hola, preciosa. ¡Pero mira nada más que ojos tan más vivaces tienes!

Ella era muy hermosa. Su mirada era pícara y su voz tenía un timbre alegre, me hizo sentir confianza.

—Gracias —dije con orgullo.

—¿Y de dónde eres, Mina?

Intenté con todas mis fuerzas no echarme a llorar ante la calidez de esa joven mujer que, sin darme cuenta de inmediato, me recordó a mi madre hermosa.

—De Barcelona… O más bien, de lo que quedó tras los bombardeos.

—Me imagino.

—Fueron días horribles. Los aviones nos bombardearon mientras corríamos a los refugios. Murieron mis *papas* y unos días después el Comité de Asistencia Social me quiso enviar a México con otros niños, pero en Cerbère me escapé. Con Francesc, otro catalán, llegamos a Banyuls.

Dina me abrazó y me acarició la cabeza.

—No temas —me dijo—: los voy a ayudar. Yo me haré cargo de ustedes.

André en Cap Béar

Banyuls-sur-Mer, junio de 1938

E l sol dejó caer su cálido abrazo matutino sobre la indolente bahía. La risa cínica de las gaviotas se mezclaba con el grito agudo de las fochas comunes del estanque. Francesc corrió hasta la orilla de la playa. André se preparaba para la época de la pesca del sargo.

—*Bonjour, Francesc* —sonrió, sin que las manos detuvieran su ritmo sobre la red.

—Buenos días.

Otros pescadores se alistaban también. Con la habilidad que inculca a los dedos la diaria faena, subían a sus barcas las redes de lanzamiento y la red circular con pesos. Muchos de los pescadores habían cambiado la profesión hacia el cultivo de la uva, pero los que se mantenían fieles, como André, lo disfrutaban cada día. El ondulante subibaja de las olas les había formado un segundo suelo; tanto que en tierra no se sentían tan cómodos como en el bote. El golpeteo del aire sobre su rostro y las gotas de mar que salpicaban sus ropas era una invitación a dejar transcurrir el tiempo.

Con fina precisión, Francesc se arremangó el pantalón y la camisa. Afianzó las manos sobre el borde del bote, lo empujó sobre el oleaje suave y se encaramó junto con el marinero.

—¿Hacia dónde iremos?

—Rumbo a Cap Béar. Si tenemos buena pesca, te mostraré su faro.

Mientras André remaba, Francesc bajó la mano hasta tocar el mar. Con los dedos hacía pequeñas estelas que subía y bajaba a su antojo. Todavía tenía en mente ir a buscar a su tío a Marsella, pero no tenía idea de cómo llegar. Luego pensó en Mina. Se preocupaba por su fragilidad, aunque tenía que reconocer su arrojo y valentía. Pocas niñas a los doce serían capaces de resistir lo que ella había sufrido. Pero no dejaba de ser una chica. Correría peligro si la dejaba sola. Era inimaginable lo que podría enfrentar en estos días de locura. ¡Luego, aquellas historias que se contaban! Y no solamente por la guerra. Al fin y al cabo no dejaba de ser una mujer. ¡Cualquiera podría abusar de ella! O podría sufrir de hambre. Con lo delgada que era, sin una buena ración seguro quedaría en los huesos que, de por sí, se asomaban en algunas partes. Estaba también el asunto político. Si repatriaban a los republicanos, ¿qué sería de ella? De seguro la enviarían a un orfanato. ¿En qué momento le había caído esta responsabilidad? ¡Tanto que deseaba estar en Marsella con el tío Ferrán! Ni modo, el tío tendría que esperar.

El olor a sal golpeó su nariz y lo sacó de sus cavilaciones.

—André, ¿qué es aquello que se ve a la izquierda?

—Ése es Cap Castell de Vello. Más allá estará Cap Béar, antiguo puerto de piratas, como los demás puertos cercanos.

—¿De piratas?

André echó a reír y, con voz melodramática, dijo:

—Cuenta la leyenda que, hace medio siglo, el pirata Jean Fleury, o Juan Florín, como dicen en España, se apoderó, en las islas Azores, de dos galeones de la flota de Hernán Cortés que trasladaba el tesoro de Moctezuma.

—¿El tesoro de quién?

—De Moctezuma —pronunció cada sílaba—. Era como un rey de México. Imagina que entre las riquezas había joyas, adornos, utensilios de oro y plata decorados con piedras preciosas que Cortés había enviado a su emperador.

—¡Una fortuna!

—Sí. Tanta riqueza abrió el apetito del rey de Francia por las lejanas tierras de América.

Francesc asintió al imaginar el esplendor de aquellas riquezas que Cortés logró llevar a España y la contrastó con su pobre patria, ahora asolada por la guerra.

—Así, más o menos, es también la historia de Banyuls —continuó André—. Un puerto de piratas que a poco se hizo viticultor y pescador.

Una perfecta escuadrilla de flamencos con patas y cuello extendidos cruzó cerca, mostrando con una especie de orgullo su rosáceo plumaje. Por un momento se detuvieron a observar ese espectáculo.

—Tengo una duda, André: para llegar a Marsella, ¿se tiene que ir por tierra o puede hacerse en bote? ¿Digamos, como este bote?

No en balde el marino tenía sus años a cuestas, por lo que, con curiosidad, preguntó:

—¿A qué quieres ir a Marsella, muchacho? ¿Tienes familia allá?

—Tengo un tío. Un hermano de mi madre.

—En este bote… imposible. Lo mejor es ir por tren. Si te decides, mi cuñado es maquinista y te puedo hacer el arreglo.

Llegaron a Cap Béar. André lanzó las redes y esperaron.

—Háblame del faro, André.

El marino se recostó en la barca, como quien se dispone a echar una siesta, pero para él era la posición más cómoda para narrar la historia del faro de Cap Béar.

—El faro ha estado ahí desde 1905, hace poco más de treinta años. Es una belleza almenada construida con mármol rojo de Villefranche de Conflent. La cúpula es tan bermeja como las gambas. El cuerpo es un cilindro transparente colocado sobre una base de mampostería. Su luz alcanza treinta millas.

—¿Y todos los faros son iguales?

—En absoluto, Francesc. No sólo el tipo de construcción. Cada faro tiene su luz propia. Brilla con intensidad, color e intervalos diferentes. De este modo los marineros sabemos si es el faro de Cerbère, el de Port-Vendres o algún otro.

—¡Qué interesante!

—Sí. Pero lo mejor es que la luz del faro simboliza también lo que te orienta en la vida. Para unos es la razón; para otros, Dios. Es la luz que te sirve de guía para encontrar el camino. ¿Entiendes? Para mí es el estómago, porque un buen plato de guisado me da la lucidez para hacer caso a la razón y para creer en Dios.

André era jovial, aunque, como marino curtido, podía ser todo lo feroz que fuera necesario, si se daba el caso. Traía en la sangre la herencia corsaria de sus antepasados. Sus ojos, algo rasgados, se hacían chiquitos cuando quería aderezar alguna narración. Era su modo de hacerse interesante ante su interlocutor. En este caso, Francesc.

Jalaron las redes. Con una firme sacudida desenredaron, uno a uno, ocho grandes sargos.

—¿Ha sido una buena pesca?

—Sí, mi querido Francesc: ha sido una buena pesca.

André cumplió su promesa y fueron al faro. Subieron la pendiente desde una pequeña playa por la parte trasera. Francesc, apresurado y ágil; André, resoplaba en francés y resbalaba en algunas partes. Al llegar a la cima, Francesc quedó deslumbrado. La vista azul de un Mediterráneo interminable lo abrumó. Ciento ochenta grados de imponente mar. "Un abismo para perderse o encontrarse", pensó.

Ya el sol había pasado la línea del mediodía, por lo que se embarcaron de regreso. A los pocos minutos, el sol se ensombreció: negros nubarrones lo cubrieron y un viento fuerte comenzó a soplar. El rostro de André se alteró.

—*Allez, allez* —decía, mientras remaba con fuerza.

—¿Pasa algo? —dijo Francesc.

—No me gusta este cambio de clima. Necesito apurarme para llegar a la orilla, porque si sube el oleaje puede ser peligroso.

André remó desesperado para agilizar el avance de la embarcación. Las olas crecían de tamaño con crestas que golpeaban y les caían dentro. El cielo se encapotó por completo. La lluvia, intensa y cerrada como flecos de pasamanería, golpeaba sus rostros y brazos sin compasión. Francesc se asustó, pero no quiso demostrarlo. Se asía con firmeza por ambos lados del bote. La barca embestía, orgullosa, contra olas de poco más de dos metros. El fuerte balanceo lo hizo volver el estómago. André no hablaba, ni sonreía, ni tenía los ojos chiquitos: había pura tensión en su rostro añejo y curtido de todos sus días de sol. Los nudillos de sus manos estaban blancos.

—¿Vamos a morir, André?

—No si este mar de… *Merde!*

El oleaje creció. El viento cambió su rumbo con tal fuerza que el bote giró noventa grados, se levantó sobre su punta y se hundió sobre una ola como espada sobre la carne. Los sargos volaron hacia su lugar de origen.

El agua cubrió la barca por completo. Los lanzó al mar. Todo se ennegreció.

Después de algunos giros, Francesc, con los ojos desorbitados, dejó de distinguir el fondo de la superficie. En vano intentó orientarse en medio de aquella húmeda negrura. Sintió algunos aparejos de la barca que en la volcadura se habían enredado con él, la fuerza del oleaje lo subía y bajaba a su antojo. Manoteó a los lados con la esperanza de conseguir un poco de aire. El agua comenzó a entrarle por la nariz. Con desesperadas brazadas quiso alcanzar la seguridad de esa superficie antes ignorada y que ahora ansiaba con avidez. No quería morir así. Lo invadió el enojo contra sí mismo por no poder salir. Gruesos borbotones de agua salada se fundían al entrar y salir por su garganta. Estaba por darse por vencido cuando un golpe en las costillas lo hizo reaccionar.

Otro golpe y Francesc, de manera instintiva, asió a su agresor. Era André que lo golpeaba con un remo desde la superficie. Se aferró al madero y, una vez con la cabeza al aire, dio una gran bocanada que llenó sus pulmones.

—¡No sueltes el remo! ¡Las olas nos arrojarán hacia la orilla! Sólo reza para que sea en alguna playa, y no en el farallón.

Las olas los elevaban y bajaban de la superficie. Parecían muñecos de trapo a merced del mar embravecido que, al mostrar su poder y enfrentar la tormenta de ese cielo enturbiado, insistía en sacarles hasta la última gota de bravura.

—¿Qué pasaría si es en el farallón? —gritó sobre los sonidos de la tempestad.

—Sería como si arrojaras un vaso de vidrio contra la pared.

La paloma de arcilla

Banyuls-sur-Mer, julio de 1938

*L*e emocionaba ir al estudio de Arístides. Por eso cuando el sol apenas arrojaba sus primeros rayos, Mina se disponía a salir. Tras un desayuno sencillo, andaba los cuatro kilómetros hasta llegar a su banquito, próximo al del artista. Lo veía trabajar la arcilla, seguía sus ojillos que enfocaban, entrecerrados, la magnífica figura de Dina, quien posaba sentada, bella, desnuda, en lo alto de una mesa. Era un concierto mágico de memorias y sensaciones que, del ojo a la mano y de la mano a la figura, quedaban plasmadas en las mujeres monumentales de Arístides Maillol.

—Mina, por favor, pásame aquella gubia, la más curvada.

—Aquí tiene. ¿Desea algo de beber? —dijo con entusiasmo.

A Mina le causaba gran placer realizar esos pequeños servicios porque su inquietud no la mantenía mucho tiempo en su banquito, además de tener acrecentada la natural curiosidad de los niños. Y entre el bosque, la casa y el estudio del artista, había mucho por descubrir. Entraba y salía sin hacer ruido, para no distraer al maestro que, en más de una ocasión había pedido.

—¡Silencio, Mina! ¡Silencio, que me quitas la concentración!

—Perdón, perdón —respondía presurosa, y entonces sus ojos se abrían para absorber cada movimiento de las manos de Arístides: la forma de emparejar la arcilla con el estique o eliminar material con el devastador, el modo de alisar con los pulgares, pasándolos con firmeza, pero no demasiada porque se le deforma, entonces maldice y comienza de nuevo con los estiques. La manera de pasar la mirada desde el cuerpo de Dina hasta la figura de barro, la intensidad al arrugar el entrecejo cuando se concentra, su sonrisa franca al terminar el dedo pequeño ligeramente curvado de la mano, en el que ha trabajado dos horas hasta lograr los ángulos, la inclinación y los pliegues que desea. A Mina estos momentos la hacían olvidar la muerte de sus padres y el horror de la guerra.

—Gracias, pequeña; una limonada, pero agrega un poco más de azúcar sin que se dé cuenta mi mujer.

Levantó los hombros y dijo a Dina:

—Clotilde cree que el dulce me va a hacer daño.

Mina salió del estudio y corrió los diez metros que los separaban de la casa. Entró de puntas para no hacer ruido, con sigilo para que no la viera la señora Maillol que, aunque buena, era una mujer severa.

La cocina estaba desierta. Acercó un vaso a la jarra de limonada que yacía sobre la mesa de madera y agregó un terrón de azúcar. Agitó con cuidado hasta ver que se hubiera disuelto. Por un momento recordó cuando llevaba esa misma bebida a su padre. Se sacudió el recuerdo y regresó.

—Veamos cómo quedó —dijo Arístides, al dar un gran sorbo—. ¡Mejor no puede estar, Mina! En recompensa, te dejaré modelar lo que desees. Aquí está la arcilla y este estique.

—¿Y qué hago?

—Lo que tu imaginación quiera.

Pensó un momento y dijo:

—Será una paloma.

—Créala primero en tu mente. Visualiza cómo será su cuello, hacia dónde mira y cómo inclina su cabeza. Imagina que habla. ¿Qué te dice?

Tomó una bola de barro, con dedos torpes formó el cuerpo. Agregó otra más pequeña para la cabeza del pajarillo. "En su mirada habrá súplica", se dijo. Trabajó en su modelo con mucha concentración. Hizo unas alas que pegó sobre el cuerpo. "Mirará hacia arriba —pensó— con la esperanza de levantar el vuelo. Pero no podrá porque tendrá una patita lastimada". Las patas no le salieron bien, por lo que se convenció de que estarían mejor escondidas debajo.

—¿Cómo va la paloma?

—Muy bien —dijo, mientras la mostraba con orgullo.

—¿Y qué nos dice?

—Nos pide que la ayudemos a volar, porque la han lastimado. Dice que quiere lanzarse hacia lo alto y volar otra vez.

Dina dejó su pose y se giró para ver a su pequeña amiga:

—¡Claro que volará de nuevo porque es la paloma más bella! ¿Verdad, maestro?

La emoción del momento, la tersura de la piel de Dina o la lágrima que había caído en su pecho, hicieron que Arístides reavivara la firmeza de su virilidad.

Arístides salió del estudio intempestivamente. Hablaba solo, enojado.

—¿Sería porque no modelé bien la paloma? — se dijo Mina.

—¿Qué le pasa? —dijo la modelo.

—No lo sé, pero iré a averiguar.

Mina lo siguió hasta alcanzarlo. Pero él se negaba a mirarla.

—Señor… Maestro…

Siguió su paso con prisa. Sin voltear, ni escuchar.

—¡Señor Maillol!

Se detuvo y se giró.

—¿Qué? ¿Qué quieres?

—¿Yo? No quiero nada. ¡*Vostè*! ¿Qué pasa con usted?

—¡Bah! No me pasa nada, chiquilla. Cosas de hombres.

—¿Pero cómo voy a entender? Si se ha ido sin decir nada. Explíqueme para entender.

El maestro se echó a reír. Era una risa tonta. La de alguien que reconoce haber hecho una tontería. La risa de un viejo que quería ser joven. Sin comprender nada, Mina rio también, hasta que los dos explotaron en una risa sin control. Dina llegó envuelta en una bata. Los miró con hosquedad.

—¿De qué ríen? Parecen locos.

El comentario acrecentó las carcajadas, a las que ella se unió. Quedaron ahí: un viejo, una modelo y una niña, que reían sin razón, una mañana de mayo.

Te irás a Francia

México, agosto de 1938

No soplaba el aire y el calor empapaba su camisa bajo el traje. Había enfilado el automóvil por el Paseo de la Reforma para dirigirse hacia lo que había sido el rancho La Hormiga, y que el presidente Lázaro Cárdenas llamó Los Pinos. Más de dos años habían pasado desde que Gilberto Bosques perdiera la candidatura contra Maximino, un año de que dejara la presidencia de la Cámara de Diputados —desde la que contestó el segundo informe al presidente Cárdenas— y unos meses de que renunciara a la dirección de *El Nacional* y, sin embargo, mantenía vivo el deseo de servir a su patria.

Era cerca de media mañana cuando Bosques y Cárdenas se encontraron. Hablaron largo como amigos que eran. El presidente lo invitó a formar parte del Servicio Exterior y a Gilberto le sedujo aprovechar el contexto político de la preguerra en Europa.

—Bueno, ¿y cómo aprovecharías tu estancia en materia educativa?

—Sería interesante conocer la forma de aculturación utilizada por Francia en los pueblos colonizados.

—Es un hecho, te irás a Francia. ¿Pero, en calidad de qué?

—Como cónsul general.

—¿Por qué no como ministro?

—Por las tantas obligaciones sociales, no tendría tiempo para analizar la situación ni estudiarla. No quiero un rango en el Servicio Exterior, sino una oportunidad para mis propósitos, sin desatender los servicios oficiales del cargo.

La Noche de los Cristales Rotos

Alemania, noviembre de 1938

L a familia Bosques se preparaba para partir a París. Se había anunciado el cargo de Gilberto como cónsul general, pero un suceso lo detuvo.

Aquella noche del 9 de noviembre un estallido de violencia —aparentemente imprevisto— surgió contra los judíos en todo el Reich.

Uri Ben Ari y su padre caminaban por la avenida Kurfürstendamm, una de las calles más comerciales de Berlín, cuando intermitentes oleadas de un sonido poco familiar se intensificaron cada vez más.

Con la ingenuidad de sus ocho años el pequeño Uri dijo:

—Parece como si muchos vasos de vidrio se hubieran caído de su estante —era el sonido del cristal de los aparadores estallando uno tras otro.

Al pueblo alemán se le hizo creer que el asesinato de un funcionario (alemán) en París, a manos de un adolescente judío, desató la violencia exacerbada contra los judíos. En realidad, el ministro de propaganda alemán Joseph Goebbels y otros nazis habían organizado meticulosamente los pogromos, esos ataques devastadores que, de manera programada, se hacían contra personas indefensas.

Uri y su padre llegaron hasta la sinagoga en la que el pequeño había hecho su *Bar Mitzva*. Se pararon sobre un par de baldosas y, sin creer lo que sucedía, vieron cómo la cúpula se derrumbaba y el resto ardía en llamas. Los nazis sacaron los libros de la Torá y los quemaron en una pira.

Algunos judíos corrían calle abajo con el rostro ensangrentado, a otros los jalaron a rastras para apalearlos en medio de la calle.

—¡Corran! ¡Corran! ¡Escóndanse! ¡Están matando judíos!

En dos días, alrededor de siete mil comercios fueron saqueados, más de doscientas cincuenta sinagogas fueron quemadas, docenas de judíos fueron asesinados, la violencia se extendió hasta las escuelas.

Una alfombra de vidrio cubrió con su ignominia las calles gobernadas por el Reich, y dio nombre a la Noche de los Cristales Rotos.

A la mañana siguiente fueron arrestados y enviados a campos de concentración cerca de treinta mil alemanes por el hecho de ser judíos.

Ya no más

Berlín, 15 de noviembre de 1938

*U*ri salió de la *Talmud Torá* —su escuela religiosa— con dos de sus compañeros. Después de la Noche de los Cristales Rotos, su padre había insistido en que tras la hora de salida se fuera directo a casa.

—¿Y a dónde más iría? —le había respondido con enojo—, si los nazis no nos dejan entrar a museos, parques públicos o piscinas de natación.

El recuerdo del sonido de cristales rotos todavía lo despertaba durante las noches. No había pasado ni siquiera una semana y no podía quitárselo de la cabeza. Para llegar a casa, tenían que pasar por una calle comercial, vieron a un soldado que requisaba al señor Goldstein para obligarlo a barrer la calle. Era un anciano al que le costaba trabajo realizar esa tarea. Los transeúntes se reían de él sin el menor asomo de pena. Metros más adelante, otro grupo de soldados le cortaban la barba al rabino Shamosh. Con el tiempo Uri se acostumbró a la humillación, a ser indiferente ante los rótulos en las tiendas que prohibían la entrada a judíos, o ante la separación de las escuelas de los arios o a la gran J roja impresa en su pasaporte.

Apuraron el paso para llegar antes del toque de queda. Al doblar una esquina Uri sintió un golpe a la altura del pómulo izquierdo, que de momento lo aturdió. No supo qué provocó aquel agudo dolor. Mose y Alexander gritaron ante la avalancha de piedras que caían con fuerza. Los impactaron con el odio de las juventudes hitlerianas de aquellos seis jóvenes que los esperaban, Uri y sus amigos corrieron sin detenerse.

No podían enfrentarlos; de intentarlo, los hitlerianos tenían derecho a matarlos sin ninguna explicación.

Al llegar a casa un hilo de sangre ensuciaba su abrigo. El episodio le dejó el corazón aturdido junto con los gritos de "judío, maldito judío", que resonaban en su cabeza.

Al día siguiente prohibirían a los judíos asistir a las escuelas públicas.

—Ya no más, papá. Tenemos que irnos.

Su padre le dio la razón.

La niña de los rizos ondeantes

Banyuls-sur-Mer, diciembre de 1938

Cuando iniciaron las fiestas anteriores a la Navidad, Dina, Arístides, Francesc y yo habíamos reunido una gran pila de artefactos que convertimos, gracias al artista, en pasables juguetes para los niños refugiados. Tapaderas de corcho y laminillas se transformaron en carricoches. Botones de madera alineados con un pasador de cabello formaron las ruedas de una locomotora con cuerpo de metal. Tambores de lata alegraron las noches de los refugios. Nos sentíamos útiles, vivos.

Empezamos a recorrer los refugios y albergues de los poblados aledaños en dos turnos por día. A Arístides le gustaba conducir.

El primero que visitamos fue Port-Vendres. Al acercarnos, Francesc palideció. No estoy segura de si habrá sido por el recuerdo de aquel día de tormenta cerca del cabo o por la manera de conducir del artista.

—¡Cuidado con esa curva, maestro!

El maestro, más con la protección del cielo que por su habilidad, tomó la curva y giró el volante sin salirse del camino.

—No pasa nada, ¿lo ven?

¡Definitivo! ¡Como conductor no era tan bueno como con las esculturas! Cuando Dina con su sonrisa lo convenció de dejarla ir al volante, Francesc y yo respiramos con alivio.

—Maestro Maillol: cuéntenos cómo fue que se hizo escultor.

Los ojillos del maestro Arístides brillaron de gusto.

—Comencé muy joven, así como Francesc. Pero primero fui pintor. Hice mi primer dibujo de la bahía de Banyuls —dijo con un profundo suspiro—. Tiempo después, como a los veinte años, fui a la Escuela de Bellas Artes de París. Fue una época muy dura, de hambre y privaciones.

—¿Se tardó en ser famoso?

El maestro rio a carcajadas.

—¡Pues claro! Fueron muchos años de crear y crear. A veces con un gran desaliento y deseos de dejarlo. En esa época conocí a Gauguin. Él me animó a continuar con mis inquietudes artísticas.

—¿Paul Gauguin? ¿El pintor? —dijo Francesc.

—Sí, ese salvaje, como se llama a sí mismo, me introdujo en el arte de la tapicería. Durante algunos años expuse tapices, pequeñas esculturas, figuras talladas en madera y piezas en terracota; pero, por las dificultades económicas, regresé a Banyuls.

—¿Y desde entonces vive ahí?

—No, Mina. Me aventuré a abrir un taller para crear tapices y contraté a dos ayudantes para elaborar pigmentos. Una de ellas, Clotilde Narciso, me enamoró de modo tan irremediable que nos casamos y regresamos a París.

—¿La señora Maillol?

—Sí, junto a ella me instalé en Villeneuve-Saint-Georges, donde por primera vez pude trabajar en un estudio de verdad. Fueron días maravillosos.

—Pero maestro, ¿entonces, cuándo comenzó a hacer las esculturas?

—Al perder la vista, supongo que por hacer la tapicería.

Guardamos silencio un momento.

—Pues qué bueno que no se esperó a quedar ciego por completo, porque sus esculturas son lo más hermoso que hay —dije, muy convencida.

—¡No digas tonterías, Mina! —me regañó Francesc mientras ocultaba una risa que luchaba por salir.

Todos rieron, menos yo, porque hablaba muy en serio. Mi franqueza era honesta al decir que las esculturas de Arístides Maillol eran lo más hermoso que existía.

—Mina, hermosa pequeña. ¡Me has dado el mejor de los cumplidos!

Cuando el sol se asomó entre las nubes, llegaron al poblado de Port-Vendres. Era la media mañana del diecinueve de diciembre, un día frío y gris.

El albergue de refugiados estaba sobre la costera adornada de edificios con tres o cuatro pisos con vivaz colorido, entre ventanas y balcones de barandales forjados.

Entraron como lo habría hecho San Nicolás: con risa y algarabía. Entre cantos navideños, repartieron los juguetes hechizos y algunos dulces. La docena y media de niños no saltó de alegría, pero sí pudieron ver que la tristeza en su mirada se agazapó para dejar paso a una débil luz, una que apenas quería brillar entre la espesura de su exilio.

Una niña de tres años, la más pequeña, tenía sus negros cabellos ondeantes como bandera de escuadrón nacionalista: orgullosa y rebelde. Desde ese entramado de cabello revuelto Dina recordó los días en que su familia se vio forzada a dejar su ciudad para emigrar a París, tenía apenas doce años.

A los quince años Dina se convirtió en modelo del escultor, de setenta y tres años. En ella vio la encarnación de la feminidad mediterránea. Arístides recobró el vigor y, una vez vencidos los celos de Clotilde, Dina se convirtió en un miembro más de la familia.

Mina y Francesc se habían sentado en el suelo a jugar con los niños. Dina y Arístides los contemplaron desde sus pensamientos.

—La guerra es… —dijo Dina sin terminar.

No pudo terminar la frase porque un nudo cerró su garganta.

Amarás a tu prójimo

Purkersdorf, Austria, diciembre de 1938

Los días se volvieron grises para nuestra familia, los Schwebel. Nada de lo que nos era cotidiano estaba como solía ser en Brigittenau, el barrio donde nací. No había salidas ni a la escuela, al trabajo ni a ningún lado. Todavía estaba vivo el espanto de la Noche de los Cristales Rotos cuando Theodor Schwebel —mi querido padre— decidió que nos iríamos de Austria.

Era una decisión muy arriesgada porque papá, como judío y miembro del Partido Socialdemócrata de Austria, estaba en las listas de indeseables. En esos días no era fácil cruzar la frontera alemana para llegar a Francia y, con todo, lo prefirió, a permanecer en nuestro país.

¿Cómo imaginar que nuestro país no nos quería? ¿Cómo tuvo mi padre el valor de hacernos comprender a mí y a mis hermanos de que ya no podíamos ser austriacos, que nuestro propio país no quería que nos llamáramos así? Durante años quise averiguarlo, pero no pude. A mis diez años, entonces, no podía creer que mis vecinos o mis amigos pudieran ser capaces de enviarme a morir por ser judío. No importaba cuántas explicaciones me diera mi padre, me negaba a admitirlo. Era preferible pensar que él estaba en un error.

Hasta que vi cómo se llevaban en camiones a otros judíos, cómo destrozaron sus comercios y quemaron sus hogares, supe que éramos proscritos, señalados y despreciados en la recién anexada Austria nazi. No me importó cómo se hizo la anexión, sino tener que dejar mi barrio, mi casa, mi escuela y a mis amigos por el delito de ser judío. Esa sensación de haber cometido una fechoría me quedaría tatuada en la piel mucho tiempo.

Durante la hora de mayor afluencia de gente y movimiento en las calles, mi hermano Helmut y papá huyeron a Francia.

No sabíamos si lograrían llegar, qué peligros los esperaban, ni tampoco si entre los riesgos pudieran perder la vida. Pese a todo, mi madre intentó una sonrisa mientras se despidieron.

—No llores, Theresia. Todo va a estar bien.

Nos dimos un largo abrazo, suponiendo que tal vez fuera el último. No pude evitar los sollozos que me ahogaron al verlos partir. Me abracé de la cintura de mi madre y me limpié la amargura y el odio sobre su delantal. Por más que traté de obedecer la Torá, que ordena "amarás a tu prójimo como a ti mismo", no pude perdonar a los soldados nazis.

Sin perder tiempo, mi madre comenzó a vender nuestros muebles. Ahí estaba el *menorah*, ese candelabro de plata para la *Hanukkah*, que adquirimos con tanto sacrificio; en su lugar, nos llevaríamos el candelabro anterior: sencillo, pequeño y ligero. Los utensilios de cocina y las vajillas también estaban ahí.

Un comerciante se llevó el sillón favorito de mi padre, la luna ovalada de mi madre y la mesa del comedor que cada día nos unía como familia. También vi salir el cofre de madera donde guardaba mis tesoros. El hombre que se lo llevó, acordó volver al día siguiente con el pago, pero jamás lo hizo.

Vendimos todo lo que se pudo vender. Lo que no podíamos llevar en una maleta.

Mamá no decía gran cosa en esos días. Al término de tres semanas me empacó algunas prendas en una pequeña maleta, verificó que mi abrigo —sin la estrella de David— estuviera bien abrochado, alisó mi pantalón, me tomó de la mano y salimos de casa.

—Vamos, Bruno.

La estación de trenes de Viena estaba a reventar. Hicimos fila para comprar el pasaje que nos llevaría a seguir la misma ruta de papá y Helmut. Aunque el rostro de mi madre parecía sereno, a mí no me engañaba. Un ligero espasmo abultaba la piel sobre su tensa quijada. Los treinta minutos de espera antes de que el ferrocarril se pusiera en marcha fueron eternos. Mamá elevaba un poco el cuello para mirar hacia ambos lados del pasillo con el temor de que algún guardia, oficial o un simple soldado pudiera leer en nuestros rostros: soy judío.

Cuando el tren arrancó, mi madre me sonrió.

En sueños

Camino a París, diciembre de 1938

El itinerario los llevó a cruzar la frontera en Lauterbourg. Theresia no estaba convencida de que la decisión que había tomado su esposo de huir de Austria fuera una buena medida. Deseaba creer que las cosas mejorarían, que los ataques contra los judíos se detendrían. Aunque el futuro pudiera ser mejor, era algo de lo que no estaban seguros. Tal vez morirían de hambre, enfermarían o quizá no encontrarían trabajo. Al menos en Austria, todavía tenían un techo y amigos.

Pero al recordar las humillaciones que sufrían los judíos en las aceras de las calles, perdía la esperanza.

Antes de subir al tren, Theresia aleccionó a Bruno para que no llamara la atención mientras estuvieran en territorio alemán. Debía mantener la mirada baja, la voz pausada y en ningún momento dejar su lugar en el tren. En cualquier parada, los nazis podrían subir a inspeccionar.

—¿Qué es el nazismo, mamá?

Theresia buscó en su mente alguna respuesta para explicar a su pequeño hijo que el nazismo era la ideología de un partido, pero lo más que pudo hacer fue compararla a una enfermedad:

—El nazismo empezó como la gripe —le dijo—. Era un pequeño virus que se instaló en algunos hombres. Al principio los síntomas fueron de catarro con un poco de tos. Al pasar el tiempo, la enfermedad avanzó hasta convertirse en epidemia. Cuando se dieron cuenta era tarde. Sólo algunos quedaron inmunes y levantaron su voz para advertir al resto.

—¿Pero de qué están enfermos?

—De soberbia, Bruno. De ese sentimiento de superioridad que hace despreciar a los demás.

Pernoctaron en una posada modesta de Salzburgo. El olor a humedad formaba parte de sus muros, pero estaba muy cerca de la estación de ferrocarril, una gran ventaja ante aquel clima terrible. Para aminorar el intenso frío, Bruno se abrazó a su madre. Se acomodó en el hueco que formaban sus piernas dobladas, sostuvo la mano de Theresia sobre su pecho hasta quedarse dormido.

El pequeño Bruno echaba de menos a su hermano Helmut y a su padre. Había pasado más de un mes desde que partieron y esa noche soñó con ellos.

Helmut se había contagiado de nazismo y portaba un traje como el de los soldados que tantas veces vio en Viena. Estaba de pie, con el fusil al hombro, al extremo de un puente muy delgado. Debajo, un abismo incalculable se extendía hasta el otro extremo. El puente no era largo, pero cruzarlo suponía el riesgo de caer. Bruno pidió en alemán que lo ayudara a cruzar, pero él no lo entendía. Por más intentos que el pequeño hacía para que su hermano lo reconociera, todo era inútil: Helmut estaba cegado, infectado con una enfermedad extraña que producía un velo blanco y grueso sobre los ojos, no podía reconocerlo. "¡Soy Bruno! ¡Soy tu hermano!", gritaba con angustia al ver a Helmut en esa condición. Pero aquellos ojos blancos sin expresión ni sentimiento le devolvían una mirada vacía y llena de terror. Bruno lo miró con mayor detenimiento y alcanzó a ver que el velo lo formaban diminutos jirones de tela: eran pedazos de ropas arrancadas a cientos de miles de personas que yacían desnudas y con la piel pegada a los huesos. Algunos de ellos se mantenían de pie, pero otros estaban apilados en montes humanos. De pronto uno de ellos le pareció familiar, enredado entre brazos, pubis y piernas, abrió los ojos con una mirada de espanto.

Bruno se reconoció y despertó sobresaltado con un temblor de pies a cabeza y un sudor frío que empapaba su frente. Miró a su alrededor, sintió el amargo olor de la habitación y apretó la mano de su madre. Las imágenes habían sido tan vívidas que creyó haber visto el infierno. Lloró en silencio y hasta después de un largo rato volvió a dormirse.

Al mediodía llegaron a la estación de Múnich, un soldado alemán subió a revisar a los pasajeros. El sonido de las botas al avanzar por el pasillo hizo temblar a Bruno.

De inmediato recordó su sueño; asió el brazo de su madre.

—Tranquilo, Bruno.

Los ojos claros del soldado no se parecían a los que había visto en aquellas imágenes aterradoras de su sueño. Los de este hombre eran dulces y el tono de su voz, también. Sonreía al revisar los billetes del pasaje y los documentos de cada pasajero. Lo único amenazante en su aspecto era la Luger que portaba a la cintura.

Cuando llegó a Theresia, ella le extendió los billetes y los papeles sin esperar a que el soldado preguntara por ellos. Sentía que cada latido se escuchaba en todo el tren. Tuvo miedo de que el soldado los descubriera. Pero el soldado le regresó los documentos y caminó hacia el siguiente pasajero.

Ocho judíos viajaban en el mismo vagón, unidos por la angustia de ser detenidos.

En el último trayecto antes de llegar a la frontera, el aire tenso del vagón se disipó para los ocho pasajeros judíos. Hasta que cruzaron la frontera de Lauterbourg y respiraron aire francés, pudieron sentir alivio. En ese instante, Theresia reparó en el hermoso paisaje de otoño que en algunos tramos cedía su lugar a la nieve.

Tras doce fríos días desde que escaparon de Viena, el 22 de diciembre llegaron a París.

Con el apoyo del presidente

París, enero de 1939

*A*ntes de partir de México, mi padre recibió las últimas instrucciones del general Lázaro Cárdenas y aprovechó para plantearle las medidas de protección a los israelitas y la posibilidad de traer un número importante de ellos a México.

—Sería conveniente, señor presidente, elegir técnicos alemanes refugiados en Francia, así como polacos e italianos para que vengan a México.

—¿Bajo qué discreción?

—Podría hacerse un mapa industrial sobre los recursos naturales que tenemos para la instalación de fábricas estratégicamente situadas.

—Ve todo eso, a reserva de que se den los acuerdos necesarios a fin de documentarlos. Por otra parte, la situación de los refugiados españoles es muy delicada. Necesitas cierta amplitud de acción, tendrás todo el apoyo de la presidencia.

Un mes después del inicio de la represión judía, mis papás, Teté, Gilberto y yo llegamos a Francia el primer día del año de 1939. Al desembarcar del *Normandie* para dirigirnos a París, sentí en una ráfaga todo el frío vivido en mis catorce años, me calaba hasta los huesos, me enrojecía la nariz y me entumía las orejas. Por primera vez pisamos suelo europeo y nos adentramos en su deslumbrante cultura, hermosos lugares y antiguos monumentos que sólo habíamos visto retratados en los libros. En el trayecto mis padres nos hablaban de la riqueza artística de París, de un lugar llamado Montmartre y de la famosa torre Eiffel.

Años más tarde me enteré de que mi padre formó parte del estridentismo, ese movimiento iconoclasta, subversivo y humorístico —iniciado entre otros por Manuel Maples Arce—, que reunió a escritores, artistas plásticos y músicos que buscaban una transformación radical del lenguaje artístico y que, junto con Germán List Arzubide y su madre, Mercedes, reunió en animadas tertulias a personajes como Leopoldo Méndez, Germán Cueto, Luis Audirac Gálvez, Luis Quintanilla, los hermanos Fermín y Silvestre Revueltas, Arqueles Vela.

De ese corto tiempo en que vivió el estridentismo, atesoró uno de sus más bellos nocturnos:

drama cóncavo
en derrumbe nocturno de verdades

el frío inaccesible a tus dedos
mordidos por la fiera
a l a r g a d o s por tus ojos ciegos

tu cabellera enraizada en el espanto
la voz de la locura
perdida en los túneles de tu pensamiento

tus pies sin rutas
tus vidas sin tiempo en una encrucijada de abismos

Un gotero de angustias
sobre tu corazón, reducto de silencios

Y al fin la noche
que se llevó tus ojos
Y apagó sus luceros

La amistad que guardó mi padre con ellos pasó la prueba del tiempo.

Alejados de la emoción por la riqueza cultural de París, a mis hermanos y a mí nos preocupaba más enfrentar la irremediable *école*, pasar el bochorno de ser los nuevos de la *classe* y además, para acabarla de endulzar, *mexicains*.

—Tengo miedo —me decía Teté.

—Todo estará bien —le mentía.

Y cómo no mentir a mi pequeña hermana, si a mí misma me aterraba el futuro que tendríamos en este París.

El consulado mexicano se instaló en el mismo edificio que la legación. Una edificación de cuatro pisos no lejos del Sena, con fachada de ladrillo claro y ubicado en el número 9 de la *rue* Longchamp. Nosotros nos instalamos en un departamento alquilado, en la *avenue* Versailles. No perdimos ni un solo día, a nuestra llegada a París ya estábamos inscritos en el liceo.

Como lo suponía desde que me dieron la noticia de nuestro viaje a París, el cambio de cultura y de idioma me hicieron sentir perdida en la hostilidad de un pueblo inundado de refugiados tras haber abierto sus fronteras. Gilberto y Teté —aunque temerosos— en un principio vieron el viaje a París como una aventura, pero a los pocos días lloraron al extrañar los rostros de la abuela María de la Paz, de los tíos Guadalupe, David y Froylán, el sonido diario que hacía el chocolate al espumar, el espectáculo de las tortillas de maíz al inflarse sobre el comal, el picante olor de los chiles tatemados, el sabor de los frijoles con manteca de puerco y todos esos otros aromas y sonidos que también habitaban la casa.

Como un consuelo, mamá nos organizaba tardes de lotería y nos compraba algún panecillo. En esas tardeadas comenzaron a destacar mis dotes para la declamación: mientras entonaba mejor las estrofas, más me gustaba memorizarlas. Esas deliciosas tardes de Lope de Vega, de García Lorca, de Amado Nervo aplacaron mi inquietud adolescente y me sumergieron en el mundo de los versos.

Sólo durante los fines de semana aprovechábamos para ir a conocer la ciudad. Mi padre sabía que, durante la guerra, muchos edificios históricos serían destruidos por lo que quiso que los recorriéramos todos. Gilberto y Teté saltaban de gusto si papá nos anunciaba que saldríamos a los alrededores. Esos paseos nos hicieron olvidar por algunas horas la fealdad de la guerra y, tal como lo haría cualquier turista, recorrimos los helados Campos Elíseos hasta quedar ante la torre Eiffel, los jardines de Versalles, el Arco de Triunfo y tantos otros monumentos que ennoblecían a la ciudad de París. Mi padre cargaba su cámara y no dejaba pasar la oportunidad para tomar fotografías de aquellos lugares.

Tiempo después, en el verano, quiso dedicarse a sus estudios, por lo que rentó un pequeño chalet en Pornic, en Bretaña: el chalet Montaron, en la *rue* Voltaire. Íbamos de vez en cuando y mi padre se nos unía cuando se liberaba de las obligaciones del consulado.

Aquellos fines de semana en Pornic los atesoramos como uno de los recuerdos más bellos de esos días en la Ciudad Luz.

Por desgracia duraron poco.

Machado y los exiliados

Banyuls-sur-Mer, febrero de 1939

A finales de enero, el viento frío de la montaña nevada trajo más refugiados de la frontera con España, miles de ellos atravesaron los Pirineos orientales en medio de la crudeza del clima para escapar de los franquistas que, para ese entonces, habían ganado Barcelona. Caminaban lento, llevaban consigo lo que habían podido salvar de sus hogares abandonados en el último minuto: fardos improvisados, viejas maletas. La mayoría iban envueltos en mantas para protegerse del frío. El silencio de una columna de hombres, mujeres, niños y ancianos era roto únicamente por el ruido de los aviones que volaban a baja altura para ametrallar y bombardear a la muchedumbre.

Se escuchaban gritos de dolor y de espanto que surgían del fondo de unas cunetas desbordadas de heridos y de mutilados. No había médicos ni ambulancias.

En la huida, el sonido de una multitud de pies que arrastraban su pena parecía entonar un réquiem por la patria perdida. Corazones nostálgicos lloraban de añoranza. Para algunos eran lágrimas de cobardía por haber abandonado su patria y a los suyos que decidieron permanecer en sus puestos.

Con dificultad y lentitud los miles de refugiados avanzaron en un ambiente de creciente egoísmo: el temor de caer prisionero, el miedo a ser rechazado en la frontera, la competencia para llegar primero, todo contribuía con el anhelo común de seguir y seguir, sin mirar atrás.

Al contemplar aquel éxodo desde un banco en la plaza de Banyuls, Arístides, que permanecía al lado de Francesc y Mina, se preguntaba qué implicaba ser exiliado o refugiado. No había explicación. Lo traducía en abandono, desprendimiento, desapego. Dejar atrás las cosas grandes o pequeñas, las que representan poco y las que simbolizan todo. Se quedaban allá los rostros queridos, las vivencias, las costumbres que se vuelven parte de uno; notas, mensajes, libros, sillones, callejas, rincones, barriadas, versos y besos abandonados deprisa. Furtivos suspiros con sabor a esperanza de un regreso, cabezas gachas mirando hacia adentro.

Llegar a Francia les significaba llegar a la libertad, aunque el recibimiento de las autoridades y de la mayoría de la población fue hostil.

Arístides, Francesc y Mina miraron a un hombre encorvado y a una mujer mayor que permanecían sentados frente a ellos con la mirada perdida. Francesc lo reconoció.

—Es un gran poeta español, les dijo.

Sin pensarlo, le ofreció su cobija y el poeta agradeció con una triste sonrisa.

—¿Hacia dónde van?

—A donde podamos llegar —respondió el hombre en un susurro.

—Yo soy Mina, ¿y usted, cómo se llama?

—Antonio. Antonio Machado.

Un soldado se acercó y le ofreció también su capa de la milicia.

—Gracias. Nos han prometido que vendrían a recogernos, pero nadie sabe nada de nada —le dijo al soldado.

Aunque fue insuficiente para dar el cobijo necesario a ese par de cuerpos, sus ojos brillaron con gratitud. Antonio Machado y su madre embarcaron en la estación de Banyuls, junto con su hermano José y su esposa que los acompañaron en coche desde España. Pasaron la de Port-Vendres y sólo llegaron hasta Colliure. Llevaban apenas quince minutos de travesía y el cansancio los obligó a detener la marcha en ese poblado que había sido inspiración de artistas. El jefe de la estación, atónito, vio bajar del tren bajo una lluvia insistente a Machado y sus familiares. El poeta, exhausto, sólo sobrevivió veintiséis días en Colliure. El 22 de febrero dio cumplimiento a sus versos. Murió *ligero de equipaje, casi desnudo, como los hijos de la mar.* Su madre, Ana Ruiz, falleció también en la misma habitación, dos días más tarde.

Fueron enterrados en el viejo cementerio de la localidad, donde reposan como un monumento al exilio español. De vez en cuando una paloma los visita, se posa en una esquina de la lápida, se aquieta un momento y después emprende el vuelo con su delicado aleteo de libertad.

Hospitalidad mexicana

París, febrero de 1939

*U*n mes después de haber llegado a París, mi padre comenzó a recibir peticiones de ayuda. El ofrecimiento del presidente Lázaro Cárdenas se había propagado entre los campos de reclusión diseminados por toda Francia. En unos cuantos días, miles de solicitudes de asilo llegaron a las oficinas del consulado y de la legación.

También llegaron llamadas de auxilio de España. Para evitar que cayeran prisioneros bajo el dominio franquista, la legación de México en París les enviaba un documento que los acreditaba como exiliados en la delegación en Francia con la intención de emigrar.

Aunque mi padre llegó con la idea de que su cargo como cónsul le daría tiempo para hacer sus investigaciones, la urgencia de los refugiados españoles exigió de él una respuesta inmediata.

El embajador Narciso Bassols había enviado dos telegramas a la Secretaría de Relaciones Exteriores en los que solicitaba autorización para hacer el proceso de manera directa y colectiva y así evitar el trámite de enviar a México las solicitudes.

En París, mi padre mantuvo comunicación con los principales dirigentes españoles que se habían refugiado en Francia: Juan Negrín —que había dirigido la República Española de mayo de 1937 a abril de 1938—, Marcelino Domingo y Julián Zugazagoitia.

Algunos miles de refugiados lograron llegar a los consulados de México —en Burdeos, Perpiñán o Marsella— para solicitar asilo. Pero la demanda rebasaba su capacidad. El consulado de Perpiñán abrió una oficina suplementaria, aun así, la afluencia aumentaba cada día y cada hora.

Para el 20 de febrero, el presidente Cárdenas había confirmado a Félix Gordón Ordás —embajador de la República Española en México— que permitiría dejar entrar a México a todos los españoles que lo desearan, sin importar su profesión.

Los diplomáticos mexicanos y los dirigentes republicanos determinaron los procedimientos de evacuación de los refugiados.

Se había echado a andar toda una maquinaria.

Es hora

Banyuls-sur-Mer, marzo de 1939

*E*l 25 de febrero de 1939 Francia reconoció el gobierno del general Franco y declaró indeseables a los refugiados republicanos. De modo que aquellos hombres, mujeres y niños que habían sufrido el exilio, ahora vivirían el temor de ser deportados.

Los refugios temporales dispersos por toda Francia pasaron a ser campos de internamiento, abrieron más para recibir el interminable traslado de republicanos españoles. Francia no estaba en condiciones de albergarlos. El ambiente acogedor de Banyuls también se volvió hosco. Los dueños de comercios cerraron sus puertas. Los refugiados no eran bien vistos, mucho menos bien recibidos.

Pese a las circunstancias dolorosas y adversas Arístides perfiló sus nuevas esculturas.

Aire fue el primer monumento pétreo para la villa de Tolosa de Languedoc, en homenaje a las tripulaciones pioneras de la línea Francia-América del Sur. Una mujer recostada de lado, con la cadera y las piernas al vuelo, resiste con el cuerpo los embates del viento.

La segunda nació de su conexión con la naturaleza, titulada *Río*.

En sus esculturas, Arístides descubrió un tipo de mujer mediterránea: real, vigorosa, bien plantada y en armonía consigo misma. Un monumento a la femineidad que en Dina encontró a la musa perfecta. Aunque para entonces, ella vivía inquieta ante la amenaza nazi.

—¿Arístides, crees que Hitler seguirá su avance por Europa?

—No, pienso que el acuerdo que firmó con Inglaterra, Italia y Francia lo habrá dejado complacido. ¿Por qué te preocupa?

—No sé, me da la impresión de que tiene un espíritu beligerante, ambicioso, que difícilmente saciará. Creo que busca la guerra a toda costa.

—No te preocupes, aquí estaremos seguros.

Arístides dijo la última frase para tranquilizarla. Pero en el fondo también estaba inquieto. Había sido testigo de la Gran Guerra y había sufrido en carne propia los ataques por su amistad con el conde Kressler, que le valió ser acusado de colaborador de los alemanes al desencadenarse las hostilidades.

Mina y Francesc habían vivido bajo la protección de Dina y el artista durante casi dos años. Disfrutaron de las frecuentes visitas al estudio del gran maestro, pero Francesc dijo que tenía urgencia por encontrar a su tío. Dina propuso a Mina quedarse y aunque la idea la atrajo, se sentía en deuda con Francesc.

Cuando la época de calor comenzó a asomarse, Francesc anunció:

—Es hora.

Allez, allez!

Argelès-sur-Mer, abril de 1939

rancesc pensaba que hallar a su tío Ferrán en Marsella sería fácil y todo el camino me lo repitió. Salimos por la mañana con la bendición de Arístides y numerosas recomendaciones de Dina quien, no conforme con todo lo que había hecho por nosotros, se encargó también de señalarnos caminos y veredas que conducían al cruce de la frontera con España.

Caminamos los primeros kilómetros admirando el azul Mediterráneo, descansando bajo alguna sombra.

—¡Qué días pasamos en Banyuls! ¿No crees, Francesc?

—Sí.

—¡Dina es una gran mujer!

—Sí, lo es.

—¿Te conté lo que me dijo un día? —ante su silencio continué con emoción.

—"Mina querida, los padres viven en los hijos. Así que ellos no están realmente muertos: viven en ti". Ese día dejé de sentirme sola.

Francesc bajó la mirada y metió las manos a los bolsillos del pantalón.

—Pues sí. Creo que en parte es cierto.

—¿En parte? No, Francesc: es tan cierto como que *els teus pares* vivirán mientras tú los recuerdes.

—Viéndolo de esa manera, sí.

—Y el maestro... ¿Qué no podría decir de él? Es un hombrón, como habría dicho mi padre. Viejito, sí, pero un hombrón. ¿Recuerdas los cuadros que estaban en el estudio?

—¡Claro que los recuerdo, Mina!

—A mí el que más me gusta es el de la mujer con sombrilla. ¿Te fijaste cómo se detiene el sombrero que el aire quiere volarle? Y, en el fondo, ¿viste cómo las pinceladas hacen que el mar parezca cobrar vida? Me imagino que soy yo, vestida como una gran dama.

—Y así será, *petita*: un día serás una gran dama. Ya lo verás.

—Me apena pensar que quizá no los volvamos a ver. ¿Tú qué crees, Francesc?

—La verdad, no creo.

—¡No me digas eso, Francesc, que me regreso ahora mismo! Y mira que a tu tío Ferrán lo buscamos después.

Francesc rio como no lo había hecho en días. Y yo me sentí bien.

En algunos tramos del camino alcanzamos a ver unos pocos inmigrantes. Pensamos que era seguro andar por la carretera, lo cual era más cómodo que por los caminos; pero, poco después de pasar Port-Vendres, una escolta nos cerró el paso.

—¿A dónde van?

—A Marsella.

—¿Españoles?

—Sí.

—Tendrán que venir con nosotros.

—¿A dónde?

—A un campo para refugiados.

Asustada, miré a Francesc. Nos subieron a un camión gris. Iban soldados y oficiales republicanos, algunos con sus familias. Al fondo, una mujer lloraba sobre la espalda de su hija. Entre niños y ancianos apenas nos abrimos paso.

Pasamos Colliure y llegamos a Argelès-sur-Mer, la vastedad de la playa era inmensa. El arenal estaba totalmente cubierto de refugiados y enmarcado con alambre. Era como un gran corral. Los oscuros guardias moros o senegaleses de grandes bigotes, con sus rifles en la espalda y sable en mano, nos empujaron a través de la alambrada de púas. *Allez! Allez!*, nos gritaban hasta que estuvimos dentro. Francesc me tomó de la mano y con el otro brazo me cubrió la espalda.

—No me vayas a soltar, Mina.

Caminamos por la arena entre aquella muchedumbre como no había visto jamás. Jóvenes parejas sostenían a sus pequeños entre los brazos, familias apretujadas en racimos de ojos incrédulos, parecíamos un rebaño silencioso.

Miramos a algunos hombres apostados junto a sus tiendas de campaña hechas de capotes o mantas. Y de otras más humildes, con paja.

—¡No se separen! —gritó uno de los guardias.

Aunque se suponía que el campo era para refugiados, el trato que nos dieron nos hizo sentir criminales. Mi crimen y el de Francesc era ser españoles en una Francia que ya no nos quería. Se me llenaron los ojos de lágrimas. No podía creer que estaba en ese lugar, rodeada de gente desconocida. Sólo la compañía de Francesc me aligeró el miedo.

Pasamos junto a unos hombres que bombeaban agua del fondo de la arena.

En grandes tramos de playa vimos aquellos rostros con la mirada perdida hacia el mar, un hormiguero de gente apiñaba su desdicha frente a un sol indiferente.

Un olor amargo se había instalado dentro de aquel campo. El agua salada no alcanzaba a lavar los cuerpos asoleados que sin resguardo producían ese olor agrio. Se fundían los sudores, las sangres, los vómitos, las diarreas y todos los olores que el ser humano puede producir en un concierto maloliente y desagradable que obligaba al estómago a arquearse con violencia.

En el camino, nos dimos cuenta de que varios grupos de hombres cargaban bultos.

—¿Qué es eso que llevan ahí?

El viento corrió la manta de uno de ellos y descubrió un rostro azulado, la piel lucía marchita. Me asusté y apreté a Francesc del brazo.

Uno de los guardias nos llevó hasta una orilla de la playa y nos forzó a lavarnos. Comencé a sentir miedo. La mujer que en el camión no dejaba de llorar, desnudó a su hija. La lavó con agua del mar y luego ella se desvistió. Sin ningún pudor se enjuagó los senos y el tupido vello por debajo de las axilas. Aventó a la arena la falda, los calzones y se lavó en medio de sus piernas. Los hombres hicieron lo propio. Algunos, una vez desnudos, se sentaron sobre la arena. El aturdimiento de ver a hombres y mujeres en una desnudez tan cruda me abrumó. Los hombres separaban las piernas para hurgarse entre el vello y los testículos, en busca de unos animalillos que se les pegaban a la piel para alimentarse de su sangre.

No sabía cómo reaccionar. No sabía con exactitud lo que sentía.

Era tan agresiva la crudeza de esos cuerpos lisos, despojados a la fuerza de pudor, que de inmediato me vino a la mente el contraste con la belleza desnuda de Dina que acabábamos de dejar.

La impresión me paralizó, pero el guardia me apuró con un empujón que me tiró al suelo. De un salto me levanté.

No podía pensar en desnudarme. La idea me repelía. Nadie había visto mi cuerpo al descubierto; ni siquiera mi madre en los últimos años.

El guardia nuevamente me empujó hacia el mar.

—*Allez! Truie!*

Una vez más, el guardia me hizo seña de que fuera hasta el mar.

—*Pute! Fil de pute!*

Con coraje, acepté moverme de mi lugar.

—¡Por la virgen de la Mercè!, no me mires, Francesc.

—No miraré, *petita*. Pero quítate los botines. Déjalos aquí sobre la arena con el abrigo. Sácate todo lo demás, déjate sólo el fondo. Ten la manta.

Con dulzura tomó mi mano y me acercó al mar. El agua me mojaba la media pierna.

—Avísame al terminar —me dijo, y se volteó.

Nadie se miraba. Cada quien hacía lo suyo. Unos se quitaban los piojos que se alcanzaban a ver sobre la piel o entre el cabello. Otros se mojaban o se secaban la salada agua de mar.

Terminé de lavarme y noté mis piernas un poco más flacas, quizá de tanto andar. Me cubrí con la manta y avisé a Francesc que había terminado.

Antonio

Argelès-sur-Mer, mayo de 1939

Francesc la dejó sentada sobre la arena y fue a buscar algo de comida. En el camino preguntó a un soldado republicano por alimento.

—El camión ya hizo su recorrido. Pero toma este pedazo de pan y mañana tienes que estar pendiente.

—Gracias. Muchas gracias.

Se apresuró a regresar con Mina pero, conforme avanzaba, un sentimiento de culpa lo invadió. Se encorvó a llorar por haber arrastrado a Mina en la búsqueda de su tío Ferrán. "Con lo bien que estábamos allá —se dijo—. He sido un necio. ¿Cómo pude ser tan estúpido?" Se limpió la cara y continuó hasta llegar con Mina. Como cosa extraña, Mina estaba exactamente en el lugar que la dejó.

—Qué bien que sigues aquí.

—Tuve miedo de que no me encontraras con todo este gentío.

—¡Es imposible perderte a ti, *petita*! Pero toma este pan. Que mañana será un nuevo futuro.

—¿En verdad lo crees, Francesc? ¿En serio confías en que saldremos de aquí? Todavía no entiendo por qué no nos dejan salir.

—Es complicado de explicar. Quizá porque es política.

—Intenta.

—Verás, Mina: la verdad, ni yo mismo lo entiendo porque se supone que Francia es un país amigo. No lo sé…

—Bueno, bueno. Si tú no sabes Francesc, preguntaré a otro. Alguno sabrá.

Mina se acercó a un hombre que estaba a unos pasos de ellos. Era un extremeño, a todas luces, de constitución musculosa y fuerte. La rudeza del tipo no la amedrentó.

—Oiga, disculpe: ¿usted sabe por qué no nos dejan salir? ¿Por qué nos tienen como presos?

El hombre la miró de arriba abajo. Las piernas flacas enfundadas en aquellos botines de cuero y el cabello castaño agitado por el viento que en breves lapsos dejaba ver una nariz pronunciada, le pareció una estampa singular. Sí, ese conjunto de niña parada delante de él le hizo gracia.

—¡Por Dios! Es lo que todos quisiéramos saber, preciosa.

—Entonces, ¿no sabe?

El hombre resopló y volteó hasta quedar frente a Mina. Con una mano en la rodilla, usó la otra para quitarse la gorra y rascarse la cabeza.

—Mira, pequeñina: trataré de explicarte lo que entiendo. Tú sabes que la gente puede pensar distinto. Cambiar de opinión.

—Sí.

—Bien. Pues el gobierno de Francia antes pensaba de un modo respecto a los españoles republicanos, y ahora piensa de otro.

—¿Cómo de otro? Si somos los mismos españoles.

—Es porque hay circunstancias que cambian. Así le ha ocurrido al gobierno francés. Le han influenciado y cambiaron de opinión. Ahora somos indeseables para ellos. ¿Entiendes?

—¿Indeseables o criminales? Porque yo me siento castigada como una criminal.

—¡Ea, preciosa! ¡Que así nos sentimos todos!

A partir de ese momento, Antonio se convirtió en su amigo. La fraternidad era un fenómeno que sucedía por todo el campo. Los hombres y mujeres que se mostraban solidarios con otros tenían mayor posibilidad de conservar la cordura. Pero debían ser precavidos, la amistad entre ellos podía convertirse en una amenaza más.

El *Sinaia*

Sète, Francia, 24 de mayo de 1939

*D*espués de tres meses de intensos trámites, finalmente el consulado pudo organizar las solicitudes de cerca de cinco mil refugiados que habían sido transferidos de los campos en que se encontraban y llevados a una sección especial del campo de Barcarès, bautizada por los guardias como "Campo de los Mexicanos" y de ahí por ferrocarril hasta el puerto de Sète.

El *Sinaia* ya estaba ahí, esperando.

En el navío iban poco más de trescientas familias de escritores, ingenieros, periodistas, abogados, mujeres y niños, entre los que estaban nombres como el de Pedro Garfias, Tomás Segovia, Ramón Xirau, José Gaos, Eduardo Nicol, Adolfo Sánchez Vázquez, Julio Mayo, Manuel Andújar y Benjamín Jarnés.

Gilberto y otros miembros del consulado cuidaron que todo marchara conforme lo habían organizado.

Durante las conversaciones alrededor de la mesa, se enteraban de los casos:

—Ayer trasladaron a Manuel al campo de Argelès y no pudimos darle papeles de tránsito.

—¿Y qué vas a hacer?

—Rehacer el trámite para negociar su salida.

—¡Qué coraje!

—Lo peor es que el encargado del campo nos complica el proceso.

María Luisa conocía bien a su marido, supo de inmediato que ese día las cosas habían marchado bien. Gilberto no tuvo que decirle que había podido salvar la vida a más de mil quinientas personas. Mientras abordaban, recordó el día en que estampó su firma en sus visas, y pensó que sus historias ahora podrían ser contadas.

Gilberto se sintió contento aquel día también porque así como en su momento tuvo como un deber tomar las armas, la pluma y la tribuna para defender los ideales revolucionarios, ahora entendía que también sería necesaria una actitud dispuesta a dar más de lo que su cargo requería. Tendría que arriesgar y arriesgarse: extralimitar sus funciones.

Desconocía las luchas por venir; no sabía de los campos de batalla que habría de elegir, tampoco la estrategia para vencer al enemigo, ni cuánto se desangraría en esa trinchera. Pero lo que sí sabía era que no daría un paso atrás. No lo había hecho antes y no lo haría en la misión de París que ahora le habían confiado. México así lo requería.

Sólo hasta que el *Sinaia* tomó aguas del Atlántico quedó tranquilo.

En la negrura del Atlántico

Rumbo a Veracruz, junio de 1939

El vaivén de las olas al estrellar contra el muelle acompañó esa mañana del 29 de mayo de 1939 al grupo de refugiados que abordaron el *Sinaia*. Era un buque enorme, preparado para cruzar las aguas del Atlántico y transportar pasajeros desde Marsella hasta Nueva York. Pero ese día era distinto, a su seno subió una masa de individuos y familias retraídas por la derrota que habían sufrido; por la vida en España que dejaban atrás, la que olía a azafrán y pimentón, la del ajo rebosado en aceite de oliva; por los miles de hogares abandonados, impregnados con los recuerdos familiares, las risas, la música, el retrato de boda, el tapete de la abuela y algún sollozo. Traían lo esencial: algunas prendas, una joya para vender, las pocas pesetas ahorradas, una foto pequeña escondida en el seno de alguna madre testaruda, con una imagen de la familia o de aquel amor secreto.

Las entonaciones cantarinas de Extremadura, el seseo de los andaluces, la cadencia de los gallegos y catalanes, o los altibajos en el tono de los vascos se confundían entre aquella marea humana, hasta que de proa a popa el sonido de los altavoces comenzó a emitir información sobre la cultura del país al que habrían de llegar. Algunos maestros españoles se ocuparon de compartir a sus compatriotas las ideas del presidente Lázaro Cárdenas sobre economía, la reforma agraria, la educativa, geografía, la Independencia, la Revolución, la prensa y muchos otros temas. Los especialistas sabían lo mucho que los ayudaría para hacerse de una vida laboral.

Al tercer día de navegación, las notas tristes de "Suspiros de España" resonaron en cubierta. Pasaban justo por el peñón de Gibraltar cuando algunos miembros de la Orquesta Sinfónica de Madrid interpretaron el pasodoble con el melancólico sentimiento de quien entiende que no habría retorno a su tierra. Mientras unos temían que desde tierra el gobierno de Franco los hundiera, otros rompieron en amargos sollozos. Entre aquella inquietud no hubo un solo pasajero ajeno al paso de Gibraltar.

El desorden que había reinado los primeros días en todas las cubiertas cedió poco a poco ante las recomendaciones que fueron siguiéndose para el cuidado del agua y agilizar el paso de la tripulación, para no gritar cerca de los dormitorios de los oficiales que trabajaban de noche.

El comedor estaba abierto las veinticuatro horas del día para alimentar a los comensales según su jerarquía, con horarios establecidos.

La oportunidad de vivir

Veracruz, julio de 1939

l 13 de junio, el *Sinaia* echó anclas en el puerto de Veracruz. Un mes más tarde el *Ipanema* atracó con otros novecientos noventa y ocho refugiados, y el 10 de julio, el *Mexique* dejaba el muelle de Sète con dos mil pasajeros más con la esperanza que para ellos representaba el nombre de México.

Cumpleaños extravagante

Argelès-sur-Mer, agosto de 1939

ina Giralt cumpliría catorce años y Antonio quería preparar algo especial para ella. Se dirigió a la orilla de la playa, caminó por la rivera moviendo la arena con los pies y levantando cuanto pedazo de junco salió a su paso. A esa hora de la mañana muchos se aseaban y se quitaban con el agua del mar, además de los piojos, la sensación pegajosa acumulada de los días anteriores. Antonio saludaba con la cabeza a los compañeros de armas que se identificaban por el uniforme que, aunque raído, portaban con dignidad. A las mujeres les regalaba un buenos días; más por mantener algo de educación, que por el deseo de simpatizar. A los niños, sólo les concedía una mirada de obligada indiferencia. No podía darles más, porque tan pronto bajara la guardia, se sentiría vulnerable. Era extraño que a pesar de combatir en las duras batallas de Madrid, del Ebro y de Teruel los pequeños le partieran el alma. Como defensa los evitaba, ni una palabra les dirigía aunque en el interior quisiera jugar con ellos.

Pero Mina y Francesc lo vencieron desde el primer momento. Con ellos no pudo mantener esa distancia. Se habían vuelto parte cotidiana de cada amanecer y del ocaso de cada jornada.

Durante dos semanas hizo el mismo recorrido, pasaba frente a una familia de Andalucía: Rita, los hermanos Ruiz y un viejo de capa verde; Mina lo observaba y, en alguna ocasión, incluso lo ayudó a recolectar junco.

—¿Para qué quieres esos pedazos?

—Para un asunto especial, pequeñina.

—Pues con que no pienses en hacer un bote con eso.

En algún momento Mina llegó a pensar que Antonio estaba enloqueciendo, ya eran varios días que lo veía recoger juncos.

Después empezó a levantar piezas de tela que se guardaba en la bolsa del pantalón, también un pequeño cuadro grisáceo, un jirón azul desteñido y un pedazo de una boina desgastada que le entregó el anciano de capa verde.

Con las primeras luces, Antonio recorría el campo a lo largo y a lo ancho, miraba el suelo para levantar pedacitos de metal, algún botón o una perla de descascarado lustre que algún día decorara un vestido de fiesta.

Con celo, guardó todo lo que pudiera servirle.

Al faltar tres días para el cumpleaños de Mina, Antonio tomó los juncos, los pedazos de tela y de metal. Buscó un lugar apartado de la posibilidad de que la casi adolescente lo descubriera. Se sentó en la arena y, sobre su capa militar, extendió sus materiales. Sin mucha habilidad reunió un macizo de juncos como del diámetro de una naranja. Los ató con hilo que había arrancado a los mismos tallos. Apretó los extremos y formó algo parecido a una pelota. Luego hizo una bola más chica y cuatro más de formas indefinidas. Con una aguja que por la providencia había encontrado entre la arena, unió con burdas puntadas los pedazos de tela que colocó a modo de vestido sobre lo que, se dijo, era una muñeca de paja. Al final ensartó la perla en lo que sería el pecho.

Antonio guardó la muñeca al fondo de su carpa en espera de que al fin fuera veintiuno de agosto.

Esa mañana despertó y de inmediato buscó la muñeca. Verificó con cuidado que la vestimenta y la perla de adorno estuvieran en su lugar y, con paso marcial, avanzó los tres pasos que separaban su tienda de la de Mina y Francesc. Se detuvo un momento y exclamó con fuerte voz al tiempo que le extendía su regalo:

—¡Feliz cumpleaños!

—¡Por santa Eulalia!, ¿qué es esto, Antonio?

Mina tomó la muñeca y de inmediato comprendió la razón del extraño comportamiento de Antonio en los días anteriores. Era el cumpleaños más extravagante de su vida. En un campo de refugiados, rodeada de arena y sol, con el sonido del mar azul que tanto amaba, Francesc y Antonio le hicieron una celebración alejada de lo común, de lo que cualquier chica de catorce años habría deseado en el amanecer del día de su cumpleaños. Pasó la mano sobre la cabeza coronada con el pedazo de boina y sobre la perla sin lustre que adornaba su pecho. Una risa fuerte acompañó el emocionado abrazo con que agradeció su regalo. Francesc miraba con gusto la alegría de la pequeña Mina que apenas tomó en sus brazos esa muñeca de paja, la bautizó como Lola, en recuerdo de aquella muñeca de trapo perdida cuando murieron sus padres y se hizo el propósito de no deshacerse de ella por el resto de su vida. Era la muñeca más fea que jamás hubiera visto.

¡Es la guerra!

París, septiembre de 1939

Esa mañana las noticias nos asombraron. Primero a los franceses e ingleses que, pasmados, se vieron obligados a aceptar su nuevo estado; y después, al resto del mundo que veía con cierta angustia cómo estas dos naciones declaraban la guerra a Alemania. El Tercer Reich había invadido Polonia; y Francia e Inglaterra se unieron para defender sus fronteras.

México no fue la excepción en aquel estupor general, por lo que Lázaro Cárdenas pidió a la legación en París suspender temporalmente las visas para los refugiados españoles en Francia.

Más de doscientos mil refugiados fueron informados por el Servicio de Emigración de los Republicanos Españoles, el SERE, que los embarcos habían sido cancelados y con ello se esfumó la esperanza de aquellos hombres y mujeres.

Mi madre todavía leía el titular de *Le Figaro,* mientras mi padre salía hacia el consulado a toda prisa. En sus rostros se leía la preocupación. Aunque mi padre —desde tiempo atrás— estaba consciente de la inminencia de la guerra, yo todavía no alcanzaba a comprender la gravedad de la situación, ni sus repercusiones. Si bien, a pesar de ser extranjera había logrado ambientarme con mis compañeros de estudio y a la vida de París, no alcancé a imaginar la angustia que habrían de sufrir.

Para los adultos que aún tenían vivo el recuerdo de la Gran Guerra de 1914, el terror de ver a sus hijos marchar al frente era impensable. Sabían de la angustiante espera del telegrama que, en el mejor de los casos, informaba del deceso, porque los perdidos en acción podían estar prisioneros, sufrirían sabrá Dios qué maltratos, para, al final, quizá también morir. Cojos, mancos, tuertos, locos, eran un perene recordatorio de las consecuencias de la guerra.

Las madres no querían entregar a sus hijos a la patria. Los querían para ellas, eran suyos y la guerra se los quería arrebatar.

—¿Qué va a pasar con los refugiados, mamá?

—No lo sé, hija. Tendré que hablarlo con tu padre.

—¿Y con tus estudios?

Mi madre, maestra también, había visto en nuestra estancia en París, la oportunidad de ampliar sus conocimientos. Así como nos había inscrito en el liceo, ella se matriculó para asistir a la Sorbona donde fue discípula de Henri Wallon, de Maurice Pradine y Paul Guillaume, cuyas teorías aplicaría y, años más tarde, la llevarían a tener excelentes resultados al frente de la casa hogar de la Beneficencia Pública del Distrito Federal y a especializarse en asuntos educativos hasta el punto de tener amistad con Jean Piaget, de Suiza.

Aconsejado por la prudencia, tan pronto regresó mi padre a casa nos hizo saber que había decidido que mi madre y mis hermanos nos mudáramos a un lugar al sur de Francia. Mi madre insistió en quedarse con él.

Al día siguiente nos avisó que había conseguido un lugar donde instalarnos: era un poblado en la frontera con España llamado Saint Jean de Luz.

¿Cuándo regresaremos a París?

Rumbo a Saint Jean de Luz,
octubre de 1939

*P*artimos un sábado. El ambiente bélico se respiraba por cada calle, cada tejado, cada rostro de París. El otoño con su explosión de fuego hacía un marco perfecto. Teté y Gilberto no entendían nada de lo que sucedía.

—¿Por qué no se quedará papá con nosotros? ¿Cuándo regresaremos a París?

—Ya no llores, Teté.

Como muchas otras familias en esos días, la nuestra sufrió la separación. Aunque el pesar por la ausencia de papá fuera nada en comparación con lo que sufrían los refugiados y ahora los propios franceses. Cada tarde echaba de menos su plática, sus anécdotas y los paseos a la sombra de la naturaleza. Mi madre decía que no era lo mismo estar sin él. Que faltaba el calor a su cama, el aliento a su vida y la contraparte a su tozudez.

Vous êtes arrêté

París, enero de 1940

*L*os últimos meses habían sido agotadores. Gilberto y el resto de los diplomáticos tuvieron que adaptarse a la cambiante situación.

En octubre, Hitler había ordenado matar a los alemanes declarados *incurables* por los médicos nazis. Miles de hombres, mujeres o niños con alguna deficiencia mental o física, internados en instituciones, fueron enviados a los centros de matanza principales, donde los ejecutaron con inyecciones letales o en cámaras de gas. Alemania había anexado a su territorio a las antiguas regiones polacas de Alta Silesia, Pomerania, Prusia Occidental, Poznań y la ciudad independiente de Danzig. Las áreas de la Polonia ocupada no anexionadas por Alemania o la Unión Soviética fueron puestas bajo una administración civil alemana llamada Gobierno General.

En noviembre, las autoridades alemanas empezaron a realizar las deportaciones forzosas de judíos desde Prusia Occidental, Posnam, Danzig y Lodz hacia localidades en el Gobierno General. Las autoridades alemanas requirieron que antes del 1 de diciembre de 1939 todos los judíos que vivían en la administración alemana portaran distintivos blancos con la estrella de David en azul.

Para entonces, Francia había enviado a sus hombres al frente y, como consecuencia, se quedó sin mano de obra en las fábricas de armamento y en los campos de cultivo. Para paliar esta situación, el gobierno de Daladier —que había creado las Compañías de Trabajadores Extranjeros—

decidió enviar a un gran número de refugiados que se hallaban en los campos de internamiento.

Para los mexicanos que vivían en Francia las cosas también se complicaron.

Aquella tarde Miguel de Béistegui se encontraba junto al lecho de su esposa. La tuberculosis había avanzado mucho y su frágil cuerpo había menguado día tras día en esa amarga batalla. Sin prestarles mucha atención, escuchó voces que se acercaban hasta la puerta de su apartamento. Con delicadeza y desde la espalda, enderezó el talle de su mujer para hacer más liviano el acceso de tos que dejaba manchones de sangre en el pañuelo. Pasó un paño húmedo por su frente y la miró. ¿Cómo había sido posible que se contagiara? Sin oportunidad de regresar a México y con la guerra encima, los días se sucedían en constante angustia. Las voces elevaron el tono. Dejó a su mujer y salió de la habitación.

Cinco hombres de la *sûreté* hablaban rápidamente desde el otro lado de la puerta.

—*Vous êtes arrêté.*

—*Pourquoi?*

Miguel no acababa de entender lo que sucedía. Entre aquel amenazante torbellino de jaloneos, de gritos sin ton ni son, sólo tenía pensamiento para ella. ¿Cómo dejarla? ¿Quién se haría cargo de cuidarla?

Por más intentos que hizo para que le dieran una explicación, todo fue en vano. El silencio era la respuesta. Solamente permitieron que diera aviso al consulado. A ellos les hizo saber también del estado de su esposa.

"¡Si mi padre viviera!", se lamentaba Miguel en aquel calabozo de la prisión. Aunque su padre, Miguel de Béistegui y Septién, había sido ministro de México en París y Berlín, ahora estaba por su cuenta.

Por todos los medios había intentado Gilberto que comprobaran las acusaciones contra Miguel o, de lo contrario, que lo dejaran en libertad. Pero era inútil: los días pasaban, grises, fríos, monótonos, y los franceses se mantenían en su postura.

La mujer de Miguel empeoró. Hasta ese día en que el invierno le recrudeció los síntomas. La falta de apetito y la fiebre consumieron su cuerpo, hasta que murió en soledad.

El guardia se lo anunció con la misma frialdad con que le daba el plato para comer:

—*Votre femme est morte.*

—¿Qué? ¿Qué estás diciendo?

Tras el shock de la noticia que lo llevó a desplomarse, se aferró al consuelo de saberla sin sufrimiento. Le carcomía la entraña saber que había muerto sola, no haberle dicho cuánto la amó ni la alegría que había dado a su vida.

El cementerio de Montparnasse estaba desierto ese día. Entre las alineadas tumbas un hombre solitario lloraba sobre un ataúd sellado. Era Miguel, lo custodiaban cuatro hombres de gesto adusto.

Gilberto se acercó con la intención de darle un abrazo, pero uno de los guardias se lo impidió. No había sentido tanto coraje como hasta aquel día. La impotencia para lograr la liberación de ese hombre transformó su dulce mirada en amarga indignación.

—Lo siento mucho —dijo a unos pasos de su amigo.

Miguel no dijo una palabra, tan sólo asintió.

Luego de depositar en un sepulcro los restos de su mujer, lo regresaron a prisión.

Durante el trayecto de regreso Gilberto no dejó de cavilar.

"Este asunto es gravísimo", se decía mientras intentaba concentrarse en la conversación que su familia sostenía en la mesa. La decisión que estaba por anunciar no sería fácil, pero sí necesaria para mostrarle al gobierno francés que México no se andaba con juegos. Sabía que contaría con el apoyo del presidente. Suspendería las visas mexicanas a los franceses.

—Papá, dile a Laura que me comparta un pedazo de *brioche.*

—Laurita…

Las consecuencias tuvieron efecto inmediato. Algunos franceses que radicaban en México y que en aquellos días se encontraban en Francia, no pudieron volver. Algunos residentes insistieron en que se otorgaran sólo algunas visas, pero Gilberto se mantuvo firme.

La tarde fría de un martes recibió la llamada de Miguel.

—Me van a liberar.

—Lo sé. Estaba a punto de salir para allá.

Hasta que Miguel Béistegui —libre de toda culpa— fue dejado en libertad, el servicio de visas se reanudó.

La mujer del abrigo azul

Argelès-sur-Mer, marzo de 1940

El silbato anunció la llegada del pan. Francesc corrió hacia una fila. Se ubicó muy cerca de la alambrada de púas. Había aprendido, durante ese año, que ahí tenía mayor oportunidad de recibir una ración. Cuando los guardias comenzaron a lanzar las piezas sobre la cerca, la gente lo apretó contra ella. Sintió en el cuerpo las puntas de metal que buscaban abrirse paso a través de su ropa. Con el pie haciendo palanca, y apoyándose en el hombro de quien estaba a su lado, se alzó unos centímetros y logró alcanzar una pieza en el aire, antes de que llegara a la masa de gente que elevaba las manos. Apretó el pan en el pecho mientras avanzaba para salir del tumulto.

En el trayecto vio a una mujer de abrigo azul. Le arrebataban una pieza que tenía entre las manos. Al ver que se quedaba sin nada, la mujer se dejó caer de rodillas sin fuerza para pelear. Sollozó con la cabeza entre las manos y la frente en el suelo, mientras una rata mordisqueó su pierna. Francesc pensó que era una mujer hermosa y sintió pena de que estuviera en el campo, pero sabía que no podía hacer nada por ella. Había endurecido su corazón a fuerza de ver esas escenas todos los días.

Más tarde repartieron té de bellota y, como un día de suerte, Francesc pudo conseguir también una zanahoria que inmediatamente compartió con Mina y Antonio.

Cerca de la tienda, un grupo de niños los miraba. En esos ojos no había súplica para recibir el alimento; eso no se hacía en el campo. No se podía pedir a quien vivía la misma situación. Tan sólo observaban con la certeza de que para Francesc había sido un buen día. Pero él no pudo evitarlo; con los niños no podía. Tomó un trozo de pan y les entregó el resto de su ración junto con el pedazo de zanahoria. Pensó que un día sin comer era algo a lo que se había acostumbrado. Su cuerpo se había vuelto menos exigente conforme le redujo el alimento. Sus piernas y brazos ahora lucían delgados.

Pasaron unos días antes de que Francesc la viera de nuevo. El abrigo azul desteñido colgaba a un lado de la camilla en que la llevaban. Rozaba la arena y dejaba una línea delgada al pasar. Se acercó y descubrió su rostro. Hinchado y del color de su abrigo, se había contraído en un grito de angustia que nadie escuchó.

—¿Cuándo murió?

—Quizá por la mañana, o tal vez en la noche.

—Un niño la encontró, al parecer no tenía a nadie.

Francesc se sintió mal. Se habían alejado de la muerta cuando, sin poder evitarlo, devolvió el estómago. Sintió coraje de que aquella hermosa mujer no hubiera sobrevivido, como muchos en el campo que, solos o enfermos, morían sin remedio; como Rita, la bailaora, cuando llegó con su pequeña de seis años. La separaron de su esposo al que habían enviado al campo de castigo de Colliure. El llanto no la dejaba desde que amanecía hasta que caía el sol. Al segundo día, Mina se acercó a ella para hacerse cargo de su hija y darle algo de consuelo, porque no tenía otra cosa que ofrecerle. A pesar de los esfuerzos de Mina no hubo manera de detener su llanto que empapó varias jornadas. Una semana después se agotaron sus lágrimas y las palabras se perdieron en algún lugar de su interior. Dejó de hablar y, a los pocos días, con la navaja de su esposo se hizo un corte en las muñecas hasta desangrarse. Al pasar de las horas sin que Rita regresara, Antonio y Francesc fueron a buscarla. La encontraron tras un matorral. El arenal, todavía húmedo, había bebido toda su sangre. Su cuerpo estaba acurrucado sobre sí. Para el ritual se había envuelto entre las grandes y enrojecidas flores de un mantón con flecos largos. Su expresión era de paz.

Mina no sabía cómo explicar a la pequeña que su mamá había muerto, y la tragedia le recordó su propia orfandad. La niña preguntaba por su madre todo el tiempo mientras ella trataba de consolarla.

Al cuarto día, la guardia se la quitó. Se la llevaron para enviarla a un orfanato en España donde reunían a los huérfanos republicanos. Con un dejo de tristeza, acarició el pendiente de aguamarina que era de su madre, el que llevaba en la oreja derecha.

Sí, algunos enloquecían. También el viejo de la capa verde.

Me voy a México

Argelès-sur-Mer, marzo de 1940

*L*os hombres y las mujeres del campo rumiaban su propia miseria y, tal vez por eso no prestaron atención.

De reojo te miraban, pero todavía no les ocupaste el pensamiento. Eras sólo el viejito de la capa verde que iba y venía de un lado a otro del campo, arrastrando palabras en un soliloquio apenas entendible. Por los surcos que ibas dejando en la arena, se sabía que arrastrabas también los pies. Enredados trazos con círculos y redes que se entrelazaban hasta que algún viento inoportuno los borraba.

Y el viejito continuaba sobrescribiendo con sus pies cansados, en esas arenas impregnadas de las lágrimas de los refugiados.

Nadie sabía tu nombre, pero, de vez en cuando, con fuerte voz exclamabas: "¡Zacari! ¡Zacari!" y entonces pensaban que quizá afirmabas tu identidad o tal vez llamabas a tu padre, a algún hijo muerto, o a su verdugo.

No sabían ellos la causa de aquella turbación en que veías una y otra vez sus rostros, esos que tenías grabados en lo más hondo de la memoria.

Ese día, el hábito de andar y andar se volvió más intenso. Te pasabas las manos por la cabeza mientras caminabas sin parar. Los círculos se volvieron gajos y los ángulos se enredaron como el tejido de una red. Tan honda fue tu marcha que los surcos formaron un pozo.

Un pozo en tu cordura porque esos pensamientos de desesperanza comenzaron poco a poco a escarbarte el alma. Te negaste a aceptar que los habían derrotado, que esos tres años de lucha te dejaron sin hogar y sin hijos. Mirabas con insistencia aquella tarde aciaga cuando el mayor te dijo que se iba a defender la República y

tú muy orgulloso lo animaste a luchar por la Patria. La Patria, ¿qué es la Patria?,
te preguntabas. Era mi tierra, eran mis hijos, era mi hogar, te decías. Ésa era, pero
la perdí. Y el menor de mis hijos no sé dónde quedó. Quizá si esta guerra acaba,
tal vez si regreso puedo empezar otra vez. No soy viejo, soy avezado. Soy la re-
colección de experiencias desde que nací. Al menos no tan anciano como para no
tener vigor, aunque ahora me cueste ponerme en pie, porque mis piernas son unas
torres, son arado, son transporte. Eso es. Las piernas me llevarán a donde les diga.
Lejos, lejos, lejos.

—¿Cómo te llamas? ¿Quién eres? —le preguntaba la gente reunida
a su alrededor, sin obtener respuesta.

Todos lo miraban sin decidir qué hacer con él. Uno propuso llevarlo a la enfermería; otro lo disuadió. Poco a poco, más y más, se sentaron sobre la arena. El anciano se convirtió en espectáculo, mientras una
muchedumbre esperaba con avidez y con temor la respuesta de aquel
hombre cargado de años.

—¿Quién soy?

La pregunta detonó en su interior eso que aguardaba su momento
para romper la frágil atadura que todavía le mantenía con un pie en la
realidad. La guerra, la muerte, los ideales rotos, el sufrimiento y la soledad
asaltaron lo que le quedaba de razón para dejarlo a la vera del camino.

Tras un silencio largo, de ojos muy abiertos que hurgaban su interior, dijo:

—No lo sé.

Sí lo sabías. Lo acababas de ver. Eras lo que querías ser. En ese lugar
y en cualquier otro. Podía ser en ese lugar del que hablaban, al que algunos
iban en barcos cruzando el océano hasta donde estaba el nuevo mundo. Tú no
tenías barco pero no te importó. "Estas piernas me llevarán". Irás a un lugar
sin retorno. "Estaré bien, estaré mejor".

La atadura finalmente se le rompió. La dolorosa existencia dejó de
ser significativa; cedió su lugar a ese otro estado más cómodo donde creó
un ambiente de libertad.

Lo decidió en ese instante.

—Me voy a México.

Algún refugiado trató de detenerlo, pero el viejecito de la capa verde se negó a escuchar.

Tomaste ese par de maletas y en tus ojos nublados se pintaron las casas de tus hijos, que construiste con tus propias manos, ésas que se aferraron al equipaje para ir a aquel país al otro lado del Atlántico. Guardaste entre la ropa su recuerdo, sus rostros, sus risas y sus llantos, bien doblados para que no sufrieran arrugas. Ahí dejaste su niñez y sus juegos. Acomodaste todo lo que querías conservar. Metiste también las ilusiones, ésas que tenías de ver crecer a tus nietos. Una orilla la dejaste para los amigos. Los que no se pueden olvidar. Aquéllos con los que en alguna esquina se empinaron una bota de vino, mientras lanzaban piropos a las guapas que pasaban delante. A la angustia le ofreciste una disculpa y le dijiste que la dejarías fuera, que no la podías llevar contigo. Tampoco al dolor ni a las imágenes de los bombardeos, de los muertos en las calles y de tu mujer muerta también.

Y te metiste al mar.

La guardia no intervino. Con una sonrisa sarcástica lo dejaron ir. En sus ojos había cierto desprecio.

Me voy a México —dijiste una vez más.

Y avanzaste con paso decidido entre esas olas que te golpearon la cintura primero, el pecho después y luego la cara. Sentiste el agua fría rozar tu cuerpo y pensabas que era una caricia. Sí, una caricia delicada, deliciosa, primicia de ese nuevo lugar que te esperaba. Sólo había que pedir a las piernas que siguieran avanzando. Y avanzaste. Avanzaste más adentro. Ya no había recuerdos. Estaban bien guardados. No había dolor ni desesperanza. A esos no les permitirías que se establecieran dentro de ti y absorbieran todos tus pensamientos. Ya no más. Ni una vez más. Sólo estaba México, más allá. Ya llegarías. Pronto. México esperaba para darte su cobijo… Voy.

El cielo espantó de golpe el albor de las nubes para dejar un fondo azul brillante a su paso, que se ensombrecía de vez en cuando, con el vuelo de alguna solitaria golondrina. La arena del fondo mordisqueaba su andar y las maletas sobre el agua flotaron indiferentes, hasta que aquella ola grande, la de la cresta más blanca y espumosa, se lo llevó a México.

La muchedumbre, desde la orilla, contempló su partida. Entre voces lo despidieron.

El mar columpió el oleaje en incesante balanceo, mientras una ola, con tímido arrojo, rompió en blancos borbollones que aprisa se desvanecieron. A lo lejos, la calma azul profundo mecía en el interior de sus corrientes a los peces del mar y al viejito de la capa verde que continuaba su viaje. Una ola grande quebró con furia el estruendo de muchas voces ahogadas en su seno. Cuando la superficie estuvo tranquila, le regresó al sol su dorado brillo.

Después de unos minutos en que la incredulidad los tenía enraizados a la arena, Mina y Francesc vieron cómo el mar escupía el par de maletas abiertas.

París sin fiesta

París, 14 de junio de 1940

Esa mañana, el ronco sonido de los tanques, el rugido de los automóviles de los oficiales, el choque de cascos de la caballería y la marcha de los soldados de infantería sacó de su letargo a aquella indolente París. La confiada capital había sido vencida sin resistencia por la *Wehrmacht* y, a partir de ese día, dejó atrás su habitual fiesta ante el retumbo amenazante del ejército, que marchó sobre el adoquín de los Campos Elíseos.

Ocho días después se firmó el armisticio en el que el gobierno del mariscal Philippe Pétain, recién nombrado presidente del Consejo de Ministros, había doblegado su orgullo ante el poderío del Tercer Reich.

El gobierno iba a ejercer una política colaboracionista con el alto mando alemán a través de Pierre Laval, en el denominado régimen de Vichy, instalado en esa turística ciudad. El lema "libertad, igualdad y fraternidad" se suplantó por el eslogan "trabajo, familia y patria" del nuevo Estado Francés.

Ante la inminente ocupación, mi padre actuó deprisa para trasladar al personal a otra localidad. Días antes, Nicolau d'Olwer había entregado al embajador Luis I. Rodríguez, quien relevó del cargo al licenciado Narciso Bassols al frente de la legación de México, la parte más comprometedora de los archivos de la JARE —la Junta de Ayuda para los Refugiados Españoles— y cedido el poder sobre los fondos que administraba.

No eran los únicos que se desplazaban en esa huida dramática. Miles salían de la capital hacia la zona no ocupada. Charles de Gaulle, el viceministro de Defensa, se trasladó al Reino Unido para mostrar su inconformidad ante la paz pactada con Alemania.

Luchando por salir de una ciudad que había perdido la cordura, tomaron la carretera hacia el sur de Francia. Lo llevaba Francisco Sáez, quien fuera chofer de Negrín, y lo acompañaba su secretaria, la señorita Margarita Assimans.

—¿Cree usted que Hitler respetará los términos del armisticio?

—Lo dudo mucho. Para él tener París significa tener Francia. No creo que tarde en querer la flota francesa, que es una de las pocas concesiones del acuerdo que logró el presidente Pétain.

—Es una desgracia que la línea Maginot haya caído. Todos pensaban que era impenetrable.

—Pues ya vimos que el rodeo y ataque en la región de Sedán la convirtió hasta ahora en el error estratégico más costoso de esta guerra.

—¿Cambiará esta ocupación la situación de los refugiados españoles?

—Me temo que sí.

Tras una breve estancia en Tours, donde se había establecido el gobierno francés, se dirigió a encontrarse con nosotros. Pero la marcha era lenta y llevaba en el corazón el apremio por vernos. Habían pasado largos días y la separación lo inquietaba.

Hacía poco tiempo que nos habíamos instalado. A mi hermana Tere no le gustaba el lugar, decía que no era nada comparado con París, pero a mí la belleza tranquila y el sonido del mar que lo inundaba me gustaba más que el bullicio de la capital. Sobre todo me gustaba sentarme en una de las bancas a la orilla del Chemin d'Erromardie. Era tal la cercanía con las olas, que me parecía como si estuviera frente a la presentación de una ópera magnífica. Sólo para mí, en mi deleite exclusivo, podía escuchar la vibración de las cuerdas, el lánguido lamento del piano, el estruendo del tenor al romper las crestas y la hondura del *mezzo* al retirarse la marejada.

Mamá, como siempre, sólo pensaba en el momento de volver a ver mi padre. Yo también, pero me conformaba con leer sus versos o los de algún otro poeta.

Aquel día, el veintisiete de junio, había sido luminoso y tibio, como todos los de esa época del año. En el dique de la playa la gente tomaba el sol en varias filas de sillas. Las señoras hacían sus compras en la calle Gambetta y por las calles circulaban las bicicletas de los obreros. También las victorias de alquiler, tapizadas de lienzo blanco, con caballos mansos que en la cabeza llevaban su sombrero de segador.

Sentada en una banca de la avenida costera, leía el último poema de papá, mientras aspiraba el aire que sabía a melancolía.

¡Cuántas palabras del mar
tengo en las manos
para circundar tu silencio!

¡Cuántas miradas tuyas
tengo en los ojos
para encontrar tu soledad!

Era un día como cualquier otro. Nadie pensaba que llegarían hasta ahí, pero lo hicieron.

A las cinco menos cuarto, en formación perfecta, una columna gris de motocicletas, coches ligeros, camiones pesados y doce tanques, entraron por la costera. Llevaban a cerca de quinientos soldados con sus cascos y cañones antitanques. De cabezas rubias y piel muy clara, estaban ennegrecidos por el sudor y el polvo del camino. Portaban el uniforme impecable y el rostro afeitado.

Corrí hasta la casa para avisar a papá. De más está decir que él ya tenía noticia de que llegarían a ocupar la pequeña ciudad francesa y Hendaya, del lado español. Yo no sé si papá habrá sentido temor pero, como era su costumbre, no perdió la serenidad ante mi atropellada retahíla que pretendía explicar, sin aliento, la llegada del ejército nazi, el ruido, sus rostros y que corrí lo más aprisa que me permitió el tacón de los zapatos sobre el empedrado.

El desfile entró hasta la plaza de la alcaldía, junto al puerto de pescadores. El jefe militar se internó en el Ayuntamiento. Tras salir, y al grito de *heil Hitler*, se izó en la plaza frente a la mirada llorosa de los franceses, la bandera de cruz gamada del Tercer Reich.

Sentí compasión ante los rostros de aquellos hombres y mujeres que hasta hacía unos minutos habían visto la guerra como algo distante y ajeno a la tranquilidad de Saint Jean de Luz.

Desde alguno de los camiones se escuchaba la música de un gramófono. Los jóvenes soldados alemanes dormitaban estirados sobre las motocicletas, con el rostro cansado.

Con los amplios poderes que la Presidencia de la República Mexicana le había dado para instalar el consulado en el lugar que creyera más conveniente, papá había optado por hacerlo en Bayona. Pero, tras el avance alemán, tomó finalmente la decisión de establecerlo en Marsella.

—¿Cuándo nos iremos, papá?

—Dentro de unos días, Laura, necesito arreglar algunos asuntos antes.

Éxodo

Meudon, Francia, junio de 1940

*M*i nombre es Pierre. Soy hijo de escritores. Netty Reiling —mejor conocida como Anna Seghers— es el nombre de mi madre: alemana, húngara por matrimonio, judía y antifascista. Mi padre, László Radványi, también es miembro del partido comunista y, a pesar de que hacía un par de meses se lo habían llevado detenido, yo me había acostumbrado a nuestra vida en ese pequeño poblado a las afueras de París.

Mi madre era una mujer de ideas claras. Tanto, que la razón de nuestra salida de Berlín en 1933 se debió a la publicación de *La recompensa*, uno de sus libros en el que atacaba de frente y sin tapujos al partido nazi. Luego vino la persecución judía, con lo que mi familia ocupó un lugar preponderante en las listas negras de la Gestapo.

Y si bien mis papás eran cuidadosos, la situación no les había impedido continuar con sus actividades. Hasta un año antes, mi madre todavía viajaba por trabajo a Bélgica y a Austria. En España asistió a un congreso internacional de escritores. No se agotaba su tinta y de esa época surgieron algunas de sus obras.

A mi padre lo internaron primero en el estadio Roland Garros y un mes después lo enviaron al campo de Vernet d'Ariège, cerca de Pamiers, al sur de Francia. La razón: se consideraba un extranjero indeseable porque Hungría era aliada de Alemania. De nada valió su postura antinazi. Por más explicaciones a la prefectura del gobierno francés, igual lo detuvieron.

El avance alemán había llegado hasta Somme y se dirigían a París.

—¡Tienen que irse de inmediato! —dijo Jeanne Stern a mi madre—. Pero sin ninguna dilación, Anna. La Gestapo tiene su dirección y en cualquier momento irán por ustedes.

Esa noticia conmocionó a mi madre. Con gran apuro reunió algunas prendas, nos tomó a mi hermana Ruth y a mí y salimos a pie rumbo a Loira. No éramos los únicos. Un éxodo de personas invadieron la carretera.

Marchamos despacio. Mi madre cargaba una maleta y yo otra más pequeña. Al principio nos alegramos de las cosas que decidimos llevar con nosotros, pero al cabo de unas horas, el equipaje se convirtió en un pesado estorbo con el que había que lidiar. Mi hermanita Ruth se cansaba muy pronto y lloraba constantemente. Mi madre se detenía a consolarla y tras un respiro, retomábamos la marcha otra vez. A la hora del día en que el calor era implacable nos sentábamos a la sombra de algún castaño.

La primera noche la pasamos en un pequeño hotel cercano a la plaza de Le Cottage. Al día siguiente muy temprano volvimos al camino. Pasamos Champlan, Saulx-les-Chartreux, Montlhéry. Siempre con el temor de que los nazis aparecieran tras algún recodo, sobre una colina o al pasar algún valle. En la entrada a Pithiviers-le-Vieil, en Loiret, cuando todos estábamos exhaustos por el calor y la larga caminata del día, aparecieron.

El rugido de los motores reveló su cercanía. Mi madre se apuró a reunirse con los demás refugiados para hacerse pasar por uno de ellos. El sudor empapó sus manos y la fuerza con que nos apretaba a mi hermanita y a mí nos causó daño. Ruth se quejó.

—No los miren. Baja la vista, Pierre.

Pudimos pasar por una familia más que evitaba la ocupación. Pero los nazis nos impidieron continuar. Esa noche la pasamos ahí, recargados unos sobre otros en cualquier espacio de camino o de plaza. Al día siguiente, con un altavoz, nos ordenaron el regreso.

Pero nosotros no podíamos volver a Meudon. No podíamos enfrentar a la Gestapo.

Ésa fue la primera vez que vi llorar a mi madre de esa manera. Era un llanto silencioso que aguó sus ojos, la nariz y la comisura de la boca.

Creo que en ese día se juntó la angustia por mi padre, el cansancio del trayecto con su obligado regreso, la incertidumbre del futuro y la responsabilidad por mi hermana Ruth y por mí.

De camino decidió alquilar un cuarto en un hotel en París. Aunque me inscribió en la escuela y yo seguí por mi parte los cursos de verano del liceo Louis-le-Grand, tuvimos que cambiar los planes otra vez. Cuando mi madre se enteró de nuevos arrestos de antinazis, pasamos a la clandestinidad.

Una cochera, un consulado

Marsella, julio de 1940

El primero de la legación en llegar a Marsella fue Aurelio Zepeda, cónsul de México en Alemania. Según se lo había indicado mi padre, rentó una cochera. Para las cinco de la mañana que abría las puertas, cientos de refugiados esperaban ayuda.

Era de esperarse una reacción así. Días antes el embajador Luis I. Rodríguez se había entrevistado con Pétain para darle a conocer la resolución del general Lázaro Cárdenas en la que México recibiría a todos los refugiados españoles de ambos sexos residentes en Francia. A Pétain la generosidad mexicana le había parecido una idea absurda y descabellada frente a esos indeseables republicanos, como los llamaba él. Pero, con todo, accedió a la petición y a que a partir de ese día se nombrara una comisión mixta francomexicana para estudiar los términos de un acuerdo concerniente a los ciento cincuenta mil refugiados españoles que se encontraban en suelo francés.

Sin perder ni un minuto de tiempo, Aurelio comenzó a emitir centenas de visas provisionales que los protegerían ante el fuerte dispositivo de vigilancia y a repartir cartillas de racionamiento con las que tenían derecho a comidas servidas en diferentes sitios de la ciudad. La situación se había vuelto urgente, el gobierno de Vichy había prohibido la ayuda económica que el SERE y la JARE brindaban a los refugiados.

Mi padre y el personal lo alcanzaron para trabajar de inmediato en ese contexto de urgencia. El puerto de Marsella los vio llegar en aquellos elegantes automóviles que llevaban el letrero LÉGATION DU MEXIQUE y dos carromatos remolcados, en los que llevaban todos los archivos del consulado. Poco después llegarían la señora Rodríguez, Jaime Torres Bodet, encargado de negocios en la Bélgica ahora también ocupada, el capitán Haro Oliva y muchos otros del grupo de sesenta mexicanos que llegamos a Marsella.

Nuestra familia se instaló en el número 4 de la *rue* Daumier, en la planta baja de un edificio de dos pisos. Arriba vivía la familia Couisinier, con la que entablaríamos una relación amistosa. A Teté y a mí nos inscribieron en el liceo Longchamp y a Gilberto, en el liceo Perrier.

El consulado se instaló en el 164 del boulevard de La Madeleine. Desde ahí comenzaría aquella lucha que inició con las reuniones de la comisión mixta, de la que Luis I. Rodríguez y mi padre eran los representantes por la parte de México.

Fueron tres semanas de negociación en las que mi padre desplegó sus habilidades frente al gobierno francés para lograr el acuerdo que atribuía a México el deseo de recibir a los refugiados españoles con motivos de índole histórica y con el afán de auxiliar a Francia a paliar los problemas internos que les originaban. México otorgaría ayuda económica y transporte a los refugiados españoles que, deseosos de emigrar a México, permanecieran en Francia hasta el momento de partir. Para ello, la legación de México brindaría un servicio especial en colaboración con la administración francesa.

Tal vez por las presiones del gobierno de Franco o por alguna otra razón, después de haber firmado el acuerdo, Pétain evitó difundirlo entre los jefes de la policía. Pero la legación de México se encargó de darlo a conocer ampliamente, pues les permitían actuar con la aprobación del gobierno francés.

Mientras más se difundía el acuerdo entre los refugiados, mayor era su convergencia hacia Marsella. La mayoría no poseía un salvoconducto, por lo que su situación era riesgosa. Las transferencias a los campos de castigo se intensificaron, por parte de la policía francesa. Quienes no tenían permiso de tránsito, visa o cualquier otro documento que los acreditara, corrían ese peligro permanentemente.

Mina... Mina

*L*a pequeña Mina estaba cansada. Hastiada del dolor que la rodeaba se replegó en sí misma, obligó a su mente a evadir la realidad. A fuerza de intentarlo cada día, aprendió a abstraerse por momentos, para no ver, no oler, no sentir, no pensar. Se volvía a Banyuls, con Dina y Arístides. Se volvía a Barcelona con sus padres. Trataba de dormir, de olvidar que mañana o cualquier día podía enfermar o morir. O lo que era peor: enloquecer.

Por eso, hubo días en que la muerte parecía su mejor amiga, la que podría evitarle el sufrimiento, quitarle de una sola vez esa aflicción que hacía sentir el corazón pesado como piedra de Alicante. Pensaba que en esa amiga encontraría el consuelo que tanto necesitaba su débil cuerpo. El pensamiento era cada vez más frecuente. Iba y venía de nuevo para seducirla.

Pero aquella mañana, un golpe de arena en la cara la despertó con brusquedad. El viento del mistral levantaba remolinos que, como latigazos, le herían la carne, los ojos, la boca. Oleadas de aire testarudo que insistía en levantar los granos de arena de la playa y lanzarlos con fuerza hacia ella. La manta era insuficiente para cubrirla y, como el día anterior había sucumbido ante el intenso deseo de beber de esa agua salada que extraían de la arena, amaneció también con fuertes retortijones. Corrió hacia las letrinas, se cubrió la cara con el brazo para no sentir el filo de la arena, tropezó con pies salidos de las carpas o con alguna maleta.

El olor le avisó que estaba cerca de la letrina. En esa zona, la arena se cubría con residuos de heces que era imposible no pisar. Se acomodó sobre el agujero y comenzó a desaguarse en una diarrea violenta.

Así estuvo tres días, lloraba y corría a las letrinas a las que no siempre alcanzaba a llegar. En la pobre enfermería no había medicamento para ese mal que por lo general terminaba en disentería.

Al final del tercer día, le faltó fuerza para levantarse y defecó ahí mismo. Ya no lloró. Se agazapó sin moverse, sin voluntad para indignarse o espantarse.

Al darse cuenta, Francesc pidió ayuda a Antonio, que la levantó en brazos y se la llevó hacia el mar. El sol quemaba su piel y el viento levantaba oleajes de arena que intentaban evitar cubrirse el rostro con un pañuelo. Antonio avanzó con dificultad sobre las dunas que se formaban. Una vez en la orilla de la playa, Francesc se hizo cargo de ella.

—Mina. *Petita* Mina.

Con dulzura la desvistió, mientras ella giraba los ojos para no mirarle. Un resquicio de lucidez que en lo profundo había logrado esa escisión que permitía separar su mente y su cuerpo del horror del campo, del terror de cada día, del esfuerzo por no guardar nada en la memoria.

Al entrar en contacto con el agua salada, las llagas la hicieron gemir de dolor. Francesc la lavó con el mayor cuidado sin decir una palabra y la envolvió en la manta. Enjuagó sus ropas, desesperado por este nuevo sufrimiento para Mina.

Antonio la cargó de regreso hasta su metro cuadrado de arena.

—A partir de hoy le prestaré mi tienda.

La tienda de Antonio era más amplia, estaba hecha con una manta grande, su capa de la milicia y añadiduras de paja. Alcanzaba a cubrir el cuerpo entero de Mina, quien aquella noche durmió hecha ovillo, entre espasmos de pesadillas.

Francesc y Antonio estuvieron a cielo abierto sobre la arena. Las ratas, que habían hecho suyo el campo, los molestaron toda la noche al subir y bajar por sus cuerpos. "Algo tendré que hacer para ayudar a Mina", pensó Francesc mientras intentaba dormir. "Tengo que sacarla de aquí. Pero, ¿cómo? ¿Cómo escapar sin que nos envíen a un campo de castigo? ¿O sin que nos aten al poste?"

Como muchos en el campo, quiso elevar una oración. Pero no pudo. El rezo de los que creen que no tienen el derecho a tener derechos, no sale de sus labios porque se sienten olvidados de todos. Incluso de Dios.

Recordó su esfuerzo para que ella sobreviviera los últimos meses. Las noches en que formó un hueco de la arena para enterrarla, darle algo de cobijo y evitar el frío invernal. O las caminatas que hacían por el campo para mirar el suelo en busca de algún alimento. El desquiciante hormigueo de hombres, mujeres, ancianos y niños que gemían entre los montones de arena y ante el cual no había más que fingir que se estaba en otro lado para no gritar de la desesperación.

No pudo evitar que mirara gemir y llorar a las madres con los cuerpos de sus hijos entre sus brazos. Tampoco pudo borrar los rostros de la enfermedad, agonía y locura. Estaban a su lado a cada momento.

Al paso del tiempo, sus ojos siempre alegres y chispeantes se apagaron. Después se ocultaron en lo más hondo de ella sin querer salir nuevamente.

—Mina… Mina… ¡Mina!

Ella no quería escuchar. No reaccionaba. Era un cadáver viviente, un pequeño cuerpo de quince años de edad, cumplidos unos días antes, ahí, en ese campo de refugiados sin esperanza.

En vano trataba de hacerle resistir. La llevaba a la orilla, hablaba de lo bello que se veía.

—Escucha el mar, Mina —le decía con ilusión—. Ahí está el azul Mediterráneo que tanto te gusta.

Nada.

Cuando Mina se apretaba el estómago, Francesc corría en su ayuda porque sabía que los retortijones le causaban dolor. La tomaba por la cintura y pasaba un brazo sobre su cabeza. La hacía caminar, con paso inseguro, por entre la arena, animándola con un "vamos *petita*, ya falta menos". Pasaban las carpas y escampados que conocían a la perfección de tanto andar el mismo camino, hasta que llegaban a las letrinas de mujeres donde la presencia de Francesc era indiferente para ellas al igual que para él.

Pasaron esos días largos, uno tras otro. Siempre igual. Salvo cuando llegaban los camiones con pan. Aunque hermanados por el exilio en la lucha por sobrevivir, el campo se regía con la ley del más fuerte. A diferencia de otros, ellos no tenían dinero para comprar el alimento que llegaba de grupos de ayuda o de personas de buena fe que auxiliaban con un poco de comida.

Alguno, cuando se sentía alegre, elevaba un canto que al final, ante las aciagas circunstancias, terminaba con un amargo sollozo general.

Tras el recuerdo de aquellos meses, se quedó dormido con la convicción de que algo tendría que hacer para sacar a Mina del campo.

¡Deprisa!

Marsella, agosto de 1940

No había visto a mi padre tan preocupado como durante aquellas tres semanas de negociación con los franceses Pierre Bressy y André de Seguin, subdirectores de los Servicios de América y Europa ante el ministro de Asuntos Internacionales Paul Baudouin.

Durante las reuniones a la mesa nos repetía que necesitaba lograr que los franceses reconocieran a los españoles su calidad de refugiados políticos. Ni a mis hermanos ni a mí nos quedaba claro por qué era tan importante. Cuando mi hermano Gilberto quiso entender, papá nos explicó que Franco quería regresar a España a los miembros del gobierno de la República española y a los militares que la defendieron. Para estas alturas era bien sabido que a los que regresaban a España los fusilaban o los apresaban sin explicación ni aviso a sus familias. Pero si mantenían sus derechos como refugiados políticos en México, entonces era otra cosa: no se los podía regresar a su país.

Las últimas tres semanas fueron decisivas para el consulado, para Luis I. Rodríguez y para papá. Ellos todavía tenían muy recientes los acontecimientos de la revolución que había librado a México de la dictadura y entendían bien la coyuntura que vivían.

Mi padre conocía el sabor de la traición, de la huida, de la clandestinidad. Sabía lo que era poner en riesgo su vida. Creo que por eso podíamos notar aquel estado de la alerta que lo mantuvo en permanente tensión durante esos días.

Mi madre lo observaba —nos observaba— y pasaba su mano por la espalda de papá para acariciarlo suave, sin prisa, con el mismo gesto tranquilizador que utilizaba con nosotros cuando nos sentíamos inquietos durante la noche.

—Todo va a estar bien, Gilberto. Ya verás.

Algunos años después, la Gestapo nos arrestó y tuvimos todo ese tiempo de encierro, en que mi madre nos confió, a Teté y a mí, que, sin importar que ella viera a mi padre con gran admiración, se sintiera segura a su lado y en gran medida dependiera de él, en algunos aspectos mi padre era como un niño. Si no encontraba las cosas —que de hecho estaban frente a él—, al enfermarse o si tenía que afrontar un gran reto, siempre volvía a ella.

Tan pronto terminó la última reunión y se firmó el acuerdo de los refugiados entre Francia y México, mi padre relajó la tensión. Disfrutó por breves momentos del triunfo que habían logrado y que finalmente avaló que el consulado mexicano pudiera emitir la expedición de un certificado de seguridad para los refugiados españoles de tránsito en Francia.

Mi padre se dio prisa, había que organizar la salida del mayor número de personas hacia México y la emisión de visas porque la policía de Franco, que operaba libremente en Francia, la policía de Francia, que patrullaba las calles, y la Gestapo arrestaban a diestra y siniestra. Los guardias de los campos tenían órdenes de disparar a quienes intentaran huir, y de regresar a España a los refugiados que se rebelaran o hicieran activismo político.

Un mes antes papá nos había contado que agentes españoles irrumpieron en la casa en Pyla, donde se refugiaban las familias de Manuel Azaña, presidente de la República española en el exilio, y de su cuñado, Cipriano Rivas Cherif. Azaña se había trasladado días antes a Montauban, pero el resto fueron detenidos y obligados a permanecer en residencia forzosa sin comunicación. Para ayudarlos, Luis I. Rodríguez pidió a Eduardo Prado, cónsul agregado de mi padre, y a Alfonso Reyes que instalaran de manera provisional un consulado en Arcachón, y gracias a su intervención Manuel Azaña pudo escapar en Montauban tras ser arrestado.

Se había ordenado apresar a los responsables de la JARE y confiscar todos los bienes que manejaban a favor de los refugiados y alcanzarían primero a Nicolau d'Olwer y después a Eduardo Ragasol. Cuando la policía inspeccionó la habitación de d'Olwer halló divisas extranjeras, joyas, títulos bancarios, así como una abundante correspondencia con Indalecio Prieto, quien hacía llegar, desde México, dinero proveniente del *Vita*, el barco que llegó a México con el tesoro de la República española para sacar refugiados políticos. La correspondencia dejaba a la vista también el vínculo de la legación y del consulado de México en esos movimientos financieros. Por ello, estuvieron bajo un riguroso espionaje.

El enemigo avanzaba deprisa y así tendría que responder el consulado.

Mina y la paloma

Argelès-sur-Mer, septiembre de 1940

Esa tarde calurosa se desató una lluvia torrencial, tras una larga sequía. Con las primeras gotas, Francesc agradeció la frescura que aligeraba el peso de aquel sopor instalado en el aire durante las últimas semanas del verano. La lluvia se hizo insistente, la llovizna engrosó sus gotas y apuró la intensidad hasta convertirse en una cortina de agua casi sólida, pesada, constante. Se convirtió en una molestia más.

Durante largos minutos, cada refugiado se encorvó en aquel campo para soportar el peso y casi desaparecer bajo aquel grisáceo torrente de agua. Como no menguaba, la guardia se protegió en sus barracas.

Francesc se dio cuenta de que ésa era su oportunidad y, sin permitirse pensar en las consecuencias, se cruzó al hombro un bolso que había tomado de algún muerto, guardó a Lola, la muñeca de paja, una muda de ropa para cada uno, y cargó a Mina, cubriéndola con la única manta que tenían.

Por todo el campo, la gente trataba de guarecerse del aguacero. Los que estaban a la intemperie se colocaban los abrigos sobre la cabeza o, simplemente, la hundían entre las piernas. Nadie los volteó a mirar. Pasaron las mesas de tablones de la improvisada cocina. Serpentearon entre carpas empapadas y llegaron hasta la alambrada. Francesc se sentó unos instantes, sostenía aún a la pequeña Mina que ya no pesaba nada. Elevó los ojos al cielo. La dejó sobre la arena. Ella no se movió. Buscó a lo largo de la alambrada una parte frágil. Con ambas manos, y ayudándose con el pie, separó el alambre de púas de la estaca de madera. Se rasgó un antebrazo con una de las puntas de fierro. En un segundo esfuerzo logró abrir un hueco suficiente para pasar con Mina.

Lograron salir del campo de internamiento. No conocían el poblado ni tenían a nadie que los pudiera ayudar.

Frente a ellos se abría un inmenso campo al aire libre, encharcado también. Un bosque de pino se avistaba y, entre su ramaje, la carretera que bordeaba Argelès continuaba hasta perderse en el horizonte dominado por la sierra de las Albères.

Se internó en el terreno anegado. Sus pies se hundían con el poco peso de Mina. Sacudía el fango en cada paso para hundirse de nuevo en un interminable esfuerzo que lo agotaba. Cada cinco metros se detenía para recobrar el aliento, el temor de que los descubrieran le daba fuerza para continuar. Fueron minutos vulnerables los que se robaron las últimas lágrimas del día.

A esa hora la carretera estaba desierta. Cruzó por entre los pinos hasta el pequeño poblado de Argelès. Caminó lo más aprisa que pudo. Buscó con la mirada algún cobijo seguro, mientras sus pies, todavía enfangados, hacían difícil el avance.

Empapada por completo, Mina, repentinamente abrió los ojos.

—Francesc —dijo en una voz apenas audible.

Él se detuvo en seco y, con cuidado, la recostó sobre la tierra encharcada.

—¡Mina, Mina!

No respondió. Miraba con ojos vacíos. Como si su ser inocente se hubiera perdido entre esos quinientos días de desesperanza.

—Mina: aquí estoy, *petita*. Soy Francesc.

Cerró los ojos.

—Mina: sé que estás ahí, y tú también lo sabes.

Seguía sin responder.

—Mírame.

No lo miró.

La abrazó y rompió en llanto.

Estaba a punto de abandonarse en ese charco, bajo aquella lluvia inclemente, cuando una paloma voló hasta ellos con dificultad. El aguacero la habría encontrado en campo abierto y habría visto en ellos un refugio. Se detuvo en el pecho de Mina, quien comenzó a mover los ojos debajo de sus párpados en una lucha consigo misma y, muy lentamente, la cubrió con sus manos y con una ligera mueca de sonrisa.

¿Dónde está Anna Seghers?

Moulins, 20 de septiembre de 1940

Unos trescientos mil oficiales y soldados alemanes habían ocupado París y sus alrededores. Requisaron villas y apartamentos, desalojaron a los propietarios que residían en ellos; instalaron burdeles y se reservaron los mejores hoteles, restaurantes y cafés. Llegaron como dueños y advirtieron a los pobladores que estaban obligados a cumplir —bajo pena de ser castigados— los edictos de ocupación, las leyes de racionamiento y el toque de queda.

Para dividir Francia, según el armisticio que Pétain firmó con Hitler, se creó una línea de demarcación. Al norte quedó la parte ocupada por los nazis y al sur la zona libre cuyo gobierno se estableció en Vichy. Para cruzarla se necesitaba portar un *laissez-passer* o *ausweis*. Este visado era un privilegio otorgado por la Gestapo, que obligaba a portar incluso a los ministros de Pétain que necesitaban viajar desde Vichy hasta París.

Para los franceses, la línea divisoria era una terrible humillación. Surgieron grupos de resistencia. Desde la más cuidadosa clandestinidad, hombres y mujeres combatieron al nazismo y apoyaron a los aliados con actividades de espionaje y sabotaje.

Bajo el mismo sigilo, Anna Seghers y los niños habían vivido ocultos los últimos tres meses; Ruth, en la comuna de Montrouge; Pierre, en la de Le Vésinet, y Anna, con una conocida suya en París. Pero el peligro para ellos crecía, hora tras hora. Con la ocupación no era posible averiguar ni gestionar ninguna ayuda para László Radványi. Tendrían que salir hacia el sur.

Tras horas de discusión, Jeanne Stern había acordado acompañarlos ese día para cruzar la demarcación. Era un gran peligro y Anna se oponía. Pétain había emitido duras leyes antisemitas muy similares a las leyes de Núremberg, por lo que si en el intento de pasarlos descubrían que los niños eran judíos, Jeanne sería arrestada de inmediato. No hubo manera de disuadirla.

—Sé lo que hago, Anna.

Anna descendió del automóvil algunos kilómetros antes de la línea. Los vio partir. Aunque era una mujer fuerte, no pudo evitar sentir una opresión en el pecho por sus hijos. Si por ellos había mantenido la serenidad cuando detuvieron a László, ahora no había nada que impidiera a ese miedo despótico apropiarse de las extremidades de su adelgazado cuerpo.

Las rodillas se le doblaron hasta caer al suelo, mientras sus manos temblaban. Con la frente entre sus piernas lloró esas funestas escenas de captura que llegaban de su imaginación. Veía a Jeanne detenida y a sus hijos siendo interrogados por los nazis. Bien conocía esos interrogatorios. Los había sufrido de manos de la Gestapo durante su detención siete años atrás, cuando en Alemania quemaron y prohibieron sus libros. No podía alejar esas imágenes. ¿Cómo encontraría a Jeanne y a los niños si eran arrestados?

Se contempló desde fuera. Se miró en ese estado de absoluta derrota y comprendió que si se abandonaba, ésa sería la mayor victoria nazi sobre ella. Asustarla, reducirla, acabarla y dejar simplemente a Netty Reiling, otra temerosa judía.

¿Dónde estaba Anna Seghers?

¿Dónde estaba la valentía de aquella Anna cuya pluma señaló las injusticias y defendió a los débiles de Alemania?

¿En qué lugar habían quedado sus propias palabras, ésas que le valieron premio y reconocimiento?

¿Podrían resurgir? ¿Cobrar vida en su vida?

No había podido sobreponerse, cuando sintió una mano sobre su hombro. Con los ojos muy abiertos y todavía con lágrimas, viró resignada a ser aprehendida por no portar papeles. Sin ocultar su asombro, sonrió al rostro bondadoso de una campesina que la miraba con ojos compasivos.

Cuando le contó su historia, aquella buena mujer se ofreció a ayudarla a cruzar la frontera. Para atravesar la línea en los bosques de Moulins había que conocer el lugar correcto o perderse entre la espesura de sus abetos.

Anna sabía que correría un gran riesgo, pero decidió confiarse a esa mujer.

La bondadosa campesina entrada en años se dedicaba todos los días a auxiliar a quienes se aventuraban a cruzar la línea de demarcación por esas veredas que, para ella, eran suyas. El bosque era su territorio, y si quería, podía ayudar a quien lo necesitara. Más de ciento cincuenta personas habían tenido la fortuna de toparse con ella en aquellos senderos.

Las familias con niños de ojos suplicantes que se negaban a dar un paso más la enternecían más que nadie. Tal vez porque ella nunca tuvo hijos, pero de haberlos tenido, pensó, le habría gustado que alguien los ayudara en esta circunstancia. Si esos nazis la atrapaban, era lo de menos. Se animaba cada día con la ayuda que podía brindar. Cuando los veía partir, deseaba desde lo más hondo que se toparan con otras personas como ella, dispuestas a ayudar, sin importar las consecuencias, sin miedo.

A cada paso, Anna se alegraba de haber tomado esa decisión respecto a aquella mujer. Tan agotada estaba de tener miedo todo el tiempo, que confiar en cualquier ser humano que no se sintiera amenazado por su origen judío, era tranquilizador.

—Todo el mundo quiere ir a Marsella en estos días —le dijo la mujer.

—Algo habrá de bueno —le respondió Anna.

Transcurrió más de una hora cuando finalmente cruzaron. La anciana le deseó suerte y regresó sobre sus pasos. Ese día no ayudaría a nadie más.

Anna se alzó la falda y avanzó aprisa entre los matorrales de espino. En su ansiedad, dejó de notar los rasguños que lastimaban sus pantorrillas. Quería encontrar a Jeanne y los niños donde habían acordado. Necesitaba saber que estaban bien.

Entre la vida y la muerte

Marsella, septiembre de 1940

*C*on la velocidad con que se propaga una epidemia, así se extendió entre los refugiados de Francia la disponibilidad de auxiliarlos, pagar sus pasajes y recibirlos en México. Eran noticias tan esperanzadoras que el consulado en Marsella se vio copado de solicitudes.

Hacía un mes desde la firma del acuerdo, y Gilberto apenas si podía tomarse unas horas de descanso. No tenía tiempo de ir a comer con la familia, mucho menos de hacer la sobremesa con María Luisa y los niños. Tendría que relegar esos gustos para más adelante. "En un par de meses tal vez —se dijo—, podré volver a la rutina habitual".

Aquel día, Gilberto notó que los escritorios estaban cubiertos por completo. En unas cuantas semanas miles de cartas provenientes de los campos de internamiento y de castigo formaban largas pilas sobre ellos y los secretarios no se daban abasto para responderlas. El consulado estaba lleno de gente y una larga fila atravesaba el bulevar de La Madeleine. La situación los sobrepasaba por completo. Pero, ¿cómo hacer para agilizar las solicitudes de visado?

Para complicar más las cosas, los alemanes no respetaron el acuerdo que protegía a los refugiados, debido al decreto que obligaba a todos los extranjeros de entre 18 y 45 años de edad, residentes en Francia, a ser enviados a trabajos forzosos en Alemania. Un gran número de excombatientes en España, de las brigadas internacionales, corrían también un gran riesgo. Aunque los franceses habían aceptado que México incluyera en el acuerdo a alemanes, italianos, polacos y yugoslavos, éstos vivían ocultos en hoteles o en hogares de antifascistas, siempre cuidándose de las redadas policiales.

México estaba en la mejor disposición para recibir a los exiliados, pero no podía eliminar el procedimiento para otorgar las visas. Los requisitos debían seguirse, pese a que, cada hora que el consulado demoraba en realizar un visado, cientos de refugiados eran arrestados, deportados a Alemania o extraditados a España. ¿Qué se podía hacer? La interrogante taladraba el cerebro y oprimía el corazón de Gilberto. Sabía que de las decisiones que tomara dependería la vida de muchos.

Repentinamente, Gilberto encontró una solución. De inmediato mandó llamar a los cónsules adjuntos y a los secretarios.

—Escuchen bien lo que harán: entreguen a cualquier solicitante una carta que certifique que el portador ha obtenido la autorización de emigrar a México.

Les otorgó un salvoconducto a todos aquellos que habían manifestado su voluntad de adquirir la nacionalidad mexicana, liberándose así de las normas en vigor de la legislación mexicana.

Provocó tan grande enojo el acuerdo francomexicano al gobierno franquista, que de inmediato enviaron agentes falangistas a Montauban para preparar el secuestro y la extracción del presidente Manuel Azaña. Aumentaron también la presión al gobierno de Vichy para extraditar a los principales representantes de la República. Comenzó una cacería que terminaría con la extradición a España y el fusilamiento de Julián Zugazagoitia, Francisco Cruz Salido y Lluís Companys, quien años atrás pronunciara aquellas premonitorias palabras frente a las fuerzas obreras que en Cataluña habían hecho fracasar la sublevación militar fascista:

Habéis vencido y todo está en vuestro poder, si no me necesitáis o no me queréis como presidente de Cataluña, decídmelo ahora. Que ya pasaré a ser un soldado más en la lucha contra el fascismo. Si, al contrario, creéis que en este lugar, que sólo muerto dejaría ante el fascismo triunfante, puedo, con los hombres de mi partido, mi nombre y mi prestigio, ser útil en esta lucha, que si bien acabada hoy en la ciudad, no sabemos cuándo y cómo acabará en el resto de España, podéis contar conmigo y con mi lealtad de hombre y de político que está convencido de que hoy muere todo un pasado de bochorno, y que desea sinceramente que Cataluña marche a la cabeza de los países más adelantados en materia social.

Un grito inusual

Vichy, septiembre de 1940

*D*ieciocho meses pasó Manuel Azaña en Francia. Enfermo, sin dinero, acorralado en Montauban, esperando morir antes de ser extraditado a España. Desde el exilio, acompañó el sufrimiento de su pueblo. Cada derrota del ejército republicano le robó amargas lágrimas y la salud. Cada bombardeo que desfiguraba las ciudades españolas abrió en su rostro un nuevo surco. El peso de aquella guerra y el fracaso de la Segunda República Española arrancaron hasta su último aliento.

Pero lo que más lo preocupaba en esos momentos era el destino de su familia. Sabía que la vida de su cuñado, Cipriano Rivas Cherif, estaba en vilo, por lo que intentó entregarse a Franco a cambio de él.

—Perdone usted —le hizo saber su cuñado—, pero en esta lucha todos sabíamos que nos jugábamos la vida.

Lo mismo sabía el embajador Luis I. Rodríguez, por los certeros informes que Gilberto hacía llegar. Y, lejos de aminorar la convicción de auxiliar a Azaña en esos momentos, se mantuvo más firme.

Aún resonaban sus palabras cuando, un mes antes, había ido a tratar de convencerlo de ser trasladado a México o a Suiza.

—Aquí me tiene, mi ilustre amigo: convertido en un despojo humano. Sé que me persiguen, tratan de llevarme a Madrid, pero no lo lograrán. Antes habré muerto —dijo Azaña.

—Entonces, acepte este dinero y los servicios militares de México para custodiarlo —trató de convencerlo Luis I. Rodríguez.

No había terminado de recordar la conversación, cuando recibió una llamada de Gilberto para informarle que agentes de la falange habían vuelto a cruzar la frontera. Las órdenes de Franco eran terminantes: tenían que extraer a Azaña a como diera lugar.

Rodríguez tomó una decisión a la altura de aquellas circunstancias. Rentó varias habitaciones en el hotel Midi a nombre de la embajada y colocó la bandera de México. Se instaló ahí con Azaña y su gente, quienes, al ver la gravedad de la situación, no pudieron rehusarse.

Los agentes de Franco se habían ocultado a las afueras del hotel. Era el 15 de septiembre, aniversario de la Independencia mexicana. Rodríguez y su comitiva se disponían a ingresar al hotel, venían de una reunión en la que habían acordado mantener a salvo al expresidente Azaña. La puerta de cristal del Midi apenas se abría.

—Ustedes son los que tienen al traidor de Azaña, ¿no es así?

—Sí. Eso de traidor depende del lente con que se mire, mi amigo.

—Venimos por él.

—Eso está por verse.

Sin dudarlo, Rodríguez sacó su calibre treinta y ocho. El resto de los mexicanos hicieron lo mismo. El aire se tensó, el sudor perló la frente a más de uno. Los dos grupos, a distancia de muerte segura, apuntaban al adversario. Unos destilaban en la mirada el afán de llevar a cabo las órdenes recibidas por su general; otros, la firmeza de no dejarlos pasar. Los esbirros de Franco, ahuyentados por esa valentía que no esperaban encontrar, se perdieron entre las calles. Fallaron ese intento, pero desconocían si sería el último.

El suceso fue poco difundido, pero lo suficiente para reunir ese día a cientos de republicanos que se congregaron frente a la nueva residencia del expresidente español, para rendir un respetuoso homenaje al país que le daba cobijo y protección. Entre la multitud estaba también Theodor Schwebel, quien acababa de salir de un campo de concentración y que un año después logró que Gilberto otorgara una visa para él, su esposa Theresia y sus hijos Helmut y Bruno.

El sol cedió su lugar a una intensa lluvia que empapó a los refugiados. Habituados en los últimos meses a lidiar con el clima de los campos de internamiento, todos se mantuvieron en su lugar fuera del Midi. Hombres, mujeres y niños con rostros húmedos que no dejaron que aquel aguacero apagara sus gritos, coreaban: "¡Viva México! ¡Viva la República!"

Ante aquella manifestación, el prefecto de Montauban se revolvió, estremeció, en el interior del automóvil. ¡Qué mala suerte la suya! De todas las ciudades de Francia, que Azaña se refugiara precisamente en la que él custodiaba, era una pesadilla.

Conforme la salud de Azaña minaba día a día, hacía más difícil cualquier intento de sacarlo del país, el cerco de Franco se alzó en su empeño por aprovechar cualquier oportunidad para apoderarse del expresidente y llevarlo a sus tribunales. Sus agentes custodiaron el hotel día y noche, atentos a los movimientos del cuerpo diplomático de México, sobre los que mantuvieron tan estrecha vigilancia, que ya se conocían. El inspector Urraca los capitaneaba y era, a tal punto celoso de su obligación falangista, que, sin ninguna discreción, se dejó ver dentro y fuera del hotel, todos los días.

Aquellos sucesos del 29 de septiembre hicieron imposible pensar en exiliar al expresidente hacia otro país. Aquel día, el embajador Luis I. Rodríguez recibió una nota del médico personal de Azaña, el doctor Felipe Gómez Pallete.

Mi querido ministro:

Pocas líneas para decirle adiós. Le había jurado a don Manuel inyectarlo de muerte cuando lo viera en peligro de caer en las garras franquistas. Ahora que lo siento cerca, me falta valor para hacerlo. No queriendo violar este compromiso, me la aplico yo mismo para adelantarme a su viaje. Dispense este nuevo conflicto que le ocasiona su agradecido,

PALLETTE

El suicidio de Pallete no conmocionó a Rodríguez. Con un fuerte suspiro, cerró la misiva y se dirigió a las habitaciones del doctor. Lo encontraron tendido en su cama, con los ojos abiertos y las manos cerradas sobre un pequeña bandera de la República Española. Nadie lo juzgó. Había servido con honor y, antes que faltar a su palabra, se retiraba con nobleza.

La pérdida del médico, del incondicional amigo, precipitó el estado de salud de Azaña, pero, sobre todo, acabó con su ánimo. El 4 de noviembre, oficialmente en territorio mexicano, el expresidente español murió.

Sus últimas palabras dirigidas a sus compatriotas en guerra fueron: "paz, piedad, perdón".

La noticia causó revuelo entre franceses, españoles y el resto del mundo. México no había reconocido —ni lo llegó a hacer después— al gobierno de Franco, por lo que el embajador Luis I. Rodríguez, que tanto había luchado por salvaguardar al expresidente, ahora tenía la obligación de darle sepultura.

A la mañana siguiente, el prefecto de Montauban hizo llegar un mensaje, pidiéndole, en su nombre y en el de Pétain, que el entierro guardara discretas proporciones y no se convirtiera en manifestación.

—Haré lo posible, pero no puedo evitar que sus compatriotas y la bandera republicana acompañen a Azaña.

Esa respuesta causó alarma al prefecto, que temeroso se presentó ante el embajador mexicano.

—Si es necesario, no dudaré en usar la violencia para disolver el cortejo —dijo en tono airado—. Y sugiero, señor Rodríguez, que cubra el féretro con la bandera franquista, en vez de la republicana.

—No lo haré nunca. Ni tampoco autorizaré semejante blasfemia.

—¿Es un desafío a mi autoridad?

—Tómelo como quiera.

Al final, el prefecto autorizó la manifestación, pero prohibió que se colocara la bandera republicana sobre el féretro de Azaña.

—Está bien. Lo cubrirá la bandera de México; para nosotros será un privilegio; para los republicanos, una esperanza; y para ustedes, una dolorosa lección.

El cortejo fúnebre partió hacia el cementerio. Gilberto vio un par de alas que cubría por momentos el escudo de la bandera mexicana sobre aquel féretro. Pensó que era la sombra de algún ave que rendía su propio homenaje.

Una a una, cientos de pequeñas banderas republicanas ondearon también. Los refugiados dieron el último adiós a su presidente.

Dos veces proscritos

Vichy, 20 de septiembre de 1940

Como muchos otros, Jeanne confió en su aplomo para cruzar. Se enfiló en su auto hacia la caseta de revisión. Unos cuantos automóviles iban delante de ellos, pero a gran cantidad de personas que habían recorrido sus trayectos a pie o en bicicleta se les impidió franquear la línea. El que Jeanne lo hiciera en automóvil y que portara su *laissez-passer* le daba una gran ventaja. Sin mover un músculo de la cara, Jeanne se lo extendió al soldado nazi.

—*Und kinder?*

—Son mis hijos. Van a visitar a su abuela.

El soldado vio a Jeanne y miró de nuevo a los niños. Tras unos segundos que les supieron a eternidad, el hombre levantó la pluma para dejar pasar el automóvil.

Encontraron a Anna a las afueras de Moulins. En silencio tomaron rumbo a la estación de Vichy. Jeanne sabía del peligro que corría todo judío sin importar el lugar donde estuvieran. Había visto a Anna padecer los días de prisión en Berlín, pero los campos de concentración eran otra cosa. Temía por ellos. Pero no podía hacer más. A partir de ese momento, Anna tendría que arreglárselas sola en su lucha por sobrevivir.

En silencio las dos mujeres se abrazaron. Desde el andén Jeanne se despidió y sólo hasta que el tren se perdió en la lejanía se permitió llorar.

Tomaron el tren nocturno rumbo a Toulouse. El trayecto fue un descanso para los tres, aunque por momentos a la pequeña Ruth la asaltara la impaciencia.

—Quiero ir a casa.

—No podemos ir, pequeña. Todavía no.

¿Cómo decirle que tal vez no habría regreso a casa?

—¿Por qué no podemos ir?

—Porque haremos un viaje muy importante. Es una aventura para encontrar a papá. ¿Quieres ver a papá?

Pero la pequeña Ruth era intuitiva, y no se lo creía del todo. El temblor de las manos, la tensión de las palabras y una capa espesa de algo que no sabía definir pero sí sentir, le decían que las cosas no andaban bien. Que había algo a lo que debía temer, pero ante todo permanecer callada para estar a salvo. El silencio se había vuelto fiel compañero en los últimos meses.

—¿Qué sucede, mami?

—Nada, Ruth. No sucede nada, ya te dije que es importante buscar a papá.

La reserva también acompañó a Pierre. El niño alegre se había escondido en alguna parte y se negaba a salir mientras la amenaza de ser judío se ciñera sobre sus cabezas. Desde sus ojos verdes miraba a su madre y sentía lástima por ella. Tan preocupada siempre por su educación, de que no perdiera los estudios, y ahora están ahí en este tren, rodeados de desconocidos y la suerte de los perseguidos. De esa persecución que lo había acompañado desde que nació en Berlín. Porque, ¿qué son siete años para sufrir el primer acoso? Nada. En la época en que sus compañeros jugaban y aprendían sus primeras materias en el colegio, él era proscrito. Era hijo de una comunista. Los compañeros lo comenzaron a mirar con recelo, como si tuviera alguna infección perniciosa y fuera mejor alejarse de él. Por supuesto que Pierre no entendía nada; a él no le explicaron hasta algunos años después. Solamente sentía las miradas y los susurros a sus espaldas. Y la palabra esa que lo acompañaría siempre: comunista. ¿Era malo ser comunista? ¿Qué significaba en realidad?

Su abuela, que los había cuidado a él y a su hermana cuando sus padres tuvieron que huir a París, como mujer acostumbrada a la holgura económica, no tenía una clara idea, por lo que prefería cambiar el tema si Pierre insistía con sus preguntas. Era imposible para ella compartir esas ideas que su hija adoptó en la universidad, porque no las entendía. Como todo lo desconocido le causaba temor, eso de ser comunista, también. Después llegaría para ellos la otra persecución: la de ser judío. Entonces, algunos de sus compañeros compartirían su misma suerte: probarían el amargo sabor de la segregación.

Hubo días en París, cuando Anna viajaba, en que Pierre deseaba no haber nacido judío, ni que su madre escribiera todas esas cosas que disgustaban al gobierno, ni que ella tuviera que ir a un congreso, ni a nada. Porque al estar con ellos lograba, de algún modo, colorear la vida hasta el punto de hacerle olvidar sus angustias. Por eso la deseaba ahí, junto a él, junto a su padre y junto a Ruth. Muchos años tardó en aprender a compartirla y a entender que su madre no podía acallar las voces de los que no tenían nombre, de los olvidados. Y que esos reclamos, Anna los tenía que verter en sus libros, aunque fueran quemados y prohibidos.

El sueño venció a los niños. Esa noche pudieron dormir tranquilos. Anna dormitó apenas. Recostada sobre la ventanilla del tren, se perdía en aquella densa oscuridad. Aunque por momentos alcanzaba a distinguir las débiles luces de alguna comuna francesa. Una sola idea ocupaba su mente: averiguar qué había sido de László en el campo de Vernet.

Agua fresca, agua salada

Argelès-sur-Mer, septiembre de 1940

*P*ara Francesc, la sensación de libertad fue tan intensa que su cuerpo respondió a pesar del violento aguacero que, con su golpeteo, lo quería doblegar. La inercia lo lanzó fuera de sí y, anticipando el sentimiento de seguridad que encontraría lejos del campo, corrió por la meseta sin sentir las espinas de los matorrales de aulagas rasgándole la piel.

Corrió. Corrió sin detenerse.

El miedo golpeaba su corazón y lo hacía acelerar el paso. Avanzó sin voltear a ver lo que dejaba atrás, sin mirar de nuevo aquel lugar que los hacía olvidar su humanidad, que los denigró, que los endureció hasta volverlos inmunes al dolor ajeno, que los hizo sordos a cualquier necesidad que no fuera la propia. A ese campo de refugiados que no quería recordar.

Aminoró el ritmo. El sonido de las olas al romper en la playa llegaba como una amenaza muy distante. Del tímido viento que movía los arbustos de garrigas, sólo una débil ráfaga cortó su paso.

Llegó hasta unos matorrales de jaras y se escondió un momento para recuperarse. Mina seguía inerte. Comprobó que no los siguiera la guardia y avanzó más despacio. Los brazos le dolían por el esfuerzo de cargarla, y la ropa empapada hacía su andar todavía más pesado.

Tenía que ir con mucho cuidado: no podía arriesgarse. ¿Hacia dónde ir? ¿Un refugio? Necesitaba algún refugio para cubrirse de aquella lluvia que lloraba con dolor gruesas cortinas de agua y les calaba en el alma. Pensó en subir hasta la sierra de las Albéres, esa barrera montañosa que domina altivamente la playa y el pueblo de Argelès, pero si cargaba a Mina, no podría.

Y tal vez porque el cansancio la venció, o porque se dio cuenta de que no podría detenerlos, tal como inició, la lluvia cesó despacio su frenético acoso.

El poblado dormía.

La bruma nocturna se instalaba sobre los caminos y las luces que alumbraban todavía, se apagaban con desidia una tras otra.

Un camión que no parecía de la guardia era lo único que transitaba en aquel momento. Francesc sintió miedo de alcanzarlo. ¿Y si los entregaban a la policía? Le habría gustado asegurar que todo iría bien. Que serían auxiliados. Pero, ¿y si no? No podía esperar. Un minuto más y pasaría su oportunidad.

"Ahora. Es ahora", se dijo. Apurado, en un último esfuerzo, corrió hacia la carretera para interceptar el vehículo en su camino a Saint-Cyprien. Suplicó a Dios que los ayudara y no los regresaran de nuevo a la playa de Argelès.

Se detuvo en medio de la carretera.

El camión frenó en seco y los dos hombres que lo ocupaban se miraron sin admiración. No era la primera vez que recogían refugiados.

La paloma batió las alas un par de veces; miró a Mina como asegurándose de que estaría bien, y entonces voló.

Mariano, un moreno corpulento, bajó y corrió hasta donde estaban.

—¡Ayuda, por favor! —suplicó Francesc.

—Sí, claro. Los ayudaremos —dijo en español, con un acento que Francesc no reconoció.

La cordial respuesta y la suavidad del tono de voz hicieron desfallecer a Francesc. Como fardo pesado cayó al suelo todavía aguantando el peso de Mina. No llegaban las últimas gotas de lluvia a mojar la tierra, cuando Mariano ya le había quitado a Mina de los brazos y Alfonso, el chofer, lo sostenía.

Alfonso subió a la parte trasera del camión y ayudó a Francesc a trepar. Luego recibió a Mina de los brazos de Mariano.

—Será mejor movernos —dijo Alfonso.

—Sí. Yo me quedaré aquí atrás con ellos.

Alfonso cerró la puerta e inició la marcha. Al ver la condición de Mina, Mariano buscó una botella: era agua, limpia, fresca, transparente.

Francesc se admiró de cómo algo tan habitual, tan a la mano de todos, un sorbo de agua, pudiera añorarse con tanto deseo como lo hacían los refugiados en el campo de Argelès. Esa bebida tan común, tan cotidiana y tan suplantada del recuerdo por la de sal, los hizo sentir con su frescura, que era una bendición.

—Aquí traigo algo de ropa.

Con delicadeza, despojaron a Mina del vestido mojado, que en sus mejores días lucía un tono suave color rosa, pero que ahora se había vuelto un harapo. La vistieron con uno seco, suave y limpio. Francesc sacó del bolso a Lola, la muñeca de paja y se la puso entre las manos. Mina la apretó contra su pecho.

—Tienen hambre, supongo.

—¡No imagina cuánta!

Mariano metió la mano en un saco de víveres y les compartió un par de *croissants*, esos panecillos franceses en forma de luna creciente.

—Cómanlo despacio, para que no les caiga mal.

—Mina, ten.

Ella abrió los ojos, tomó un bocado y cayó dormida.

Francesc acabó su pan. Se acurrucó en una esquina y por largo rato no pudo parar de llorar recordado la profunda angustia de aquellos días clavados en el campo de internamiento de la bella Argelès-sur-Mer.

La buena Fantine

Vernet d'Ariège, septiembre de 1940

*T*odo el camino tuve miedo. Sólo hasta que llegamos a Pamiers, la ciudad más cercana al campo de Vernet, donde mi padre estaba preso, pude sentirme más tranquilo. Nos alojamos en casa de Fantine, una buena mujer de cara rolliza. Así como me vio, colocó las manos en mis mejillas y me miró fijamente con sus profundos ojos de vidente extra lúcida. Por supuesto que yo no sabía qué significado tenía ese oficio, que más tarde me explicaría mi madre. Aunque no se me olvidará jamás su acento gutural cuando me dijo:

—¡Cuánto ha sufrido mi niño Pierre!

¿Su niño? Yo no era su niño. Además, su clarividencia no era necesaria para saber cuántos dolores reflejaba mi rostro, porque saltaban a la vista de cualquiera. ¿Quién se creía esa mujer? Sé que debía estar agradecido por la hospitalidad que nos brindaba; pero, de ahí a que se metiera en mi vida, había una gran distancia. Fruncí el ceño para que notara mi desaprobación y traté de encontrar en los ojos de mi madre algún signo de aprobación a mi molestia. Mi madre parecía no entender. "Traería la mente ocupada con otras cosas", me dije.

Dos días después pude reconocer que el gesto de Fantine había sido una seña de bondad. Todavía unos días más me tardé en admitir aquel enfado que rumié día tras día. Tanto había cargado ese enojo, que lo creía parte de mi naturaleza, cuando no era así. Era el malestar por la injusticia que pesaba sobre mi vida.

Todavía no nos habíamos instalado en la pequeña casita y mi madre ya deseaba ir al campo de Vernet a averiguar si podía ver a mi padre. Era comprensible. Tantos días y noches en vela le habían producido tal ansiedad que sólo se curaría al verlo.

Con palabras atropelladas dejamos a Fantine en la puerta, y salimos los tres.

Sin permiso

Le Vernet, septiembre de 1940

El letrero CAMP DU VERNET oscilaba a destiempo en la entrada del campo. Más de cuarenta barrancones alineados en perfecta formación mantenían en su interior a los presos según distintas categorías distribuidas en cuatro zonas. En la zona A los criminales comunes; en la B, los presos políticos; en la C, sospechosos y peligrosos, y en la T, presos en tránsito.

Antes de acercarse al guardia francés apostado a la entrada principal, mi madre me tomó del brazo y a Ruth de la mano.

—¿László Radványi?

Sin hacer caso a la fría mirada del guardia, insistió:

—*Je cherche László Radványi. Mon mari.*

—*Le permis?*

Con la fija determinación de ver a mi padre, mamá no tuvo la precaución de investigar si se necesitaba algún tipo de permiso para hacerlo.

Tomamos el tren de regreso a Pamiers y mi madre no pudo ocultar su desilusión. Con la cabeza recargada en la ventanilla no pudo evitar llorar. Al día siguiente tendría que ir a la prefectura de Foix a sellar su permiso de residencia y a solicitar uno escrito para visitar a mi padre.

—No te preocupes, mamá. Mañana podremos ver a papá.

Je m'en foute

Foix, septiembre de 1940

*P*ara muchas cosas estaba preparada mi madre, pero a lo que nunca pudo adaptarse fue a la lenta, confusa y desinteresada actitud de los franceses que trabajaban en las dependencias de gobierno. Ese día la exasperaron.

En la prefectura había máximo una treintena de personas y dos encargados de despachar los asuntos. Pasaron veinte minutos cuando uno de ellos finalmente estampó el sello que marcaba la diferencia entre continuar en la incertidumbre y cubrirse bajo el abrigo de la paz. Diez minutos más se gastaron y otro sellado redujo el número delante de nosotros. Para el mediodía, todavía quedaban poco más de media docena y, con todo, los despachadores Françoise y Gilbert se tomaron un receso de más de una hora. De nada le valieron a mi madre las súplicas de urgencia ni los sollozos de desesperación.

Para calmar su impaciencia, pregunté sobre el nuevo libro que tenía pensado escribir. Nada había que la llenara más de entusiasmo que hablar sobre el proyecto en turno. Me miró con simpatía.

—¡Ah! ¡Mi próxima obra! La tengo aquí —dijo señalándose la sien—. Será el escape de un campo de castigo. Siete presos a los que espera un terrible tormento cuando sean regresados de su fuga. Una cruz para cada uno como escarmiento para el resto de los presos. Pero la séptima se mantendrá vacía y, al mismo tiempo, llena de esperanza para los recluidos, llena de desconfianza para los soldados nazis. Un símbolo ambivalente.

—¿Cuántos presos hay ahora en Vernet?

—Más de ocho mil.

Tres horas después nos tocó el turno con Gilbert, quien nos indicó un par de sillas frente a su escritorio y nos ametralló con repetitivas preguntas:

—¿A qué vienen? ¿De dónde son? ¿Residentes? ¿Visitar a quién? No. No. ¿Por qué quieren ver a...? ¿Cómo dice que se llama? ¿Cuándo piensa ir a visitarlo?

—Por favor, *monsieur* Gilbert. Sólo necesito su sello en mi permiso de residencia y un permiso para visitar a mi marido en el campo de Vernet.

—Ya lo sé. ¿Cree que soy tonto?

—De ningún modo. Es sólo que tengo prisa.

—*Je m'en foute.* ¿Entiende? No me importa. Debo cumplir mi trabajo y mi trabajo es preguntar lo que tenga que preguntarle.

—Entiendo.

—¿Sus nombres? ¿De dónde son?

—Anna Seghers. Mis hijos, Pierre y Ruth Radványi.

—¿El nombre de su esposo?

—László Radványi.

Gilbert tomó un archivo con las listas de todos los presos del campo de Vernet. Páginas y páginas amarillentas y gastadas con los nombres anotados según la fecha en que fueron internados.

—¿Cuándo lo ingresaron?

—A finales de mayo.

Separó una pila con las listas de los mil ochocientos que llegaron durante ese mes. Tomó una regla de madera y, lentamente, la bajó renglón tras renglón, página tras página mientras leía en voz alta cada nombre con su apellido: Adolfo Vega, Anselmo Anzures, Borja, Lidón, Pierre, Günther. Por la página cuarenta y cinco encontró el de mi padre.

—Sí. Aquí está: László Radványi.

Con un gran resoplido nos despachó Gilbert. El sol estaba por caer y nosotros también por el hastío de esas agónicas horas que nos robaron el día.

Lágrimas de aguamiel

Camino a Marsella, septiembre de 1940

Cinco horas de camino por la carretera hacia Marsella fueron necesarias para que Mina se sintiera segura. Hasta entonces pudo relajar la extrema delgadez que dejaron diecisiete meses en el campo de Argelès. A quienes huyen, el sentimiento de inseguridad y de peligro les tatúa la piel. Pueden transcurrir años en los que un sonido, un timbre de voz, un taconeo sean suficientes para que el pánico vuelva a quebrantarles su estado de ánimo. Los temblores, las reacciones, la parálisis que conservan vivo el recuerdo del tiempo sufrido se les agolpan de improviso.

Pero, ahora, el arrullo del camión que lo cobijaba de la intemperie le trajo una profunda paz. La sensación cálida y segura lejos del campo devolvió algo de vida a su mirada cansada. Francesc acarició su cabeza y ella lloró, todas las gotas de agua salada acumuladas en su cuerpo, las noches de frío, la muerte que los visitaba todos los días y aquellos rostros del campo que llevaba en el alma.

Pensó en los refugiados y sintió pena por ellos, tendría que dejar de recordarlos, así como pudo desdibujar el recuerdo de sus padres asesinados en el bombardeo de Barcelona y el de sus amigos muertos en el ataque en la Iglesia de San Felipe Neri, así tendría que alejar de su recuerdo al soldado Antonio; a Rita, la madre que se había cortado las venas, y al viejito de la capa verde que tomó sus maletas y se fue a México por el mar.

Mariano no pudo evitar preguntarles por su historia. Había escuchado tantas de los refugiados, únicas y a la vez tan iguales, que cada una le parecía digna de ser recordada.

Pero la historia de Mina y Francesc, desde la muerte de sus padres, su encuentro en la playa de Cerbère, la estancia en Banyuls con el gran artista y su bella musa, hasta los días del campo en Argelès, lo conmovió hasta las lágrimas que, sin ningún recato, dejó correr conforme el relato de Francesc avanzaba. Quizá esa dulzura irremediable le venía de Izúcar de Matamoros, poblado donde nació y creció, hasta que su tío Florencio Nicanor se lo llevó a la capital a trabajar con él y tuvo que dejar atrás las cañas de azúcar que tan bien se dieron en su tierra y de las que era un fiel enamorado. Desde entonces, sus lágrimas, en vez del sabor salado, dejaba el dulce gusto del aguamiel.

Contar a Mariano lo que habían vivido, le sirvió a Francesc para comenzar a sanar el alma que ya cargaba con un peso mayor al que cualquier joven de dieciocho años pudiera llevar sin menoscabo.

—Son ustedes muy valientes.

—Sólo hemos sobrevivido.

—Yo tengo miedo todavía —sollozó Mina—. No quiero volver nunca más a uno de esos horribles campos.

El camión recorría la estrecha carretera que en tramos se alejaba de la costa y se adentraba entre los viñedos de la zona del Languedoc Roussillon. El torrente de agua había dejado un intenso olor a tierra mojada que competía con el aroma de las uvas que esperaban la vendimia.

Muy cerca estuvo Mina de reconciliarse con el sonido del mar que se oía cuando se acercaban a la ribera y que en esos meses de cautiverio, día a día, aprendió a detestar.

Impelida por un vivo deseo de mantenerse alerta, obligó a sus ojos a continuar abiertos. Temía que al cerrarlos, esa paz que había logrado desde que los recogieron en Argelès se pudiera esfumar. Mariano notó su miedo y la lucha con ella misma.

—No te preocupes, pequeña. Verás que estarán bien.

Aún no terminaba de entender cómo habían logrado salir del campo de Argelès-sur-Mer, y aunque el dolor por los refugiados que dejaron atrás todavía la hacía sentir pesar, era imposible dejar de alegrarse por haber escapado y recibido la ayuda de esos hombres que no sabía de qué parte de España o del mundo eran, porque los entendía aunque hablaban distinto. Les habían dado una esperanza de salvación. Cuando tuvo oportunidad, preguntó a Mariano.

—Venimos de México —dijo él.

Con permiso

Le Vernet, septiembre de 1940

*T*res semanas debían pasar entre cada visita de los familiares a los internos en el campo de Vernet. Y cada tres semanas tuvieron que gestionar el tedioso trámite en la prefectura de Foix para obtener el permiso escrito para visitar a László. Pero en la primer visita llegaron los tres con gran inquietud al campo de Vernet. Tomaron el tren de la mañana en Pamiers, donde esperaron el horario de visitas en aquel espacio que en invierno helaba hasta los huesos porque no tenía calefactores adecuados.

Con el permiso en la mano y tras andar algunos centenares de metros hasta la entrada del campo, la guardia francesa los recibió como habitualmente recibían a los familiares de los presos: con una revisión concienzuda, hostil, denigrante.

Les indicaron el camino hacia la barraca de visitas. Entre un grupo de hombres apiñados tras una gran barrera, algunos conocidos de mi madre la saludaron al pasar.

—¿Por qué tienen aquí a papá?

—Por un gran error, hija, pero trataremos de corregirlo.

¿Cómo explicarle a la pequeña Ruth que Hungría era en ese momento aliada de Alemania, y que su padre, por ser húngaro, era considerado por la Francia de Vichy como enemigo? Manejar la versión del error era más fácil, pensaba Anna.

Anna y los niños llegaron primero al barracón. Minutos después lo hizo László. Cualquier cosa que Anna hubiera imaginado se habría quedado como un dibujo deslucido ante el aspecto de aquel hombre que tenían delante. Corrieron hacia él. Fundidos en un intenso abrazo permanecieron esos dulces instantes. Bajo la camisa, Anna sintió cada costilla y cada hueso de esa columna vertebral que apenas lo sostenía.

Corazón oprimido

Le Vernet, septiembre de 1940

El brillante joven sociólogo y filósofo László Radványi que la había deslumbrado por su intelecto y conquistado cuando estudiaban en la Universidad de Heidelberg había desaparecido. Ese hombre no se parecía en nada a su marido.

Provenientes los dos de acomodadas familias judías no habían tardado en casarse. Desde ese día compartieron el lecho y las ideas marxistas. Anna, con la fuerte influencia de Dostoievski en los personajes de sus novelas; László, desde su trabajo en la escuela de trabajadores marxistas en Berlín, donde reunió a Albert Einstein como conferencista y a Georg Lukács y Bertolt Brecht como miembros de la facultad. Sin embargo, no pudo impartir clases de filosofía en la universidad por su *hungarismo* y judaísmo.

Su corazón se le oprimió por completo, sonrió a esos ojos secos y hundidos que la miraban sin creer que era ella, su amada Anna, y sus hijos, quienes estaban con él en esa barraca atestada de gente.

Las duras pruebas y los temores que habían padecido los últimos meses necesitaban ser expiados. Entre abrazos y llantos Anna narró sobre los días en que la clandestinidad los obligó a esconderse en casas de amigos y de las noches en que fue imposible para ella conciliar siquiera un par de horas de sueño, ante el temor de ser descubiertos. László no pudo hablar del campo.

—Pero ya estamos aquí.

—Sí, y pronto saldrás. Trataré de conseguir visas.

No quiso angustiar más a su mujer ni a sus hijos, Pierre y Ruth, quienes bastante habían padecido los últimos meses. Tal vez en la próxima visita, o tal vez nunca, se animaría a contar las golpizas, a hablarle de la comida que peleaban a las ratas y alimañas, de los gritos nocturnos que llenaban la noche de la más completa desesperanza y sinsentido. Entre los miles y miles de refugiados y presos. ¿Por qué habrían de darle a él una visa?

—¿Para ir a dónde?

—No lo sé todavía.

Ellos sabían —porque las noticias volaban entre los reclusos— que la mayoría de los consulados se habían instalado en el puerto marsellés; sabían que Estados Unidos e Inglaterra habían agotado sus cuotas para recibir migrantes. Pero algo había escuchado de un cónsul mexicano que daba visas a republicanos, judíos, libaneses. Sabían de aquellos barcos que habían zarpado hacía más de un año hacia aquel país que pocos conocían. Pero México era una esperanza. Y cuando lo único que se desea es morir, la esperanza se convierte en Dios.

—Iré a Marsella.

¡Bájala, Rogelio!

Camino a Marsella, septiembre de 1940

"*M*éxico me persigue", pensó Mina. Primero con el tren que se llevó a los niños en barco para aquel país y ahora estos hombres. Aquel débil eco de voces infantiles se convirtió en su mente en un fuerte barullo y recordó aquella mañana en la estación de Barcelona cuando infinidad de padres republicanos dejaron a sus hijos para que se los llevaran a México.

El tren salía a media mañana, por lo que desde la madrugada comenzaron a congregarse en el edificio de viajeros. Mina llegó con el grupo de huérfanos a cargo del Comité de Asistencia Social. La monumental estación quedaba muy cerca de la Barceloneta y ella la conocía bien, porque antes de que estallara la guerra solía ir a mirar a los viajeros que arribaban elegantemente vestidos para tomar el tren en primera clase y a los que, con ropa más modesta, viajaban en segunda o tercera. Mientras deambulaba por la estación del tren, se imaginaba a sí misma a bordo para correr aventuras con sus amigos del catecismo. Admiraba, como todos, su doble marquesina de acero y el imponente vestíbulo con sus tres grandes cúpulas y piso cubierto de mármol, en el que solía correr para luego dejarse caer resbalando sobre la reluciente y bien pulida superficie, hasta que algún guardia de brazos cruzados y gesto serio mostraba la puerta.

El andén de doble arcada se extendía en una curva, repleta de hombres y mujeres que lloraban de angustia al separarse de sus hijos. Al tren subían niños de todas las edades y entre ellos algunos que eran huérfanos de la guerra, como ella.

Le brotaron lágrimas ante el recuerdo de esa mujer que con un brazo sostenía a su bebé y, con el otro, alzaba a su pequeña de cuatro años para que, por la ventana del vagón, se despidiera de sus cuatro hermanos que estaban por partir hacia México. El mayor de ellos, con medio cuerpo afuera, abrazaba con fuerza la cintura de su hermanita cuando el tren comenzó su marcha. La madre pedía a gritos:

—¡Bájala, Rogelio, bájala!

Pero Rogelio contestó:

—Amparito se viene con nosotros.

Las ruedas avanzaron despacio mientras la gente agitaba sus pañuelos. El silbato del ferrocarril que anunciaba la partida apagó la voz de la madre que pedía a su hijo Rogelio que dejara a su pequeña. El tren comenzó a cobrar velocidad y la madre dejó ir a su hija. Mina vio, desde su ventanilla, cómo ella se quedaba en el andén, llorando sobre el bebé de brazos. Veinte años tuvieron que pasar para que Amparo Batanero pudiera regresar a España a reencontrarse con su madre y con su hermana menor.

Mina se limpió las lágrimas, mientras el silbato ahogó sus últimos suspiros al dejar atrás la estación, sonido que asoció a los días y noches de su infancia. Desde la ventana de su habitación escuchaba el grave silbido que marcaba puntual su arribo o salida hacia alguna ciudad de Francia. Pero a partir de ese día en que la quisieron enviar a México, los ecos del ferrocarril comenzaron a molestarle tanto que se convirtieron en un odioso recuerdo de su miseria, orfandad y exilio.

Y como si acabara de pasar, se miró a sí misma agazapada en aquella oscura bodega de la estación de Cerbère, cuando, sin hacer ruido y pegada a la pared, encontró esa puerta abierta que la dejó escabullirse sin que nadie notara su ausencia. Recordó el miedo que la paralizaba, la añoranza por sus padres, mientras afuera, en el andén, los más de cuatrocientos niños que días antes habían dejado Barcelona se preparaban con sus cuidadores para abordar el tren a Burdeos.

Ahora que lo veía a la distancia, el temor que tenía de ir a un país desconocido al otro lado del mundo, donde los hombres usaban anchos sombreros y se trasladaban en lomos de burro, era justificado. No entendía por qué habían llevado a los niños a ese lugar, si tenía algo de especial para que sus propios padres los hubieran dejado en el tren.

"¿Cómo pude ser capaz de escapar del grupo de niños?", se preguntó. "¿Cómo pude confiar en Francesc sin conocerlo? Tal vez fue una tontería, una imprudencia".

"No era más que una niña, no sabía qué era mejor", se dijo.

¿Habría sido mejor ir a México?

Si hubiera sabido lo que la esperaba en el campo de internamiento, si hubiera estado consciente de ese sufrimiento que habría de venir, quizá se habría dejado llevar con los demás niños. Tal vez habría estado mejor que incluso ahora, escondida en un camión con rumbo todavía incierto.

Sólo pudo concluir que fue una niña valiente a la que la fortuna o sus padres desde el cielo la ayudaron a sobrellevar esos tres años. Sí, tres años y medio habían pasado desde el terrible bombardeo a Barcelona y de haberse librado de ir al país que la perseguía.

Si su vida iba a estar ligada a México, tendría que averiguar más.

México

Camino a Marsella, septiembre de 1940

—Y cómo es ese México, Mariano? ¿Dónde queda?

—¡Ah! ¡México es un lugar muy bello! Tiene grandes ciudades, algunas con vestigios de antiguas culturas.

—¿De las antiguas qué?

—Culturas, Mina: la cultura maya, la olmeca y, en la capital, la azteca de la gran Tenochtitlán y sus pirámides.

A Mina le pareció que Mariano hablaba en otro idioma. Jamás había escuchado hablar de las culturas de Mesoamérica, mucho menos de pirámides.

—No entiendo. ¿Entonces viven en esas pirámides?

Mariano dejó salir una carcajada tan fuerte, que le impidió continuar de inmediato con su explicación. ¿Cómo podía explicarle a esa pequeña el resultado de la fusión de la cultura de México con la española?

—No, pequeña. Las pirámides son los lugares que mis ancestros ocupaban cuando llegaron los españoles a conquistarnos. Ahora tenemos bellos edificios, grandes y con hermosas decoraciones en sus fachadas. Pero en algunos lugares, las majestuosas pirámides atestiguan el paso de las nuevas generaciones.

—¿Y son grandes esas pirámides?

—¡Oh, sí! Son tan grandes como una montaña. En especial la del Sol y la de la Luna, cerca de la Ciudad de México.

—¡Por fin! ¿Están cerca o están en México?

De nuevo sonrió Mariano. Daba por sentado que Mina sabría que México es país, pero también es un estado y es la ciudad capital.

—Mina, Mina. Están en México y cerca de la capital que lleva el mismo nombre.

—¿Y es grande la ciudad?

—Sí. Es muy grande y se puede recorrer en coche o en unos camiones eléctricos llamados tranvías, o troles, como decimos los mexicanos.

—¿Y tú cómo lo haces?

—Prefiero los troles. Sobre todo en el centro que, lleno de automóviles, camiones y tranvías, forma en el tráfico unos nudos que nadie puede arreglar. ¿Ves que es mejor? O, "ahí está el detalle", como diría Cantinflas, nuestro comediante de la gabardina.

Mina sonrió y repitió:

—Ahí está el detalle.

Y sí, ahí estaba el detalle de que, al parecer, ese país al que tanto temía, no era en absoluto como lo había imaginado, ni el lugar ni su gente. Porque si todos los mexicanos eran como Mariano, entonces se trataba de un pueblo cálido y sencillo.

Cuando el camión pasó por Montpellier, un aroma a canela mezclado con manzana flotó en el aire. Era el inconfundible olor de las crepas recién cocidas del bistró de la esquina que acababan de pasar. Aunque su complexión hacía pensar en tosquedad, Mariano, además del corazón, tenía el olfato refinado, por lo que, con una gran bocanada, aspiró todo el aire y el aroma dentro del camión. De inmediato recordó el hogar de su infancia, de las tardes en que se sentaba a contemplar a su abuela mientras batía la masa para preparar el bizcocho.

¿Una equivocación?

Camino a Marsella, septiembre de 1940

—Y yo creía que en México todos andaban en burro. La ocurrencia le cayó a Mariano tan en gracia que soltó una fuerte carcajada.

Para ser honestos, Mina no sólo creía que en México el transporte individual y colectivo se hacía a lomos de jumento: también creía en todas aquellas leyendas e imágenes que, desde el Nuevo Continente, habían llegado, donde los hombres con amplios sombreros y cruzados del pecho por sendas cartucheras cargaban su fusil al hombro y que las mujeres colgaban a sus infantes envueltos en rebozos. Rostros chamagosos, mocosos, piojosos. Semblantes de pobreza con mirada áspera, que de lo único que sabían era de asesinar y violar. Porque educación no tenían, ni tierra, ni hogar, ni nada.

Más tarde se enteró de que no tenían tierra porque se las habían arrebatado. Aunque todavía quedaran rastros de las enseñanzas del antiguo *calpulli*, la gran Tenochtitlán, las dinastías de los *tlatoani* y de los poemas de Nezahualcóyotl. Todos les recreaban el esplendor de una época en que ser *mexica* era sinónimo de grandeza.

—Sí —dijo Mariano—, el México antiguo tuvo su época.

Y para darles una idea del México actual, les habló de la magnificencia del Palacio de Bellas Artes, de la Plaza de la Constitución frente al Palacio de Gobierno y de la imponente catedral con altares cubiertos de oro. De sus amplias avenidas, inmensos jardines y del Castillo de Chapultepec.

¿De un castillo? Mina pensó que aquello no se parecía en nada a la idea que tenía de ese lugar al otro lado del Atlántico.

—Cuando México abrió sus puertas a los exiliados, bajo el gobierno del presidente Lázaro Cárdenas, los primeros que llegaron fueron los Niños de Morelia —dijo Mariano finalmente.

Mina cerró los ojos.

Ese grupo de niños había salido de Barcelona con el dolor de la guerra a cuestas para cruzar la frontera de Port Bou. Fue un día decisivo aquel en que se escapó en la estación de Cerbère. Un instante de valor, o tal vez de insensatez, que sirvió para escabullirse en esa oscura bodega y que ahora, a la distancia de tres años, era difícil de creer. Quizá con un misterioso propósito, alguna fuerza evitó que la descubrieran para enviarla de nuevo con el grupo. Ahora, que se daba cuenta de que su idea de México estaba equivocada y de que iba a saber lo que había sido de aquellos niños a los que vio partir aquella tarde de mayo, sintió miedo de haber tomado una decisión precipitada.

Pero Mina era Mina y vislumbrar la posibilidad de haber desaprovechado una oportunidad le causaba malestar. El desasosiego la hizo mirarse en la playa ese día en que la obligaron a desnudarse, cuando el hambre la hacía irritable y esa agua salada le provocaba diarreas. Recordó su piso en Barcelona, la bañera con agua caliente y a su mamá frotándole la espalda. No hubo día en el campo de internamiento en que no deseara su bañera y su cama de sábanas con olor a lavanda. De pensar que pudo haber evitado las arenas de Argelès, la invadió una nostalgia que la hizo estallar en un llanto incontrolable.

—¿Por qué lloras, pequeña? Ya no llores.

Temió confesar que tal vez se había equivocado; que debió quedarse en el tren con los que iban para México y haber evitado el campo de internamiento. No quiso admitir que había sido el más grande error en sus quince años de vida, uno que la marcaría para siempre.

Los Niños de Morelia

México, 1937

"¡Salvemos a la niñez! ¡Inscriba a sus hijos en la expedición de México!" Así rezaba el cartel del gobierno republicano. Los padres dudaban entre mantener a sus hijos con ellos, aunque eso supusiera el riesgo constante de los bombardeos y la falta de alimento, o aceptar la urgente invitación para separarlos de esa constante amenaza.

Para quienes se decidieron, aquella mañana del 26 de mayo marcó el día que sus hijos se embarcaron desde Burdeos en el vapor *Mexique*. Se suponía que irían quinientos, pero sólo abordaron cuatrocientos sesenta y tres pequeños, acompañados por veintinueve adultos, entre profesores, médicos, enfermeras y cuidadores. No todos eran huérfanos. La mayoría de ellos habían sido dejados en el tren por sus propios padres que confiaban que en unos cuantos meses serían repatriados a España.

Pasaron doce días de travesía sin complicaciones. Los niños iban nerviosos; algunos, molestos. Era natural, si se tiene en cuenta que habían sido separados de sus padres. Los pequeños de tres o cuatro años no tenían mucha idea de lo que sucedía; se les veía jugar por las cubiertas del barco con alegría de estar de vacaciones. Pero los más grandes, los que se preocupaban por su futuro, tenían el miedo engarzado en la mirada. Estos chicos entendían la situación.

Tras una escala en La Habana, llegaron al puerto de Veracruz el 7 de junio. Gente importante del gobierno mexicano se trasladó desde la capital en un tren especial para recibir al primer grupo de refugiados españoles. Era una ocasión muy importante.

Algunos de los niños vieron el recibimiento en Veracruz con entusiasmo al ver que había tanta gente y que todos querían saludarlos.

—En México son muy amables —decían, pero a Juan José, un muchacho de Tarragona que era más grande, el aspecto del puerto no le agradó. De ahí los subieron por una rampa hacia un tren que los llevó a la Ciudad de México.

Cuando llegaron a su destino, los niños se sintieron desconcertados, no sabían por qué tanta gente había acudido a darles la bienvenida. Julio Cervantes, un joven de la costa de Valencia preguntó a Gabriel:

—¿Será que así son las bienvenidas en México para los excursionistas?

Y Gabriel, su hermano, respondió:

—*No ho* sé! ¡No tengo la menor idea de lo que sucede!

La prensa nacional, y en especial la de la Ciudad de México, había hecho de aquel acontecimiento una gran noticia que durante días llenó las columnas de los diarios. No hubo una persona en la ciudad que no se enterara de la llegada de los niños de España. A unos les pareció bien, pero otros decían que México apenas podía con sus pobres como para traer ajenos.

Aquel día la estación ferroviaria estaba abarrotada de hombres, mujeres y niños que deseaban ver, conocer, tocar a esos pequeños que venían del otro lado del mundo.

Los niños bajaron del tren, entre la multitud que los saludaba con palabras de cariño, y caminaron por la avenida Ejército Nacional. Contrario a la intención de ese nutrido recibimiento, los niños se sintieron aturdidos.

Al día siguiente, en la escuela Hijos del Ejército, Número 2, les entregaron ropa nueva. Debían estar bañados y vestidos para el mediodía, pues el presidente de México iría a saludarlos.

De México fueron trasladados a la ciudad de Morelia para fijar ahí su residencia temporal. Desde ese día se conocen como "los Niños de Morelia".

Los instalaron en dos internados que distaban pocos metros uno del otro: el destinado a las mujeres, que era más amplio —donde además de recibir las clases hacían las comidas—, y el convento donde dormirían los niños. Bajo el cuidado de las monjas los niños estuvieron bien, pero estuvieron poco tiempo. Un par de directores fueron removidos después por su deficiente desempeño.

Polito, un pequeñín de ojos grandes y dulces, se le pegó a Julio y a Gabriel Cervantes que tenían un hermano pequeño —Carmelo— de seis años, como él. A donde iban ellos, el chiquillo los seguía en busca de seguridad. Asignaron las camas en el convento y a Polito se la tuvieron que dar junto a la de los hermanos, porque no hubo manera de dejarlo con otros chicos de su edad.

Con gran cuidado, Polito colocó debajo de su cama la pequeña maleta café que había preparado su madre antes de subirlo al tren en Barcelona. Tal cual, se metió a la cama a dormir.

Al día siguiente, muy de mañana los llevaron al convento de las niñas a desayunar y tomar las primeras clases. El chiquillo seguía pegado como estampilla a los hermanos Cervantes.

—Ven, Polito, vamos a tener clases pero al final nos vemos en el patio central para comer.

El pequeño pasó el primer día y el segundo y el tercero mientras seguía a sol y sombra a aquellos dos. Cuando le daba por llorar —que era frecuente—, contaban alguna historia que lo alegrara un poco.

Pasaron las primeras semanas. Todas las noches Polito sacaba y guardaba de nuevo su maleta debajo de la cama.

—¿Por qué no has sacado tu ropa, Polito? Mira, que aquí tienes un estante. Has de guardarla pronto.

—No puedo. Mañana vendrán mis papás por mí. Tengo que estar listo.

Gabriel lo abrazó. No tuvo corazón para decirle que sus padres no llegarían al día siguiente, ni el siguiente. Ninguno sabía hasta cuándo permanecerían ahí.

Una tarde anunciaron que habían llegado cartas de España. La emoción de los niños fue tan grande que se desbordaron en carrera hacia el patio central.

—Calma, jovencitos. Calma. Los llamaré uno por uno —dijo la monja—: Ezequiel Acosta Ambróz, Julián Amorós Castellanos, Juan Fernández Amador, Josefina González Aramburu, Constanza Navarro Arenas, Justina Castaño Vidal, Gabriel Cervantes Muela.

Gabriel abrió su carta y la leyó a sus hermanos en un rincón del patio. Era de Carmen, su madre. Quería saber si habían llegado con bien a México, si tenían comida y una cama. Decía que sus dos hermanos pequeños estaban muy bien y los urgía a que respondieran con prontitud. No dijo que su padre había sido fusilado unos días antes. Tampoco que no encontraba la manera de poder reunirse con ellos.

Polito escuchaba con ansiedad aquella lista de nombres en espera de que apareciera el suyo. No entendía bien qué significaban aquellas cartas que recibían, pero sabía que eran de los padres porque todos las habían leído con lágrimas en los ojos y mocos que chorreaban sin vergüenza antes de limpiarlos con la manga del suéter.

Elisa Darocá Martínez, Felipe Lauria González, Agustín López Pujol, Antonio Núñez Rojas.

Muchos niños no recibieron carta ese día. Ni ningún otro.

Entre la noche, cuando todos habían caído a las profundidades del sueño, Polito se paró delante de la cama de Gabriel. No se animó a despertarlo por lo que simplemente se quedó ahí de pie, entre la oscuridad, miró la cara de quien había tomado como hermano adoptivo.

La mirada del pequeño lo despertó.

—¿Qué haces aquí, Polito? ¿Por qué no estás dormido?

—Tuve un accidente como los que le pasan a Rafael.

Rafael mojaba la cama todas las noches y pocas veces se lograba escapar de los cintarazos con que pretendían quitarle esa sucia maña que decían las monjas que tenía.

—No quiero que me vayan a pegar.

—Ven aquí. No te preocupes que nadie te va a pegar.

No era raro ver en un día de lluvia —o aún soleado— las caras tristes o de enojo entre aquel grupo de niños. Tampoco era extraño oír a los más pequeños —entre amargos sollozos— llamar a su mamá por entre los rincones del convento.

—¿Cuándo regresaremos a España, Gabriel?

—No lo sé, Julio. Nadie lo sabe.

—Y si no volvemos, ¿entonces ya no seremos españoles? ¿Seremos mexicanos?

—Te digo que no lo sé. Vamos, deja de dar la lata.

Y así, con la turbación por el multitudinario recibimiento, con su afirmación de no ser huérfanos y la añoranza por los padres, poco a poco entendieron "los Niños de Morelia" que su viaje no tendría retorno. Que la idea de un eventual regreso con que salieron de España era una vana esperanza entre su permanente exilio.

Y si algunos dicen que los Niños de Morelia perdieron el sentido de identidad en aquel abandono, también es cierto que quienes no se reunieron de nuevo con sus padres, crecieron, se casaron, tuvieron hijos y acogieron las costumbres mexicanas como hijos adoptivos del pueblo de México.

La belle Marseille

Marsella, septiembre de 1940

Cuando llegaron a Marsella, el sonido de la ciudad se colaba hasta el fondo del camión para llevarles entre sus notas su melodía agitada.

Francesc de inmediato pensó en buscar a su tío Ferrán, al que no veía desde hacía algunos años. Tenía su dirección, por lo que no debería ser difícil hallarlo. Incluso tenía la certeza de que accedería a que Mina se quedara con ellos.

—Mariano: ¿podrían llevarnos a casa de mi tío?

—Sí, pero antes iremos al consulado para dejar los víveres y que les den vales para atención médica.

—¿Vales de medicina? Mina en verdad los necesita.

Los necesitaba Mina y los necesitaba Francesc, que además del deterioro de los últimos meses, había hecho el esfuerzo sobrehumano para sacar a Mina del campo. Todavía le parecía imposible que hubieran podido escapar. Algún impulso o fuerza especial habrá tenido que ver para que lograra cargar a Mina por tanto tiempo, bajo la lluvia y con los pies cargados de fango. De otro modo no se podría explicar. Pero para Francesc había sido el miedo. El consulado les daría los vales de medicina y bonos para alojamiento y alimentación en algunos hoteles y albergues para los refugiados que irían a México.

—¿Es un campo de internamiento?

—No. Sólo mientras llegan los barcos y se arreglan sus papeles.

Las palabras de Mariano fueron la mejor medicina porque prometían inmediata mejoría. La idea de una habitación con muros, cama, sábanas limpias, baño tibio y una mesa con cubiertos, comida caliente y agua clara los conmovió tanto que Mina y Francesc lloraron. Mariano no pudo evitarlo y, con sus lágrimas de aguamiel, los acompañó en esa alegría.

La escena le recordó a Mariano la familia que habían logrado sacar del campo de Gurs a inicios de año. La intensa nevada hacía del campo un bello paisaje en que los barracones, con su manto blanco, parecían más villas de descanso que albergues de refugiados. La garita con doble guardia los recibió a la entrada. Tenían que entregar el permiso de salida para que quedaran sellados, pues de no traer los documentos en regla, la policía francesa los podía internar nuevamente o enviar a España. Fueron conducidos hacia un extremo de la alambrada, donde los encontraron.

Gurs era el campo de internamiento más importante por su cercanía con el País Vasco. Aunque sus veintiocho hectáreas de tierra atravesadas por una sola calle a lo largo fueron insuficientes para albergar la oleada de refugiados que llegaron desde la frontera con España. El gobierno francés separó a los reclusos en cinco grupos: brigadistas, vascos, aviadores, españoles e indeseables. A éste último pertenecían los Ballester.

Era una familia de cuatro miembros, que logró ser embarcada en el navío *Sinaia*.

Alfonso detuvo el camión. Estaban en el número 15 del *cours* Joseph Thierry, frente al consulado mexicano en Marsella. Era un edificio pintado de color claro, de seis pisos, con ventanales rematados en balcones de forja, que dominaba la esquina. Muy cerca se encontraba el famoso Paseo de la Canèbiere, que atraviesa el puerto hasta el barrio Réformés.

Mina y Francesc bajaron del camión. Sus ropas estaban secas; sin embargo, su aspecto lucía todavía desaseado. A ella le costó sostenerse en pie. Por la mala nutrición y la agitación de la huida, ahora hasta se le podían contar los huesos.

Por intuición y con la ventaja de su ingenua juventud, iniciaron un sutil proceso de curación desde la autocompasión hasta la burla de sí mismos.

—¡Mira, Francesc! ¡Qué bella es Marsella! Casi tan hermosa como el campo de Argelès-sur-Mer.

—¡No lo dirás en serio, *petita*! ¿O es que lo extrañas?

—Por supuesto. Extraño esa arena que pule la piel como la lija a la madera. Las noches negras con su velo de húmeda neblina, sin estrellas ni luna, en que el mar y el cielo se fundían en ese abrazo que impedía distinguir cuál era cuál.

Rieron con timidez primero, pero luego subieron el volumen hasta emitir unas carcajadas que hicieron voltear a más de uno. En cada risotada, expulsaron por la boca todos los recuerdos de aquel lugar, como diminutas mariposas al viento que volaron para emigrar a otros lugares, lejos de ellos.

En el 17 de la *rue* Danton

Marsella, septiembre de 1940

Mariano y Alfonso se perdieron en el interior del consulado mexicano. Hombres y mujeres entraban y salían de aquel edificio. Españoles, franceses y libaneses. Judíos de Polonia, Alemania o Checoslovaquia. Intelectuales, campesinos, médicos, músicos, maestros y artistas que huían del acoso de la guerra, de la persecución y de los campos.

Tras algunos de aquellos rostros —los que iban por primera vez— y sin que pudieran evitarlo se asomaba la esperanza de arreglar su situación. Tanto el rostro tenso como la mirada incierta denotaban su temor, porque no portar permisos de salida ni visas de traslado y del país de destino significaría, con seguridad, la deportación hacia los campos de concentración franceses o alemanes.

Las facciones relajadas de los que salían y el brillo en sus ojos, acompañaban el gran contento de los que salían con visa. No faltó alguno que expresara regocijo mientras apretaba su visado porque esa visa era todo, significaba la vida.

Mina y Francesc, que no tenían siquiera un salvoconducto, simplemente los observaban entrar y salir. Aún desconocían la importancia que tenía para los refugiados contar con esos documentos.

Con la convicción de que su tío Ferrán acogería a Mina, Francesc no había pensado lo que pasaría con ella en caso de que no la aceptara. Muchas cosas podrían ocurrir.

¿Por qué tardaban tanto? Veinte minutos apenas pero que, en la vehemencia de la esperanza y sumados a los tres años, tres meses y tres días que habían pasado desde que Mina había irrumpido en su vida y lo contuvo con su atolondrado modo aquella tarde en Cèrbere, le parecían una eternidad. Lejos estaba aquella Mina saltarina que volaba como la paloma junto al acantilado. La pequeña Mina de piernas flacas y gran nariz que, a pesar de la muerte de sus padres, todavía encontraba motivo en la vida para reír.

Mina había madurado. Su Mina. Ahora no se cuestionaba nada. La alegría de dejar atrás el campo de internamiento todavía le impedía pensar en otra cosa que no fuera estar lejos de aquel inmundo lugar. Eso bastaba, por ahora.

Otros veinte lentos minutos atormentaron a Francesc antes de que salieran Mariano y Alfonso.

—Andando.

Inspirados por los sonidos que llegaban del exterior hasta el fondo del camión, Mina y Francesc imaginaron Marsella. A esa hora, los cafés al aire libre de la Canèbiere estaban rebosantes. Sus ruidos y aromas invitaban a los paseantes a sentarse a la vera de la avenida. Veteranas campanadas de la Iglesia de Réformés anunciaban a lo lejos la hora del Ángelus. Automóviles y tranvías competían por el espacio en cada calle. Cruzaron hacia el Distrito 3 hasta llegar al 17 de la *rue* Danton. Una vivienda eclipsada entre edificaciones de dos y tres pisos que se erigía en una sola planta.

—Llegamos —anunció Alfonso.

Francesc saltó del camión hasta la acera. De un vistazo notó el deterioro del lugar y su sangre se heló. Accionó el llamador. La espera hacía explotar su corazón. Sentía la sangre atropellándose por cada vena de su cuerpo. Dejó pasar un minuto más y volvió a llamar. El desencanto nubló su mirada. Se limpió el borde de los ojos y pidió a Alfonso y a Mariano esperar unos minutos. Se recargó en el costado del camión. Los demás hicieron lo propio. No había dudado Francesc del encuentro con su tío hasta ese momento. Mina lo miró de reojo con compasión y con un dejo de vergüenza. Ella y nadie más, se decía, había sido la causante de que un par de días de camino se hubieran vuelto más de tres años de espera para Francesc. El pensamiento produjo una pulsación en su estómago. Se lo apretó para contener el rojo reconcomio que la comenzó a turbar.

Se sentía en deuda con Francesc. Por un instante pensó que quizá él podría culparla también, y que ese precio pagado por su amistad le parecería tan alto que la detestaría. Sin poderlo evitar, y como cuando era una niña, se arrojó a su cuello.

—Perdóname, Francesc. Perdóname si no encontramos a tu tío.

Francesc la apretó y no tuvo que decir más. ¿Qué tendría que decir si desde aquel día en la playa de Cérbere, cuando decidió hacerse cargo de ella, primero se había encariñado y luego la quiso como a una hermana? Si de algo podía culparla era de hacer de su vida una aventura. Con un último vestigio de esperanza llamó de nuevo. No hubo respuesta. A punto de retirarse, vieron que del edificio contiguo salía una mujer algo entrada en años.

—¿Ferrán? ¿Buscan a Ferrán?

La mención del nombre de su tío renovó la esperanza en Francesc. Pensó que la mujer daría alguna seña de él, de sus costumbres a esa hora del día.

—Sí —dijo expectante—. A Ferrán Planchart.

—Era un buen hombre.

Tan de golpe como surgió, así se desvaneció la ilusión de encontrar a su tío. Mariano, con su gran corazón, no pudo evitar que sus ojos se empañaran. Mina buscó la mano de Francesc y la apretó con fuerza.

—Falleció el invierno pasado de neumonía.

Lucita

Marsella, octubre de 1940

*A*l correr de los días, el flujo de refugiados aumentó; sin pensarlo mucho, mi padre tomó otra decisión: rentar un espacio más amplio y adecuado en el número 15 de *cours* Joseph Thierry. Un edificio de seis pisos donde, semanas más tarde, la embajada de Japón se instaló en el piso superior al nuestro.

El nuevo consulado daba mejor oportunidad para organizar las solicitudes de ayuda que se dividían en dos grandes apartados: los que saldrían del país y los que permanecerían en Francia, pero necesitaban papeles para no ser detenidos. También tenían que organizar y hacer llegar la ayuda económica a los refugiados en los campos de internamiento que la JARE y el embajador Rodríguez habían dejado en manos de mi padre.

—Es por demás con Caboche, el comandante del campo de Djelfa —dijo papá aquella noche—. Volvió a regresar el dinero que hice llegar a uno de los refugiados.

—¿Y por qué lo devuelve?

Aunque el acuerdo francomexicano había sido un gran logro para auxiliar a los refugiados, la mayoría de los directores de los campos desconocía su existencia. Como medida, mi padre solicitó a la comisión que encabezaba Alfonso Reyes que agregaran una copia del acuerdo y una nota para respetar sus condiciones.

—Porque de cada director del campo depende aceptar o rechazar los giros que enviamos. Hoy detuvieron a un refugiado con la excusa de que el permiso que le dimos no tenía su fotografía. Con éste, es el cuarto caso. Algo tendré que hacer.

—¿Y si instalas un centro de fotografía en el consulado? —intervino mi madre.

La idea funcionó. Al día siguiente, Lucita, refugiada española, se organizó con mi padre para instalar el estudio de fotografía. Compraron el equipo necesario para que no hubiera más excusas que entorpecieran la ayuda que necesitaban los refugiados. Se hicieron pruebas con el nuevo equipo, y los documentos que avalaban que el gobierno de México los recibiría comenzaron a contar con fotografías.

Dos semanas después decidí ir al consulado para conocer a Lucita, que se había ganado buena fama entre la familia. Como no había día en que mi padre no mencionara su habilidad detrás de la lente, quise ir a constatarlo por mí misma.

Y así fue. Lucita era una luz que con sus hábiles manos dio una nueva oportunidad a aquellos perseguidos.

En la lista

Marsella, octubre de 1940

Anna se levantó muy de mañana. Los caminos todavía estaban oscuros, pero no le importó, tampoco la alarma de alerta sobre el paso de la aviación inglesa que volaba hacia Alemania. El frío del otoño enrojecía su nariz y sus mejillas cuando se encaminó hacia la prefectura de Ariège. De nueva cuenta iba a tramitar un permiso, esta vez, para trasladarse al departamento de Bouches-du-Rhône, donde se encontraba Marsella.

Las tres semanas que habían pasado no fueron suficientes para evitar el insomnio que le provocó recordar el aspecto de László. A toda costa deseaba sacarlo del campo, pero el viaje anterior a Marsella resultó tan infructuoso que, en algún momento durante el camino de regreso, la hizo pensar que sería imposible arreglar su situación y que no habría más remedio que intentar una fuga. "Con todo y que Vernet era un campo de castigo y se mantenía una mayor vigilancia, algo se podrá hacer", pensó.

Anna cargaba el bagaje de su educación judía, de la preparación académica y de una voluntad que antes no se había amedrentado, ni siquiera ante el encarcelamiento. El problema no era su personalidad, sino que no hallaba solución posible. El consulado americano la había hecho ver —con gran indiferencia— que las cuotas para refugiados estaban cubiertas, su situación era muy complicada; sin embargo harían todo lo posible por tenerla en cuenta si el presidente Roosevelt ampliaba su política sobre la inmigración. "La excusa fue una mera evasiva para darme con la puerta en las narices", pensó.

Ese día tenía pensado ir al consulado de Inglaterra. Confiaba que en esa ocasión le dieran una posibilidad de sacar a László del campo y salir todos de Francia de una buena vez.

Gilbert la recibió en la prefectura. Era la primera de la larga fila que a diario se formaba para tramitar los consabidos permisos de los refugiados: para trasladarse entre departamentos, para visitar familiares en los campos cercanos, para refrendar papeles de identidad y tantos otros que la burocracia francesa había generado para tener información al día sobre el paradero de todos los extranjeros que estaban sobre su suelo.

Anna lo saludó con cortesía. Con toda la paciencia que había aprendido a desarrollar en esa sala gris que era la prefectura, respondió a cada pregunta de Gilbert sobre los motivos de su traslado a Marsella, a quién iría a ver, cuándo regresaría, para qué deseaba salir de Francia. Después de corroborar un par de veces que las respuestas de Anna fueran idénticas, entregó el permiso de traslado al departamento de Bouches-du-Rhône.

Era media mañana y a toda prisa se enfiló hacia la estación para alcanzar el tren de las once. Antes de arrancar alcanzó a ver por la ventanilla que Edna, una compañera de la universidad, también abordaba. Sin pensarlo fue a buscarla al siguiente vagón. Encontrar un rostro familiar entre aquella maraña que provocaba un sentimiento de persecución era una extraordinaria alegría. Las dos mujeres dejaron escapar un grito que de inmediato contuvieron. Se contentaron con sentarse en lugares contiguos y tomarse las manos.

—Supe que detuvieron a László.

El trayecto de regreso sirvió para estar al día y desahogarse. Anna narró los sucesos desde que dejaron París, de la ayuda de Jeanne Stern, del encuentro con aquella bondadosa campesina de Moulins y de su hospedaje con la buena Fantine. Y Edna, le hizo saber que iba a Marsella a encontrarse con el cónsul de México.

—¿De México?

—Sí, de México. Tú también vas para allá, ¿no es así? Tu nombre está en la lista.

—¿En cuál lista?

—En la lista de intelectuales a los que México está dispuesto a dar asilo político.

Anna no lo creyó. No es que desconfiara de su amiga; simplemente no tenía sentido que su nombre pudiera estar en alguna lista de un país al otro lado del Atlántico. Pero decidió acompañarla al consulado.

Más allá del horizonte

Marsella, noviembre de 1940

El desencanto para Francesc tras recibir la mala noticia de su tío era profundo.

—Lo siento, Francesc —Mina lo estrechó en un abrazo.

Francesc sintió que el mundo se cerraba encima de él. Miró hacia el horizonte y por primera vez pensó en lo que habría más allá. Era un pensamiento inoportuno. Sintió que podría haber algo mejor, pero no sabía qué con exactitud. Era inútil pensar en el horizonte. ¿Qué habría más allá? No estaba preparado para recibir esa noticia. No tenía absolutamente a nadie más a quién recurrir. Era la soledad completa.

Quería hablar, decir algo, replicar el sinsentido de esos años, pero esa rigidez en su quijada que no cedía se lo impidió. Sintió humedad en su mejilla sin poder reconocer la naturaleza de esas gotas saladas que corrían sobre su piel, tan sola como su alma.

Comprendió que desde la muerte de sus padres se había aferrado a la esperanza de encontrar a su tío, eso lo mantuvo vivo, lo animó a luchar, a no pensar en la muerte de sus padres durante aquel bombardeo en Barcelona. También lo ayudó a ser un soporte para Mina.

Pero ahora no tenía asidero.

A su mente acudió la imagen del viejecito de la capa verde frente al mar y de golpe entendió: fue la renuncia disfrazada, escenificada como personaje de comedia que enmascaró la tragedia y lo hizo andar hacia el mar. Como si hubiera envejecido en ese instante, su espalda se encorvó con el peso de esa triste realidad y un grueso pesar opacó su mirada.

Los demás lo vieron también. Notaron aquella nueva condición que desde ese momento acompañó a Francesc. No volvió a ser el mismo. En ese momento finalmente aceptó su soledad, su orfandad.

Mina compadeció a su amigo. Ella, que había podido superar la ausencia de sus padres, había asumido que para salir adelante tendría que aceptar lo que la vida trajera y sobrevivir. Sólo sobrevivir. Ésa era la vida para ellos.

"Tiempo habrá para el consuelo de Francesc", pensó Mariano. Por ahora tenía que hacer algo por ellos. Decidió hablar con el cónsul Gilberto Bosques para ver si los niños podían ser enviados a México. Sí. Eso haría. No estaba seguro de si el consulado podía arreglar algo así. Sabía que habían ayudado hombres, mujeres, familias, pero, además de los Niños de Morelia, no tenía recuerdo de algún caso en que se hubiera arreglado el viaje para otros huérfanos.

Antes, habría que ver dónde instalarlos, y darles atención médica. No podrían tenerlos escondidos todo el tiempo para evitar denuncias.

—Será mejor regresar al consulado.

Sin contestar, Francesc se dejó llevar.

El espía del taconeo

Marsella, noviembre de 1940

*D*e la frontera de Lorena y Alsacia llegaron en parejas —vigilándose uno al otro— a solicitar su salida de Francia. Su intención era colarse entre los refugiados, en especial entre los brigadistas internacionales para seguir sus pasos de cerca, pero mi padre, o algún otro funcionario, con el ojo avizor y los sentidos atentos, los descubrían y les negaban los papeles. De ahí que lo habían acusado de ayudar a los judíos y a otros indeseables. Pero eso no amedrentó a papá; por el contrario, como si le inyectaran alguna vitalidad sobrehumana, trabajó durante horas y horas, siempre preocupado por aquella gente.

Recuerdo esa fría noche de otoño en que cenamos juntos. Con asombro en el rostro nos narró que ese día había llegado al consulado un simpático joven de ojos cafés y cabello cenizo. Su aspecto y su vocabulario parecían el de un intelectual francés. Sus papeles de identidad eran impecables: lo avalaban como académico reconocido. Traía consigo mapas y un estudio muy completo de México, a donde deseaba ir para establecerse como maestro en alguna universidad, ya fuera con la asignatura de francés o la de economía, que era su especialidad. Llenó la forma de solicitud para emigrar y conversó con mi padre sobre el impacto de la guerra en la economía de los países.

—Me dio gusto firmar su visado, porque ese joven podría llegar a ser una gran influencia en la formación de los universitarios mexicanos.

Al momento de despedirse de mi padre, con una amplia sonrisa, aquel joven francés en un acto reflejo golpeó los talones.

De inmediato mi padre y su secretario se abalanzaron sobre él. Lo sometieron y le quitaron los papeles.

—¿Qué sucede, señor Bosques?

—Usted es soldado alemán. No lo puedo arrestar, pero sí puedo pedirle que se vaya. ¡Salga por favor!

Mi madre escuchaba, serena, pero nosotros abríamos mucho los ojos ante las historias de mi padre sobre los espías. Las llenaba de tanto suspenso que se parecían a las películas de Alfred Hitchcock.

Desde el incidente con el espía del taconeo, mi padre extremó precauciones para proteger a los judíos y responsables del gobierno republicano que corrían peligro: pidió que acudieran de noche al consulado.

Urraca

Marsella, noviembre de 1940

F rancisco Sánchez, el antiguo chofer de Negrín, condujo a Gilberto Bosques al consulado. Llegaron cobijados por la oscuridad. Minutos antes habían llegado los refugiados. Iban con el rostro escondido, la mirada baja, en absoluto silencio. La noche los ocultaba de aquellas ávidas miradas traidoras siempre al acecho.

Cuando tenían que ir de noche, Sánchez los esperaba abajo. Se mantenía alerta para reconocer cualquier movimiento sospechoso que pudiera indicar peligro para los refugiados. Al cabo de diez minutos y tras la primer alarma que avisaba sobre el paso de la aviación inglesa, un hombre dobló la esquina y con paso decidido se acercó a él. Era Urraca. Pedro Urraca Rendueles. El mismo agente español que trabajaba en coordinación con V. C. de Saulnes, el comisario francés encargado de la recuperación de bienes españoles que, con la obstinación de un perro con su hueso, vigilaba día y noche la legación de Vichy y el consulado de Marsella.

—¿A quién citaron a esta hora?

Contrario a lo que se esperaba, Sánchez no se inmutó ante la llegada del agente. Con la mirada firme y el cuerpo tenso se dejó abordar. No era desconocido para él ese rostro que, una y otra vez, hacía cateos e indagaciones. Todos conocían a Urraca, el enviado del embajador Félix de Lequerica, obsesionado también por recuperar el dinero y los tesoros que los republicanos mantuvieron en su poder para sus actividades durante el exilio.

—No lo sé. El cónsul no me lo dijo.

Francisco Sánchez se frotó la muñeca izquierda. Aún dolía. El cateo a su departamento y su arresto lo habían acercado a ese oscuro hombre que, con sus interrogatorios, hacía honra a su apellido: Urraca. El suyo, había durado seis eternas horas en aquella comisaría que recibía a más de un informante amenazado. A partir de ese día pasó a engrosar las filas de esos hombres y mujeres, algunos de ellos refugiados, que colaboraron dentro de la legación de Vichy y del consulado en Marsella.

—Averígualo al regreso y mañana me informas.

Para cuando llegó Gilberto al consulado, Lucita, la española a cargo del estudio fotográfico, había recibido con sigilo a la familia Lambert. Eran judíos activamente perseguidos. Les tomó fotografías de frente y de perfil. Con mano diestra, experta en el retoque, modificó sus rasgos, cambió sus nombres y creó para ellos una nueva identidad. A petición de Bosques, entregó dos juegos de pasaportes con apellidos distintos, en un intento por mantenerlos a salvo de las *razzias* que, a partir de octubre, se habían intensificado.

—Muchas gracias, señor Bosques. No sé qué habríamos hecho sin su ayuda.

—No tiene nada que agradecer. Esto lo hace mi país. Es ayuda de México.

Gilberto salió primero. En el trayecto al departamento, Sánchez no dijo una palabra. No lo traicionaría, aunque alguna información tendría que dar a Urraca al día siguiente y, por eso, era mejor no saber con quiénes se había reunido en el consulado. Así, si lo encerraban de nuevo no podrían sacarle ninguna información. Bastante había sido que, durante el cateo a su casa, se encontraran con aquella nota del cónsul Bosques pidiéndole que arreglara una caja desfondada de los archivos del SERE que tenían bajo su cuidado, como para encima delatar a quienes estaban en peligro.

Esa noche, entre vueltas y vueltas en la cama para hacer el intento de dormir algunas horas, Gilberto se preocupó porque quería hacer más por esos judíos de clase media, trabajadores sanitarios, empleados gubernamentales, oficinistas, que habían huido de Alemania, Austria y Polonia, y que ahora se encontraban en la trampa de Marsella con el riesgo de ser deportados. Pero, ¿cómo hacer para ayudar a aquellos judíos cuando el gobierno de México no había definido una postura en cuanto a su emigración? ¿Cómo contrarrestar la influencia de esos miembros de la Secretaría de Gobernación y de la de Relaciones Exteriores que se oponían y ejercían su influencia en las decisiones sobre el asunto judío? Gilberto pensó y repensó hasta que concluyó que muchos de esos judíos eran perseguidos por su filiación socialista o comunista, lo que los convertía en parte de los refugiados políticos a los que México había abierto sus puertas. Convencido de que, si no era con esta prerrogativa, encontraría otra justificación para continuar con la ayuda, finalmente pudo conciliar el sueño.

En la búsqueda

Marsella, noviembre de 1940

*M*i padre agotó todos los recursos para ampliar el auxilio de comida, hospedaje y atención médica que daba a los refugiados en Marsella que, para entonces, tan sólo de españoles, casi llegaban a los tres mil. Simplemente no había más hoteles ni posadas donde alojarlos.

Cerca de cuarenta mil solicitudes de asilo había recibido, la mayoría por carta desde los campos de refugiados, otras de los que se presentaban en el consulado, y también a través de llamadas telefónicas urgentes entre las que estaban personalidades buscadas, ya fuera por su filiación comunista, por pertenecer al gobierno de la República o por su origen judío. Todos ellos generaban nerviosismo en los agentes de la falange, la policía francesa, los japoneses y la Gestapo. No dejaban de seguir sus pasos ni los del personal del consulado para dar con los perseguidos por sus gobiernos; en especial por los que mi padre tuvo que esconder.

Con la intención de encontrar un refugio de grandes dimensiones que pudiera albergar a todos esos hombres y mujeres que, a falta de barcos para salir, tenían que permanecer en Marsella, encomendó a Edmundo González Roa —cónsul adjunto— que buscara alguna edificación que sirviera para este propósito.

¿En qué lugar lo guardaba Marsella?

Marsella, noviembre de 1940

*P*oco tiempo había pasado desde la Gran Guerra, por lo que Edmundo y mi padre pensaron que el ejército francés debía haber construido o acondicionado instalaciones para albergar sus tropas y, con la reciente movilización, seguramente estarían en desuso.

González Roa envió una carta a Frédéric Surleau, jefe de la policía de Bouches-du-Rhône, en la que sugería utilizar algún campo militar o cuartel de Marsella para albergar a los refugiados. Como Monsieur Surleau tenía buena relación con mi padre, confiaron en una pronta respuesta; pero, aun así, debían esperar.

Mientras tanto, el consulado repartió bonos de alimento, de hospedaje y de atención médica a la enorme fila que cada día se formaba sobre el *cours* Joseph Thierry. Estaban por cumplirse dos años de nuestra llegada a París, a aquel blanco y gélido primer día de enero. En el transcurso de estos convulsos meses, me había convertido en mujer, y mis hermanos, Teté y Gilberto, también habían crecido. Atrás habíamos dejado nuestra infancia para pasar —ellos desde la adolescencia y yo desde mi mayoría de edad— a convivir como una familia más unida. En México se quedaron los berrinches, las peleas fraternales y las averías que causamos con nuestros juegos. Francia contempló nuestro salto a la madurez, y no porque correspondiera a nuestra edad. No crecimos como debía ser. Los niños y los jóvenes de la guerra maduramos a fuerza de ver, oler y sentir tanta tragedia. Tal vez por eso aprendimos a no desesperar ante la falta de noticias. Hasta que, un día, mi padre, extrañado de que Edmundo no recibiera respuesta, indagó la causa de aquella dilación: el prefecto de Bouches-du Rhône había relevado de sus funciones a *monsieur* Frédéric Surleau y su suplente, André Viguier, estaba hundido en una pila de expedientes apenas por revisar.

—Ni hablar —dijo un tanto contrariado—: tendremos que buscar otras opciones.

—De urgencia, Edmundo. Hay que conseguir un lugar, pero de urgencia.

El cónsul adjunto salió directamente a las calles de Marsella. Se llevó a Francisco Sánchez para que condujera mientras él veía los alrededores. ¿Dónde encontrar un lugar para albergar tal cantidad de personas? ¿Algún antiguo hospital? Lo descartó de inmediato: hasta donde sabía, estaban todos en uso. ¿Tal vez una escuela? Pudiera ser, pero no contaría con instalación sanitaria suficiente.

¿Dónde? ¿En dónde estaba el lugar más conveniente para albergar a esos refugiados?

Avanzaron por las avenidas del puerto, recorrieron calles empedradas, subieron por caminos empolvados y se adentraron hacia la zona boscosa. Estaban por franquear los últimos hogares y el sentimiento de impotencia comenzaba a instalarse en el ánimo del cónsul. No tenía la menor idea de dónde encontrar un espacio con la amplitud de terreno suficiente, con instalación sanitaria, con habitaciones, salones, barracones o lo que fuera que pudiera dar abasto a cientos de personas.

Al cabo de un par de horas de búsqueda infructuosa, decidió regresar con su derrota al consulado. Estaban por llegar, cuando dijo:

—Francisco, lléveme a Saint-Menet, por favor.

"¿Cómo no lo había pensado antes?", se dijo durante el trayecto. "¿Por qué no se me había ocurrido?" Cuando llegaron, algo en su interior le decía que ése podría ser el lugar indicado, aunque en una primera impresión no lo pareciera, pero tendría que esperar a la opinión del cónsul Bosques.

Un castillo de ecos y murmullos

Marsella, noviembre de 1940

*A*quel día llegó papá al departamento y afirmó que, al parecer, ya habían encontrado un lugar que se ajustaba a las urgentes necesidades: una propiedad que había sido incautada por el gobierno francés hacía un par de meses.

—¿Me acompañan, hijos? ¿María Luisa? Vamos a las afueras de Marsella.

Nos dirigimos hacia el oeste hasta llegar al valle del Huveaune, en el barrio de Saint-Menet. El camino nos llevó a través de más de cuarenta hectáreas tapizadas de bosques y prados, que de inmediato me recordó el Bosque de Chapultepec. Al avanzar no pude evitar llorar. Miré de reojo a mamá y me pareció que el sentimiento era general, porque papá y mis hermanos también miraban hacia la espesura con caras de nostalgia. Era natural, creo. Porque, ¿quién no añora el hogar tras tantos meses alejados de él? No lo decíamos con regularidad, pero los recuerdos tendían a hacer de las suyas entre nosotros, evocaban, en algún aroma, en algún sonido, en algún rostro, a nuestra querida tierra mexicana, a la sierra mixteca de Puebla, a nuestro hogar. Así, entre aquellos añejos pinos, robles y olivos que se elevaban con el orgullo de décadas acumuladas en sus anchos troncos, avanzamos, cada uno con sus cavilaciones, hasta llegar a una pétrea edificación medieval con cuatro torres almenadas, que en sus tiempos debió lucir imponente y bella, pero que ahora mostraba signos inequívocos de abandono y descuido. Era el castillo de La Reynarde.

Cualquier cosa me hubiera esperado encontrar, pero nunca imaginé que un *château* pudiera ser una opción para albergar refugiados. Seguramente el cónsul Edmundo González Roa se habría equivocado, porque, ¿quién estaría dispuesto a facilitar tal edificación?

La grava a nuestros pies crujió cuando bajamos del coche. Miramos de frente aquel imponente edificio de tres plantas. Mi padre sonreía y, en ese momento, yo no entendía por qué. Yo sólo veía muros descascarados y manchados.

Nos acercamos para inspeccionar el lugar. La puerta de la entrada principal rechinó y, finalmente, tras un estertor de polvo, se abrió para dejarnos pasar. Desvergonzadas enredaderas se habían apoderado de algunas partes del techo interior. Debajo de una capa ceniza se entreveían en el piso dibujos formados con mármol del tiempo de añejos esplendores. Nuestras pisadas resonaban con eco en aquel vasto espacio. Como si el castillo estuviera molesto por nuestra intrusión, nos devolvía sonidos —graves y agudos— guardados entre las fibras de sus pisos y de sus molduras de madera. Murmullos acumulados durante amargas décadas.

—Aquí asustan —dijo Teté.

—Es la memoria del castillo que no deja ir el recuerdo de sus habitantes.

Algunas sillas aquí y allá en las habitaciones medio destruidas. La instalación sanitaria había sido saqueada, por lo que era imposible utilizarla.

Las marcas en la pared que ocuparon las pinturas de la familia, una regadera para flores abollada, un casco militar abandonado en una esquina y otros objetos desperdigados por los tres pisos del castillo guardaban los rastros de sus primeros ocupantes y los de la milicia que llegó después.

Salimos hacia una amplia terraza. Si algo tenía a su favor el castillo de La Reynarde, era su inmensa extensión de tierra. En el recorrido descubrimos también una alberca, un estanque y un par de manantiales que, según dijo mi padre, podrían servir para riego.

Edmundo y mi padre comentaron que el castillo había sido utilizado en la Primera Guerra Mundial para albergar al ejército, por esa razón, habían agregado algunos barracones en forma de semicírculo. Ésa era una adición importante que proveía un lugar espacioso para acondicionar los dormitorios.

Mi padre se giró antes de irnos.

—Éste es, Edmundo. Aquí instalaremos a los refugiados. Hay que hacer los arreglos de inmediato.

—En estas condiciones no puede vivir nadie —dijo Teté.

—Lo sé, hija. Pero lo arreglaremos.

Morena, la de los rojos claveles

La Reynarde, noviembre de 1940

Las gestiones para que la administración de Bouches-du-Rhône accediera a que el consulado mexicano utilizara el castillo como residencia abierta para los refugiados españoles no presentó problema. Mi padre invitó al español Aureliano Álvarez-Coque de Blas, quien había sido jefe del Estado Mayor de la República, a llevar la dirección de lo que se llamó *Residence des États-Unis du Mexique*, y que, a la entrada del castillo, se presentaba orgullosa a sí misma en un gran letrero coronado con el escudo nacional.

Álvarez-Coque de Blas reunió de inmediato información de los refugiados que estaban en pensiones y en hoteles. Seleccionó y organizó por grupos a aquellos que podrían ser útiles para el acondicionamiento del castillo y al resto los separó en tres sectores en vistas al futuro funcionamiento del castillo: el castillo, los pabellones y las barracas, cada uno subdividido en secciones, que a su vez se dividían en grupos de aproximadamente cuarenta personas. Cualquiera habría pensado que por ser refugiados esos hombres y mujeres serían del todo inútiles, pero por el contrario allí había de todo: maestros, médicos, abogados, escritores, poetas, campesinos, filósofos, obreros, albañiles, carpinteros, plomeros, pintores —de brocha gorda y de delicado pincel—, electricistas, actores, barberos, oficinistas, políticos, miembros del ejército de la República. Toda clase de oficios y actividad estaban presentes en aquel grupo humano que había dejado España para buscar una nueva esperanza de vida.

La Reynarde, que debía su nombre a una antigua familia del más puro abolengo francés que lo tenía como propiedad, a partir de ese día se convirtió en un refugio digno para aquellos hombres y mujeres que escapaban del franquismo y del fascismo.

No había pasado un par de días —a mediados del mes—, cuando varias decenas de refugiados organizados en cuadrillas, según su oficio, iniciaron labores para acondicionar el castillo.

El bosque proveyó la madera y Blas Rojas, el maestro carpintero, sus conocimientos para elaborar o remozar puertas, divisiones, alacenas, estanterías y leños para las chimeneas porque para esas fechas el frío, por las noches, era lo bastante agudo como para entumir al más curtido. Además, fabricaron mesas de tablones y bancas corridas para colocar en el comedor.

A los camastros, la cuadrilla encargada de abastecer sábanas, toallas, cortinillas y otros textiles —en su mayoría mujeres—, les confeccionaron colchones rellenos con crin de caballo.

En este mismo sector de obras y talleres estaban las secciones de albañilería, mecánica, pintura, plomería y alumbrado que, en pocos días, levantaron, parcharon, pintaron, entubaron e iluminaron el castillo.

Poco a poco La Reynarde dejó atrás su aspecto abandonado. Cada día, los muros de alguna de sus áreas se tiñeron con el color del alba y, con recato, reflejaron su antigua majestuosidad.

Durante los últimos años no se había escuchado entre sus paredes otra cosa que lamentos y quejidos de la soldadesca, maldiciones y malos augurios de batallas. Pero, aquel día, José Manuel, un cordobés de pinta flamenca, comenzó a entonar los versos de "Morena de mi copla".

Las primeras notas brotaron con timidez, sin saber, siquiera, si era correcto cantar entre aquellos muros que no eran suyos, ni de su patria. Como el maestro pintor no dijera nada, acarició —con la brocha gorda— la cornisa que tenía delante y —con el terciopelo de su voz— el aire de aquel espacioso salón. Al final de la primera estrofa, aumentó el brío a aquella alegre letra del famoso cantaor Angelillo y los demás refugiados dejaron de lado sus herramientas y corearon con palmas y entusiasmo:

Morena,
la de los rojos claveles,
la de la ceja florida,
Morena...

En ese instante el aire del castillo mudó de piel. Se vistió de un tono festivo y revivió, desde sus entrañas, el recuerdo de épocas pasadas, cuando había niños que corrían, finas damas bordando, dibujando el paisaje desde alguna ventana y caballeros que disfrutaban de una copa de buen coñac.

Ninguno de los maestros ni de los encargados de sección lo objetó. Sabían también, por propia experiencia, que una nota alegre durante el trabajo era buena motivación para continuar con el peso de las labores y, durante el descanso, para olvidar la lejanía de su tierra. Desde entonces, se volvió algo común escuchar algún cuplé, tarantas, fandangos y soleares, según donde pasara cada refugiado.

Días más tarde, los miembros de uno de los grupos, los campesinos que decían tener experiencia con el cultivo de la tierra, comenzaron a prepararla para cultivar habas, judías, guisantes, nabos, lechuga, cebollas, rábanos, coles y las muchas patatas que se necesitarían para alimentar a todos.

El boca a boca esparció la novedad de la residencia que había abierto sus puertas con la bandera mexicana que ondeaba —orgullosa— en lo más alto del torreón del castillo.

Tan aprisa se difundió que para finales del mes poco más de quinientos refugiados vivían en el castillo de La Reynarde.

El perfume del miedo

Marsella, noviembre de 1940

La familia Lambert se había escabullido entre las calles hasta llegar al edificio de departamentos donde se ocultaba. Con esos pasaportes que les había entregado el cónsul Bosques tenían la garantía de moverse con relativa tranquilidad. Al menos eso creían, por lo que comenzaron al día siguiente los arreglos para salir de Marsella.

Estaban sentados a la mesa, cuando una vecina tocó a su puerta.

—Viene la policía. Están en el piso de abajo. Váyanse pronto —y dio media vuelta.

—Vámonos, mujer.

—No.

—¿Cómo que no? Nos tenemos que ir.

—Tenemos papeles, no es necesario huir.

—No podemos arriesgarnos.

—Vayan ustedes. Nosotras seríamos una carga. Ni siquiera podríamos avanzar por el tejado. Salgan ya. Váyanse, rápido.

—Las buscaremos, lo prometo.

Con un abrazo apurado se despidieron. Antes de trepar por encima de la ventana, el señor Lambert y su hijo las miraron con la esperanza del reencuentro.

Madre e hija se quedaron abrazadas, aguardando ese momento que tanto habían temido. Esperaron con ese terror que se había vuelto su segunda piel y que les dificultaba fingir ser quienes no eran, que entre-cortaba su respiración y tensaba cada músculo del cuerpo.

Esperaron con los ojos muy abiertos.

No era fácil ser mujer en una guerra y ellas lo sabían. Lo habían visto. Quedaban atrás cuando huían. Las largas faldas dificultaban trepar muros, brincar trancas. Siempre estaba latente a cada momento esa desventaja eterna de ser violadas, golpeadas, abandonadas para morir.

La boca amarga y extremadamente reseca anegó su mirada.

Un golpe seco anunció la llegada de la policía francesa.

Otro golpe y la puerta cedió. Entraron cinco.

No tuvieron tiempo siquiera de mostrar sus pasaportes retocados que ocultaban su origen judío. El perfume del miedo —y la experiencia de los policías en reconocerlo— las delató.

Se las llevaron.

Y como muchas otras mujeres, nunca más se supo de ellas.

A menos de un kilómetro

Marsella, 2 de diciembre de 1940

ara cuando los demás apenas nos planteábamos un problema, mi padre había conseguido su solución. Por eso no nos causó ninguna sorpresa cuando nos dijo que había decidido el lugar perfecto para albergar a las mujeres y los niños españoles. El mismo Edmundo se lo propuso y, por su cercanía con La Reynarde, el castillo de Montgrand vino a ser la mejor opción.

No había que recorrer ni un kilómetro para llegar.

Buenas nuevas

Vernet, diciembre de 1940

*G*ilbert nos entregó los permisos para visitar a mi padre. La rutina de responder las mismas preguntas una y otra vez, aun cuando incluso ya le éramos familiares, esa mañana no hizo mella en el ánimo de mi madre, ni provocó el habitual enojo con que dejaba la prefectura. Estaba especialmente contenta y no podía aguardar a ver a mi padre para comunicarle las buenas nuevas. Había regresado de Marsella el mes anterior con lo que llamó las mejores noticias desde que Marx publicó el *Manifiesto comunista* y, al parecer, estaba decidida a que el engorroso trámite en la prefectura no le arrancara ese momento de felicidad.

Tomamos el tren hasta el campo de Vernet. Pero ni esa gran alegría que llevaba en el corazón fue suficiente para amortiguar el frío que tuvimos que soportar en la estación mientras llegaba la hora de visitas al campo. Cuando llegó el momento, nos dirigimos por el camino, luchamos contra ese aire helado que se nos colaba por entre las ropas y que hacía llorar a Ruth, la abracé para tratar de cobijarla con el calor de mi cuerpo, pero fue inútil. Empapó los cien metros de trayecto con gruesos lagrimones y se sorbió los mocos de vez en cuando. No pude dejar de pensar cómo la pasaría mi padre con ese frío. ¡Y apenas estaba por iniciar el invierno!

Esperar tres semanas para verlo nos parecía una eternidad. Pero reglas eran reglas y, en ese campamento en particular, no se hacían concesiones. Nos dirigimos al barracón de visitas. No tuvimos que esperar a que avisaran a mi padre, él estaba ahí. Sentado en una banca, acurrucado sobre sí mismo, se frotaba las manos para darse algo de calor.

Es impresionante cómo la figura paterna se desdibuja bajo esas condiciones. Si bien mi padre no era un hombre grande y fuerte, sino de complexión regular, siempre lo había visto con la admiración con que se mira a un padre al que se respeta y se ama. Ese hombre me había enseñado a andar en aquella bicicleta que me quedaba enorme pero que, junto a él, pasaba de ser un artefacto aterrador a un verdadero deleite. Creo que los tiernos ojos de los niños miran diferente a los padres; por eso no hallan imperfección. Yo no fui la excepción. Mi padre tenía la fuerza de un árbol grande cuando me sostenía sobre sus hombros, la agudeza del águila al ayudarme a interpretar las enseñanzas de la *Talmud Torá*, la gentileza cuando me corregía.

Ahora, lo único que podía sentir por él era una enorme compasión. Mi cuerpo había crecido en el último año, lo suficiente para igualarlo en altura y mirarlo a los ojos. Los suyos lucían algo apagados, pero no del todo. Al vernos, se iluminaron y de inmediato fue hacia nosotros.

—Traigo buenas nuevas, László. Traigo buenas nuevas —repetía mi madre mientras lo abrazaba.

—¿Cuáles son?

—Tenemos la posibilidad de ir a México.

De fiesta en La Reynarde

La Reynarde, diciembre de 1940

E l estado en que llegaban los refugiados a La Reynarde inquietó mucho a mi padre. Si bien la seguridad del lugar ofrecía cierta tranquilidad, había días en que la tristeza y la depresión reinaban en el castillo. Más de una vez mi padre nos pidió sugerencias para alegrarles el ánimo.

Para mí era la poesía. Podía leerla, recitarla y releerla durante horas. Esos libros y esos versos que me acompañaban siempre, de alguna manera eran mi seguridad. Para mis hermanos, Teté y Gilberto, eran los paseos que de continuo hacían juntos. Ellos se tenían uno al otro, más que yo, tal vez por ser los menores.

Aquel domingo la emoción nos inundó a todos. Los refugiados españoles habían preparado una obra de teatro y mi padre era, junto con el alcalde de Marsella, uno de los invitados principales.

Los escritores y periodistas habilitaron las caballerizas para hacer un teatro con gradas y un palco especial para nosotros.

La luminosidad del día empapaba a los artistas. El teatro se había llenado con todos los refugiados de Marsella, no sólo de La Reynarde. Habían invitado a las autoridades y todo el castillo lucía un ambiente de fiesta. Aquel día interpretaron *La zapatera prodigiosa*, de García Lorca, con la intensidad de quienes viven en carne propia el papel representado.

—*Ay, zapaterita, blanca como el corazón de las almendras, pero amargosilla también. Ay, zapaterita junco de oro encendido…*

—*Cuanta cosa don Mirlo, que me parecía imposible que los pajarracos hablaran… Y que aquí anda un Mirlo, un Mirlo negro y viejo. Sepa usted que yo no puedo oír cantar hasta más tarde.*

La agudeza y la sensibilidad de aquellos actores improvisados, elevaron el ánimo de la audiencia. En algún momento me aparté de la escena para mirar a los espectadores.

—*¿Tomando el fresco zapaterita?* —*dijo el mozo.*

—*Exactamente igual que usted.*

—*¿Y siempre sola? Qué lástima.*

Los torsos echados hacia adelante, las miradas ávidas y las manos apretadas, me hicieron pensar en el grado de asimilación de aquellas emociones con que el escritor impregnaba su obra. Mi padre capturaba con su cámara esos momentos.

—*¿Y por qué lástima?*

—*Porque una mujer como usted con ese pelo y esa pechera… es digna de estar impresa en las tarjetas postales.*

El entorno hablaba de olvido. De risas. De un momento de fugaz evasión para instalarse en aquellas líneas conocidas, repasadas y amadas del tierno autor cobardemente fusilado en Granada.

—*A mí las tarjetas postales me gustan mucho, sobre todo las de novios.*

—*Ay, zapaterita, ¡pero qué calentura tengo!*

Anna Radványi

Marsella, diciembre de 1940

*D*ijo que había llegado al consulado sin gran entusiasmo. Por mucho que insistiera Edna, era costoso creer que su nombre apareciera en alguna lista de un país al otro lado del mundo. Tampoco confiaba en el interés que el gobierno mexicano pudiera tener para que ella emigrara a esas tierras lejanas.

Antes de cruzar la puerta que la separaba del consulado de México, se detuvo a mirar el escudo del país que la quería albergar: un águila, posada sobre una higuera de chumbo —de las que abundan al sur de Francia—, sostenía con una de sus garras una serpiente mientras con el pico la devoraba.

—*Consulat du Mexique* —leyó en voz alta. Y abrió.

La oficina tenía una tenue iluminación. Su tez se fundía con la precavida tiniebla de aquellas ventanas tapadas, por lo que no lo vio de inmediato. Hasta que se levantó de un amplio sofá fue que lo pudo ver por primera vez. Se acercó a ella y, tras besar su mano, indicó un sillón frente a él. Pocas veces Anna se quedaba sin palabras y aquélla fue una de esas ocasiones. Una sencilla cortesía que la hizo perder su habitual compostura. La guerra le había quitado muchas cosas, entre ellas la capacidad de sentirse mujer, de sentirse persona y, en ese momento, frente a ese hombre de aspecto cuidado y ojos sinceros, se desconcertó.

Entre lágrimas farfulló en su francés de acento alemán sobre su exilio, la persecución por la Gestapo, la detención de su esposo en el campo de Vérnet y su deseo de salir de Francia.

—No se preocupe más, señora Seghers. Su nombre está en una lista que realizó el Comité de Ayuda a Escritores Estadounidenses, quienes además están dispuestos a sufragar los gastos para trasladarlos.

Como la obra literaria de Anna era reconocida en Estados Unidos y una editorial estaba especialmente interesada en publicar sus novelas, las gestiones económicas se agilizaron. Pero hubo un detalle que la obligó a regresar al consulado de México. Su visa había sido expedida a nombre de Anna Seghers, pero sus papeles tenían el apellido Radványi.

Sin perder tiempo, el 13 de diciembre Gilberto firmó una nueva visa, esta vez con el nombre de Anna Radványi.

Entre los cafés de la Canèbiere

Marsella, febrero de 1941

*M*ariano nos había convencido de aceptar unos vales para hospedaje de los que daba su consulado. Pasaron tres meses desde que llegamos a Marsella y aún no sabíamos qué hacer.

De entre las opciones, regresar a Banyuls con Arístides y Dina era la que más nos atraía. Pero como no habíamos tenido comunicación con ellos en mucho tiempo, y con el avance de los nazis en territorio francés, nos pareció peligroso. Regresar a España estaba fuera de toda posibilidad. Entre las charlas de café de la Canèbiere alcanzamos a hilvanar que el gobierno del general Franco se ensañaba hasta con los hijos de los republicanos, de tal suerte que eran encerrados en internados católicos, donde sus cuidadores insistían y machacaban todo el tiempo en que tenían que sacarles ese demonio rojo comunista de la sangre heredada *dels seus pares*. Preferible estar aquí, aunque tuviéramos que cuidarnos todo el tiempo.

Se hablaba también de otros horrores. De increíbles cantidades de hombres, ancianos, mujeres y niños que habían sido deportados hacia los guetos y a campos de trabajos forzados. De fusilamientos y comunidades enteras de judíos asesinados en cámaras de gas. Decían que el estado nazi había comenzado por arrestar socialistas y comunistas, pero que luego añadieron a judíos, gitanos y cualquier persona que se opusiera al régimen del Tercer Reich.

A pesar de haber pasado más de un año en el campo de Argelès, Francesc y yo nos resistíamos a creer en todas esas historias que se escuchaban. Porque, no obstante que las condiciones del campo fueron terribles, al menos no nos asesinaron.

Con todo, teníamos que ser muy cuidadosos en cada salida. Las patrullas de Marsella estaban atentas al menor indicio, a la menor sospecha para requerir los papeles de identidad. Cualquier duda era motivo para ser detenido o para enfrentar la burocracia francesa —ridiculizada hasta por los nazis— que con su despectivo *je m'en foute*, mandaban a volar cualquier solicitud de aclaración o ayuda y que terminaban de manera irremediable en prisiones o campos.

Y nosotros no teníamos papeles.

Capitaine Paul Lemerle

Marsella, 24 de marzo de 1941

E l día de abandonar Francia había llegado. A inicios de año, el cónsul Gilberto Bosques había firmado mi visa y la de mi hermana Ruth, con lo que mi madre decidió que dejáramos Pamiers y a la buena Fantine que nos llenó de besos y de buenos augurios al despedirnos, para instalarnos en Marsella.

Nos hospedamos en el hotel Aumage, sobre la *rue* Du Relais. Lo primero que hizo mi madre, una vez registrados en el hotel, fue inscribirme en el instituto Thiers. Era de admirar su intenso compromiso con mi educación: ¡no perdí una sola semana de clases!

—Ya entenderás, Pierre, la importancia de la educación cuando seas mayor —dijo en tono solemne.

Lo que sí comprendí en los últimos meses fue que sin la voluntad de mis papás para sobrevivir y para protegernos, quizá nuestra historia habría sido diferente. Si mi madre tuvo la tentación de abandonarse a la deriva y dejarse deportar, nunca nos lo confesó. Lo que mi hermana Ruth y yo vimos en ella, y admitimos con el tiempo, fue su gran valentía. Porque ocasiones para claudicar tuvo todos los días. Las horas de soledad lejos de su esposo; la incertidumbre que dejaban mis dudas constantes sobre cada decisión que tomaba; los arrebatos de mi hermana, hastiada de tanto huir y esconderse. Esto, por no mencionar la presión de las redadas, los delatores y la burocracia francesa con la que estaba peleada a más no poder.

Semanas después, el cónsul Bosques firmó la visa de mi padre que, ante la confirmación de que le esperaba en Marsella la visa mexicana, había sido trasladado al campo de tránsito de Des Milles.

De Marsella, mi madre obtuvo la visa para Martinica, que era protectorado francés; de la prefectura de Ariège, la autorización para viajar a México vía Marsella; la visa para salir de Francia; del cónsul Bingham en Marsella, la visa de tránsito para Estados Unidos y, finalmente, la confirmación de visto durante el embarque, que garantizaba nuestra salida del país galo.

Una vez en el muelle, había que pasar tres puestos de inspección, con tan enconada revisión que hasta el cabello examinaban para asegurarse de que no estuviera pintado. Nosotros los pasamos con algo de nerviosismo, pero confiados en que no nos detuvieran. Pero aquella mañana todo aquel esfuerzo que el consulado de México hizo para trasladar a un grupo de refugiados españoles, se vino abajo. Un par de días antes había salido un decreto que obligaba a los españoles de entre diecisiete a cuarenta y ocho años de edad a permanecer en Francia en un intento de Franco para extraditar a España a sus enemigos políticos.

Ante la mirada atónita de sus familiares, trescientos ochenta y cinco mujeres y niños abordaron el barco sin saber si volverían a ver a los esposos e hijos que dejaban en aquel puerto.

Antes de subir al carguero *Capitaine Paul Lemerle*, que finalmente nos llevaría hacia México, miré Marsella por última vez y no pude evitar elevar una plegaria por los hombres y mujeres, judíos, españoles, alemanes, holandeses, que se quedaban en ese continente.

Aquellas horas que nos robaron

Marsella, marzo de 1941

M e sentía terriblemente sola. Había días en que no podía tolerar siquiera la presencia de mis pensamientos, que invariablemente me llevaban a los días buenos. Esos días idos, arrebatados, sepultados, de aquellas horas que nos robaron.

Los días eran una sucesión de minutos vacíos, encerrada en aquella pensión que hacía las veces de cárcel. Mi cuerpo se había repuesto, había sanado, pero mi interior continuaba tan fracturado como aquel día en que *els meus pares* murieron sobre mí.

Así salí esa mañana soleada, con una añoranza tan opresiva como la oscuridad en la bodega de la estación de Cerbére. Si bien los vales de comida me proveerían de un desayuno pasable en el mesón, dudaba mucho que pudieran elevarme el ánimo. Tampoco lo haría la brisa cálida del puerto, ni el bullicio de su gente, nada.

Francesc había cambiado desde la noticia de la muerte de su tío Ferrán. Se volvió frío, indiferente. Se alejó. Las personas cambian, lo podía entender; yo también había cambiado. La alegre Mina que saltaba y jugaba en la Barceloneta había mudado a la pobre Mina de la orfandad y, de ahí, a la valiente Mina Giralt que soportó Argelès-sur-Mer.

Pero, ahora, bien podían llamarme sólo Guillermina, la que no decidía qué hacer con su miserable vida. La que se sentía terriblemente sola en un mundo gigantesco y aterrador. Ésa que no deseaba nada, que no tenía ilusión, ni alguien con quien hablar.

Estaba atrapada en aquel puerto francés, vivía de la generosidad mexicana y sin decidir todavía si pedir su hospitalidad allá del otro lado del Atlántico. Me rehusaba a ir tan lejos de mi patria como insistían Francesc y el buen Mariano cada vez que coincidía con él al ir por vales al consulado mexicano.

Tenía el deseo y la esperanza de regresar a Barcelona, a mi barrio en la Barceloneta. A mis calles empedradas y a las bancas de la plaza de San Felipe. Aunque nadie me esperara ahí, yo quería regresar a esos lugares que había dejado cinco años atrás y donde el recuerdo de *els meus pares* se mantendría vivo. Se había tendido una especie de velo sobre sus rostros cada vez más lejanos, y yo deseaba reavivarlos. Me parecía que, de ir a México, los olvidaría por completo. Olvidaría quién era yo y de dónde venía. El miedo me había paralizado la voluntad.

—*Papiers.*

Tan metida iba en mis pensamientos que no lo vi venir. El hombrecito de la policía francesa acercó a mi rostro su cara redonda y, con un agrio aliento a ajo y voz grave, me gritó:

—*Papiers!*

El asunto de Mariano

Marsella, marzo de 1941

*M*ariano era un hombre de hábitos. Se levantaba por la mañana antes de salir el sol, se lavaba meticulosamente y tomaba un desayuno ligero. El almuerzo se lo reservaba como uno de los momentos más importantes del día, y lo realizaba —estuviera donde estuviera— allá por las once de la mañana.

Nunca entendió —con el correr de los años— por qué ese día en particular había modificado su inquebrantable rutina. Ni por qué alteró el rumbo que de ordinario hacía sobre La Canebière hasta el consulado, después de entregar el abasto para las residencias, y se detuvo en el mesón de Lafayette donde servían —para su gusto— las mejores crepas de Marsella. De no ser por este caso fortuito, los sucesos de ese día podrían haber tomado otro giro. Uno más doloroso, quizá.

La mañana corría como cualquier mañana de marzo: fresca y luminosa. Mariano había estacionado el camión del consulado y se disponía a bajar cuando vio a Mina. No lo separaban de ella más que unos escasos metros, pero alcanzó a distinguir el tono airado del gendarme que le gritaba en la cara y la jaloneaba del brazo. Sin pensarlo dos veces, corrió hacia ellos:

—¿Qué sucede, oficial?

—No es asunto suyo.

La mente de Mariano corría a toda velocidad en busca de una excusa para distraer al policía que reflejaba en el rostro la determinación de apresar a esa jovencita que tenía delante.

—Oh, sí que lo es. Porque esta señorita tiene cita ahora mismo en el Consulado de México. Me han enviado a buscarla para avisarle que están listos sus permisos para convertirse en ciudadana mexicana y trasladarse en el primer buque que parta hacia allá.

—¿Tiene algún documento aquí que lo confirme?

—Como le decía, esos papeles están en el consulado. Pero podemos ir hacia allá para que usted los verifique. Aquí están mis papeles de identificación, por si tiene dudas.

Pensando en que de ir al Consulado de México se saldría de su zona de vigilancia, soltó el brazo de la joven.

—De acuerdo, pueden irse. Pero si la vuelvo a encontrar y no tiene su papelería en regla, la detendré.

—Gracias.

Mariano tomó a Mina del brazo, cruzaron la calle, subieron al camión del consulado y se alejaron de ahí.

—Mina, quieras o no, te llevaré al consulado a solicitar una visa para México o, al menos, algún papel que te identifique.

Hicieron el trayecto en silencio. Mina todavía sentía el miedo en las piernas. Por un momento, mientras miraba al gendarme gritarle, había pensado que su destino sería terminar en uno de esos insoportables campos de refugiados.

Mariano no podía dejar de asombrarse por haberla encontrado en el momento justo. De sólo imaginar la suerte de Mina, si hubiera sido detenida, se le quitó el antojo de esas crepas.

Sí. Ahora lo veía con claridad. Esa nación al otro lado del mundo la esperaba para brindarle un nuevo comienzo. Lejos de toda esa locura. Lejos de ese lacerante dolor que, si bien a ratos lograba paliar, bastaba un sonido, un olor, un recuerdo para hacerlo resurgir de entre las cenizas de su alma.

—Iré a México, Mariano. Sí iré.

Pase usted, Nicolás

Marsella, agosto de 1941

*A*lgunos de los hombres —bajo un horario autorizado por el director— ayudaban con las labores de mantenimiento en Montgrand. Algunas mujeres —también con horario— auxiliaban en labores de lavado de ropa y elaboración de comida en la residencia de La Reynarde.

Cada día llegaban a las puertas de ambas residencias más y más refugiados. El doctor Lara Pardo dirigía los servicios médicos en La Reynarde, y el doctor Mena se había hecho cargo del departamento de sanidad que se estableció de manera permanente y al que llegaban los niños con enfermedades contagiosas que se propagaban fácilmente entre ellos.

Andrajoso, sucio, tosiendo, repleto de llagas y demacrado, llegó aquel jueves Nicolás Cabrera. Había sido profesor ayudante de electricidad y magnetismo en la Universidad de Madrid, y defensor de la República. Se apostó en la entrada de La Reynarde. Elevó la mirada hacia aquella bandera desconocida y se mantuvo ahí, inmóvil, durante largo rato. ¿Qué lo esperaba dentro de aquellos muros? Había pasado los horrores de la guerra, de la batalla del Ebro, de su escape del campo de concentración de Gurs. Ahora, ¿sería ese un refugio seguro? ¿No sería otra trampa de Franco? Con todo y que se contaban todos sus huesos, y a pesar de la inanición de los últimos días, había preferido guardar el vale de comida para dirigirse de inmediato a esa casa mexicana de la que había oído hablar. En el consulado también le habían dado el permiso para ingresar a La Reynarde. Lo tenía en la mano izquierda: la derecha la había dejado en el Ebro.

No se consideraba un cobarde, pero el sufrimiento tenía sus límites y él no estaba seguro si dejarse morir ahí en aquella banqueta o entrar por aquella reja. Unos cuantos pasos los separaban.

Tras un hondo suspiro, avanzó. Despacio. Sin ánimo. Sin esperanza. Sin fuerza siquiera para dejarse morir.

A la puerta lo recibió un rostro amable. Era un guardia interno, que de inmediato mostró una placa con los colores de la bandera mexicana, pidió su nombre y miró el permiso en su mano izquierda.

—Buenas tardes, Nicolás. Pase usted. Siga por este camino sin detenerse, hasta llegar al fondo de la propiedad, donde están las oficinas de administración. Ahí lo recibirán.

El tramo que de ordinario era franqueable en diez minutos, a Nicolás le llevó el doble. No se detuvo, pero al avanzar pudo ver algunos rostros conocidos. Se encontró a Domingo, aquel compañero de armas que con gritos de entusiasmo lo saludó. Lo reconoció también Rodrigo, antiguo amigo de su barrio en Madrid, quien agitó el sombrero y se alegró de que estuviera en el castillo.

Al verlos limpios, frescos, sanos y fuertes, el peso del dolor de aquellos seis años se le vino encima, sus rodillas colapsaron y, tendido sobre el suelo, lloró angustiosamente unos minutos. Se levantó con los ojos y la nariz chorreando. La esperanza sonreía de nuevo entre aquel contraste que habitaba dentro de los muros de la residencia de La Reynarde.

Unos pasos más adelante, su primo Antonio —el alto de la familia— corrió hacia él para darle un abrazo. Nicolás sonrió luego de tanto tiempo de no hacerlo.

—Vamos, Nicolás. Te acompaño y me cuentas tus penurias.

Caminaron más despacio. Apoyado sobre el brazo de Antonio, Nicolás le mostró el muñón que tenía en el brazo derecho:

—De mi última batalla. En el Ebro.

Más adelante pudo distinguir la tierra de labranza, donde hombres y mujeres cosechaban los vegetales que utilizarían al día siguiente. Columpiado en el viento se escuchó el mugido de Mariposa, una de las vacas que proveía leche para los niños.

Antes de ingresar, lo pasaron con el doctor Pardo para el examen médico.

—Trae usted una bronquitis, mi amigo, es de extrañar que no haya causado mayores males.

El doctor limpió y desinfectó las llagas; recetó jarabe para aminorar la tos, penicilina para detener la infección en los pulmones y reposo durante algunos días.

—Yo también quiero trabajar. Déjeme ayudar en algo.

—Ya vendrá el día, se lo aseguro. Que aquí nadie está ocioso. Pero no todavía. Lo visitaré mañana para ver su evolución.

Como Nicolás sabía de electricidad, lo agregaron a la cuadrilla de electricistas para dirigirlos. Por las tardes se sumaría a los maestros de oficios. Ésa sería su contribución en las residencias de México.

Le sirvieron un plato de comida que devoró con fruición. Tras un baño caliente que relajó cada uno de sus músculos del cuerpo, tomó la ropa limpia. Nicolás se metió por la nariz el olor a jabón blanco de la camisa, con la única mano que tenía la acarició contra su mejilla, se la enfundó con alegría y continuó acariciándola todavía después. Una cama cubierta con sábanas blancas y un cálido cobertor lo acunó.

—Descansa, hermano. Descansa —le dijo Antonio en tono consolador.

—No te vayas, por favor.

Los ojos de Nicolás parecían mostrar su miedo de enfrentar las terribles imágenes que lo acompañaban todas las noches. Antonio entendió. Había sufrido también él durante incontables horas de vigilia.

—No me iré, te lo prometo. Me quedaré aquí a tu lado para ahuyentar esos recuerdos y temores que amenazan tu sueño.

Antonio cumplió su promesa. Se quedó a velar el sueño de su primo. Pero no pudo evitar evocar a sus pequeños amigos Mina y Francesc. ¿Qué habrá sido de ellos? ¿Habrían logrado sobrevivir? Sonrió al recordar a Lola, aquella fea muñeca liada con tallos de junco seco, y que tanta alegría causó a la pequeña grande Mina en su decimocuarto cumpleaños.

¿Los volvería a ver alguna vez?

Listo para partir

Marsella, agosto de 1941

*V*ista de cerca, la decisión no había sido tan difícil como le pareció todos esos años. La ilusión de iniciar una nueva vida en México junto a Francesc comenzó a tomar forma en su imaginación, y, para tener una visión más clara, quién mejor que el buen Mariano para hacerle saber cómo sería esa tierra al otro lado del mundo.

Desde ese día que la salvó de ser detenida, procuró verlo con mayor frecuencia.

—Háblame de México, Mariano. Dime: ¿allá les gusta la música flamenca y la danza de la sardana como a nosotros en España?

—Ah, pequeña. Por supuesto que nos gusta, pero en México es algo diferente. No tiene el salero de esas piezas que aquí taconean con tanto vigor. Allá más bien la música ranchera o de mariachi sale del alma, y sus bailes acompasan la alegría en un colorido vaivén de faldas ondeantes que suenan a tararatá, tararatá, tararatá, ta ra ra ta.

La petición y los papeles de Mina se arreglaron sin ningún contratiempo. Se programó su salida por Casablanca, segundo puerto de embarque de los refugiados, unos días antes que la salida de Francesc. Si bien el traslado hacia allá podía ser un poco más complicado, las objeciones para salir eran menores que en Marsella.

Durante la espera, Mina se hospedó en Montgrand. Por su edad, fue designada para cooperar en el grupo de lavado y planchado de La Reynarde. Nunca sospechó que en aquellas labores, y durante las tardes de clases a las que asistía a la escuela —una de ellas llamada Lázaro Cárdenas y la otra Manuel Ávila Camacho— donde aprendía de las costumbres de México, de su entorno social de indios y mestizos, de su geografía y de su política, encontraría la paz que tanto había anhelado su corazón fracturado. Día con día sus mejillas recobraban su color. El vestido bien planchado y almidonado, el cabello trenzado en la nuca —a la usanza mexicana— y las visitas de Mariano fueron la mejor medicina.

Aquella tarde, en que salía de La Reynarde tras haber dejado las sábanas tan blancas como las nubes de verano, su corazón dio un vuelco. Primero creyó que aquel sonido era un engaño de su imaginación. Pero al poco tiempo pudo oírlo con mayor claridad: una voz familiar la llamaba por su nombre. Se giró sobre sus talones y de inmediato lo reconoció, corrió hacia él. ¿Cómo era posible?

—Antonio, Antonio.

Corrió tan aprisa como sus piernas se lo permitieron. El sembradío de trigo mecía sus doradas olas tras la figura de Antonio. A la vera del campo se encontraron. Antes de saltar a su cuello, Mina lo miró por un brevísimo instante, suficiente para asimilar todos esos días de separación desde su huida del campo de Argelès.

Aún faltaba una hora para el llamado a regresar a Montgrand. Se sentaron sobre el camino y Antonio la mantuvo al corriente de los sucesos en el campo.

—Al amanecer de aquel día —aún anegado por la tormenta de la noche anterior— los busqué a ti y a Francesc por toda la playa. Al filo del mediodía entendí que habían huido. Supuse que Francesc te habría cargado, porque tu estado era deplorable. Imposible que anduvieras por ti misma.

Mina hizo un esfuerzo por recordar aquel día. Entre una neblina de imágenes rescató unas cuantas que la dejaron armar aquellos sucesos.

—Sí, así fue. Francesc fue muy valiente. Cruzó el campo y me llevó en brazos hasta la carretera.

—Muchos días lloré con amargura. En parte por su ausencia, pero sobre todo por mi cobardía. Porque no me atrevía a cruzar esa barrera de púas para buscar mi libertad.

Antonio recordó aquel amargo sentimiento de impotencia que lo carcomía cuando todavía no se atrevía a seguir el ejemplo de sus jóvenes compañeros. Hasta que una tarde por fin se decidió. Con la misma bravura con que tomó aquella decisión, narró a Mina las peripecias que tuvo que sufrir para mantenerse a buen resguardo fuera de los límites del campo de Argelès. Contó cómo aprovechó las noches para avanzar y los días para esconderse hasta que llegó a Marsella. Una vez llegado al puerto, un amigo le hizo saber de la oportunidad que ofrecía el consulado mexicano. Lo demás había sido travesía tranquila, hasta que le entregaron sus papeles y lo hospedaron en un mesón cerca del muelle.

—¿Y qué piensas hacer? ¿Irás a México?

—Por supuesto. Sin pensarlo dos veces. ¿Y tú?

Mina lo miró. Escudriñó aquellos ojos oscuros hasta que encontró su reflejo, y con voz dulce susurró:

—Iré también, Antonio.

Entre envidias y codicias

Marsella, octubre de 1941

*L*a Reynarde se convirtió en un lugar alegre donde la camaradería era el mejor remedio para aliviar a los hombres que llegaban con sus dolores a cuestas.

José Manuel González, el cordobés de las coplas flamencas que fue asignado como secretario del director de la residencia, Nicolás —que se había repuesto en cuerpo y alma desde aquel día en que llegó a rastras— y su primo Antonio se habían unido para formar un trío inseparable.

Se los veía juntos a la hora de comer, durante los ejercicios de gimnasia, en los conciertos, los partidos deportivos, las exposiciones de arte, los talleres de dibujo, escultura o pintura. En las clases de francés, matemáticas, historia, geografía, dactilografía, física o química. En todas las demás actividades que se organizaban los domingos en La Reynarde: peleas de box, paseos, tardes de alberca y de gimnasio.

Si algún corrillo se oía animado, con seguridad en el centro estaba aquel trío, que narraba alguna añeja historia de sus pueblos en España o aquella loable hazaña de batalla, repetida hasta el cansancio y agrandada al punto de convertirla en mito. Así emergió, irresistible y bella, la leyenda donde Nicolás dejara su mano derecha al querer detener la bala del fusil que apuntaba a su sargento a la cabeza. Valentía, coraje, más una pizca de insensatez, lo llevaron a ese acto heroico en que salvó la vida al sargento Julián Romero.

El trío —como el resto de los refugiados— en poco tiempo ganó peso gracias a que las residencias de México disfrutaban de alimento de

buena calidad y al ejercicio que les había vuelto a desarrollar los músculos acabados por las penurias alimenticias que habían sufrido durante la
guerra y su encierro en los campos.

Por las negociaciones de Gilberto con la prefectura de Bouches-
du-Rhône se consiguió no sólo abastecer a los mil doscientos refugiados, sino que el excedente de los productos que se cosechaban en La
Reynarde se vendía entre los pobladores de Marsella.

De ahí aquella hermosa foto —entre infinidad de la vida cotidiana
en La Reynarde— que mi padre capturó en el momento justo. Una
cadena de brazos y ollas de sopa avanzaba por el patio en perfecta sincronía. Siete hombres, llevaban cinco ollas sin derramar su contenido. Me
gustaba por lo que significaba: aquel trabajo hombro a hombro que había
logrado devolver al castillo su antigua dignidad.

Las tierras se aprovecharon con diferentes tipos de cultivo y las que
no se ocuparon para abastecer a las residencias se rentaron a campesinos
de la cercanía. Las dos vacas lecheras —Mariposa y Almendra— surtieron
leche para los niños y fueron la base para producir quesos y mantequilla.

Dos familias de cerdos y un rebaño de cabras encontraron espacio
suficiente para pastar sin ser molestados por aquellos animosos españoles
que no dejaban de cantar a toda hora el himno de los refugiados que
habían estrenado durante el festival del 27 de abril, en el que también se
exhibieron obras y objetos artesanales hechos por los residentes. Fue una
exposición de catorce días, en cuatro habitaciones de La Reynarde a la
que asistieron un delegado de la prefectura, el comisario de policía del
distrito, el jefe de la gendarmería, el alcalde de la comuna de La Penne, así
como embajadores y cónsules de varios países del continente americano.

Hermanos del destierro somos;
vivimos llenos de pesares;
errantes por el mundo vamos,
soñando con nuestros hogares.

Matemos nuestro sentimiento,
dejando a un lado los dolores,

y alcemos nuestro pensamiento
viviendo por nuestros amores.

En alto siempre el ideal;
hay que servirle con gran fe.
Nuestra razón ha de triunfar.
Nuestro valor se ha de imponer.

El mundo entero admira
nuestro heroísmo al conocer,
y no hay quien pueda esclavizar
a los que libres quieren ser.
¡RESIDENTES, A TRIUNFAR!

Mariano se volvió amigo del trío y de todos los refugiados. Entraba y salía de las casas en un incesante llevar y traer mercancías, aceite, granos y harina. Como algo cotidiano, esa tarde regresaba a La Reynarde con el doctor Lara Pardo cuando, en una esquina, alcanzaron a escuchar aquella conversación —que quedó registrada en el informe de clausura del director José Luis de Irisarri y Larrea— entre la guardabarrera de un paso a desnivel cercano al castillo y una amiga suya:

—¡Es increíble! ¡Ya vio lo repleta de comida que está esa camioneta!

—Sí, sí. Y no se ha enterado de lo mejor. Es raro el día en que no pase igual de cargada como hoy. Son víveres para la residencia de los españoles.

—¿Y cómo se las arreglan estos españoles para obtener todas esas mercancías?

—Es muy sencillo. Como están protegidos por el Consulado de México, reciben los víveres gracias a los barcos que envían de aquel país. Así tienen todo lo que desean.

Lo que no sabían las señoritas es que el camión iba bien lleno sí, pero de crin de caballo para rellenar nuevos colchones.

Ese día, al caer la tarde, llegaron Mariano y el doctor al castillo de La Reynarde. Se dirigieron a las dependencias de administración para reportarse con el director y narrarle la charla que acababan de escuchar. Era de preocupar que los pobladores de Marsella tuvieran una mala impresión de las residencias mexicanas.

—¿Y dice que no es la primera vez, doctor?

—No. Al parecer los pobladores creen que tenemos exagerada abundancia.

No habían terminado la charla cuando José Manuel González, el secretario que cantaba coplas, se presentó con el inspector de policía que regularmente hacía visitas para arrestar a residentes que se habían escapado de los campos de internamiento o de las compañías de trabajo.

En esos casos el director José Luis de Irisarri y Larrea, pedía a José Manuel:

—Vaya y diga a fulanito que un inspector de la policía desea verlo.

José Manuel ejecutaba la orden al pie de la letra, razón por la que los residentes jamás aparecían ante los inspectores de policía.

Pero ese día, el inspector pidió otro nombre, uno que el cordobés de las coplas flamencas jamás pensó que escucharía. El director, sin mover un sólo músculo del rostro, dijo:

—Vaya y diga a José Manuel González que un inspector de la policía desea verlo.

José Manuel no dudó un instante. Con la frialdad del más aguerrido soldado en el frente respondió:

—Señor director, José Manuel González partió a España hace cinco días.

El fin de La Reynarde

Marsella, 10 de diciembre de 1941

Al correr de los meses, la intensa actividad consular nos impidió pasar más tiempo con mi padre. Para colmo, habían recibido a inicios del mes anterior un aviso por parte de la prefectura de Marsella en la cual advertía que, a partir del primero de diciembre, no podrían disponer del castillo de La Reynarde. El motivo: la compañía Electricité de Marseille había ofrecido comprar la propiedad para dejar esas espléndidas tierras a disposición de sus empleados. La prefectura —sin dudarlo— brindó su apoyo.

Si bien las envidias y codicias habían hecho lo suyo en el ánimo de los marselleses, en ningún momento pensó mi padre —ni ningún otro miembro del consulado— que fuera motivo para perder ese espacio que tanto trabajo había costado hacer habitable de nuevo. ¿Qué harían con todos esos refugiados? Poco más de un año había pasado desde que esos desterrados de su patria habían encontrado un lugar seguro, donde poco a poco olvidaban aquellos terribles infortunios por los que habían pasado desde que cinco años atrás comenzara la guerra civil en España.

Mi padre decidió desmontar las barracas de lámina para moverlas junto con los hombres de La Reynarde al castillo de Montgrand. Los puercos fueron sacrificados, las ovejas vendidas, pero las dos vacas y las nueve cabras se trasladaron también para obtener leche para niños y enfermos.

En esos aciagos días, todos en el consulado trabajaban día y noche sin descanso. Por eso mi padre no estuvo con nosotros aquella noche.

Como Marsella era el lugar de acceso de la aviación británica hacia Alemania, nos acostumbramos a las alarmas que prevenían el paso de los aviones. La preventiva, la segunda y la gran alerta cuando los bombarderos estaban encima de los techos del puerto y teníamos que ir a los refugios.

Había que bajar al sótano por una escalerita volante, donde se hallaba la calefacción del edificio de departamentos en que vivíamos y cruzar una estrecha puerta de fierro. Después, cruzar el jardín y volver a bajar hasta llegar al refugio. Debíamos tener cuidado porque funcionaba la artillería antiaérea y las calles ya estaban pobladas de artilleros.

Esa noche me quedé en medio del jardín. No pude evitarlo. Sobre mi cabeza pasó una escuadra de avanzada que iba a soltar bengalas para señalar los puntos de bombardeo sobre Colonia. Cruzaron el negro cielo y el rugido de sus motores inundó aquel aire helado. El espectáculo era formidable. Cinco aves de metal, seguidas de otras seis que cargaban las bombas. Las ráfagas de la metralla antiaérea se esparcían para dejar tras de sí ecos que se confundían con nuevas descargas. Grandes reflectores se alzaban hacia el cielo para iluminar a las escuadras que por lo regular cargaban las bombas Tallboy, pero que, esa noche, llevaban otro blanco.

Entre los aviones iba uno distinto, especial para cargar bajo el fuselaje de su panza una bomba capaz de traspasar el espesor de cinco metros de concreto.

El rugido se hizo mayor cuando ese gigantesco pájaro pasó sobre mi cabeza. Sentí su roce. No me podía mover del jardín. Mi madre me dejó ahí. No era la primera vez que aquel espectáculo me paralizaba. En esos momentos no sentía miedo, y mi familia lo sabía. De haber estado, creo que papá se habría quedado junto a mí, con la cara al cielo. Era más bien un gran asombro ante aquel espectáculo aéreo. Animales alados que llevaban en su vientre la destrucción. Esa noche iba entre ellos un avión especial, más grande y ruidoso. Era —después lo supe— el Lancaster Special N MK1, que se dirigía a bombardear una de las bases de submarinos alemanes apostados en la costa francesa. Por un breve momento alcancé a ver, en la parte baja de su brillante fuselaje, aquella bomba Earthquake o Grand Slam que, con la docilidad de la ignorancia, iba a cumplir su cometido de fuego, gritos, horror, llanto, desesperación y muerte.

Hasta que la estela de la tercera alarma y el ruido de los motores se desvanecieron, subí a nuestro piso.

Era cerca de la medianoche cuando mi padre finalmente llegó. Cansado y abatido se dejó caer en un sillón.

—¿Qué sucedió, Gilberto? —dijo mi madre.

Sin sacudirse la pesadumbre del rostro nos narró el motivo de su tristeza.

Poco después de acabar los pendientes en el consulado, mi padre estaba en uno de los cafés de La Canebière a donde un jadeante Mariano llegó a pedirle que fuera de inmediato a la residencia de Montgrand.

Con toda la velocidad que el automóvil podía desarrollar se dirigieron hacia el barrio de Saint Menet. Mariano iba adelante con Francisco Sánchez. Mi padre, en el asiento posterior. Largos minutos —durante la mayor hora de tráfico en Marsella— transcurrieron hasta llegar a Montgrand. El castillo estaba rodeado. Guardias a caballo, la gendarmería y el ejército francés cuidaban la propiedad para que nadie entrara o saliera por sus puertas ni por sus muros.

—Soy el cónsul Gilberto Bosques Saldívar. Esta residencia es territorio mexicano y tengo derecho a entrar.

Los dos hombres de a caballo se movieron para dejar pasar el automóvil. Al llegar al edificio de administración mi padre se encontró con el director José Luis de Irisarri y Larrea, sometido por miembros del ejército.

—¿Me puede explicar qué sucede aquí? —dijo al oficial a cargo.

—Son órdenes directas del gobierno de Vichy.

—Su presencia aquí dentro contraviene el acuerdo francomexicano.

—Lo siento, pero yo tengo claras indicaciones que cumplir.

Afuera, en aquel patio central blanqueado apenas por una fina capa de nieve, trescientos hombres de entre diecisiete y cuarenta años se miraban, atónitos, unos a otros.

Minutos antes, todavía disfrutaban de la seguridad de la residencia mexicana. Ahora, con la incertidumbre en el rostro, aquellos trescientos se resistían a ser trasladados a ese tren que los esperaba en la estación de La Penne-sur-Huveaune para enviarlos a las compañías francesas o a los campos de trabajos forzados en Alemania.

El pequeño Angelito

Vernet-les-Bains, abril de 1942

Los niños eran una gran preocupación para mi padre. Los de Montgrand, los que deambulaban por las calles de Marsella y los de otros albergues. Por eso no dudó ni un momento en brindar su ayuda cuando los cuáqueros del American Friends Service le solicitaron apoyo financiero para los niños de la casa de recuperación que habían instalado en el hotel de aguas termales d'Angleterre.

El albergue cuidaba a niños en mal estado de salud, huérfanos, niños internados con sus padres en el campo de Rivesaltes. La estancia era corta. Sólo lo indispensable para lograr su recuperación y dar espacio a otros pequeños que necesitaran atención urgente.

Con el dinero que envió mi padre, setenta niños españoles fueron atendidos por el doctor Daniel Chapman, un mexicano de buen corazón que se había ofrecido a ayudar —al iniciar el éxodo republicano— en los albergues infantiles. Entre esos niños estaba Angelito, aquel pequeño que, tras quedar solo, se aventuró durante el invierno a través de la nieve de los Pirineos. Lo encontraron aterido de frío, con ropa inadecuada para enfrentar las ventiscas y los aires helados de la cordillera y con sus pequeños pies congelados por andar entre aquellas montañas. Cuando mi padre lo vio, la mirada se le endureció. De inmediato llevaron a Angelito al Hôtel d'Angleterre pero poco pudieron hacer por él.

La caída de Montgrand

Marsella, mayo de 1942

S in recuperarse del todo de aquel golpe dado a los refugiados, y con el temor por la suerte de los niños de Montgrand, Gilberto envió hacia Niza a Edmundo González Roa. Una nueva búsqueda para abrir una colonia de niños en caso de que la residencia de Montgrand fuera confiscada también. Esa previsión no fue en vano.

El espionaje de Urraca, apoyado por la policía de Vichy y la Gestapo, rindió sus frutos. Esas residencias de rojos indeseables —como las llamaban—, focos de resistencia, tarde o temprano serían borradas del todo.

A mediados de mes, Gilberto recibió una notificación por parte de la propietaria del castillo. Informaba que el contrato por concluir en junio sería rescindido. A partir del primero de julio la residencia seguiría abierta, pero bajo el dominio de la Asistencia Nacional.

Sólo algunos refugiados pudieron permanecer ahí durante aquel otoño de 1942. Los cuáqueros respondieron al llamado y decidieron hacerse cargo de diez excombatientes mutilados —ahí iba Nicolás— y de treinta niños españoles en otro centro que abrieron en Bouches-du-Rhône.

Entre los que se quedaron en Montgrand, estaban Mina y Francesc. Antonio y José Manuel González habían sido llevados a los trabajos forzados.

Cumpleaños solitario

Marsella, agosto de 1942

*M*ina estaba por celebrar un nuevo cumpleaños. Diecisiete, la edad en que todo es ilusión. Un cumpleaños solitario en Montgrand, pero iluminado por la esperanza de ir a México.

Mariano le había ayudado a arreglar toda su documentación. Partiría en noviembre en un barco llamado *Champlain*. Aunque ese día no había estado con ella, poco importaba. Su nuevo destino iba a traerle una nueva vida. Un paraíso, como lo llamaban.

Nuevo nombramiento

Marsella, 21 de agosto

*E*l presidente Ávila Camacho nombró a Gilberto Bosques como encargado de negocios de México en Francia —para sustituir al general Aguilar como embajador— por lo que a los dos días se mudó a Vichy y suspendió sus actividades consulares en Marsella, aunque el consulado aún funcionó.

Desde ese día, el embajador Gilberto Bosques iba y venía entre las dos ciudades sin perder el deseo de estar con la familia, a pesar de la carga de trabajo.

La *razzia*

Marsella, agosto de 1942

Me dirigía al consulado a ayudar a Lucita con las fotos de los refugiados, cuando al pasar frente a la charcutería en la *rue* Bonneterie —ese lugar de embutidos que tanto me gustaban— vi que un grupo de soldados nazis tenían cercados a dos treintenas de hombres, mujeres y niños judíos. Los tenían muy juntos sobre la banqueta. Rodeados por los fusiles de los soldados, se mantenían como un rebaño asustado. Cierto era que había visto cómo humillaban a uno o dos judíos en las aceras de París, pero nunca había visto a un grupo de ellos sometido de esa forma. Eran muchos contra pocos. Claro que esos pocos eran quienes portaban las armas. Pero los judíos eran más. ¿Por qué no se defendían? No pude moverme. Desde una distancia prudente los miré con detenimiento. La indiferencia en los rostros de los soldados mientras se paseaban delante de ellos me indignó. Parecía que para los soldados aquel grupo de hombres, mujeres, ancianos, niños, que tenían delante, no existiera. Como si no fueran personas que hacía poco habían sido sacadas a la fuerza de sus escondites. Detenidos porque tal vez formaban parte de los intelectuales alemanes perseguidos por la Gestapo o quizá por alguna denuncia.

No importaba la razón. La *razzia* los encontraba por igual.

Detuve la mirada en una joven de mi edad, que por su aspecto podría haber sido yo. Miraba el suelo sin mover un solo músculo. ¿Qué pensaría? ¿Qué futuro tendría desde ese momento? Un escalofrío me recorrió la espalda ante aquel pensamiento. Mientras fingía estar interesada en el aparador —para no llamar su atención— miré de reojo a los soldados. Seguía sin entender esa indiferencia. Podía imaginar el odio encarnizado que hace obrar locuras. Pero aquellos soldados charlaban entre sí. Quizá se preguntaban si la cena les había caído pesada, o si habían recibido carta de esa linda novia que los esperaba en la más bella comuna de Alemania. Pero había una fuerza dentro de mí que por poco me obliga a cruzar la calle para increpar a esos soldados.

Llegó un camión abierto en donde los subieron. Continué clavada a la acera y evité la mirada de los soldados mientras vi que aquellos, los conducidos a algún campo de concentración, se cobijaban unos a otros con ojos tristes.

Al alejarse el camión, di media vuelta. Volví sobre mis pasos. "Otro día ayudaré a Lucita", pensé. Otro día iría a ver cómo tomaba sus fotografías a los refugiados que habían corrido con la suerte de llegar al Consulado de México. Pero ese día no me sentía con ánimos más que de regresar a casa, de ver a mamá, de abrazar a mis hermanos.

Un destino para Mina y el *Serpa Pinto*

Marsella, 10 de septiembre de 1942

*M*ariano me recogió muy temprano. Mi pequeña maleta guardaba un par de mudas de ropa, a Lola, mi muñeca de paja y el pendiente de aguamarina de mi madre. Sólo ese pequeño objeto me recordaba quién era, por lo que decidí sacarlo de la maleta y colgármelo en la oreja derecha. Así podría acariciarlo para invocar a *els meus pares* en el caso de que, una vez a bordo, el temor, la nostalgia o cualquier otro sentimiento me turbara el ánimo.

De Antonio me llevaría —al igual que *dels meus pares*— solamente su recuerdo. A Francesc esperaba verlo en México.

—¿Vas nerviosa, pequeña?

—No te imaginas cuánto, Mariano.

—Te buscaré en México. La familia que te va a recibir es gente muy buena; estarás bien, ya verás. Cuando llegue allá, prometo que te buscaré. Te llevaré a recorrer la ciudad en tranvía, y a comprar los más deliciosos bizcochos de la ciudad y a mirar una película de Cantinflas y...

—¿Y mientras me escribirás?

—¡Eso tenlo por seguro!

Nos despedimos en el muelle de Casablanca. Subí la escalerilla para abordar el *Serpa Pinto*, llevaba a cuestas la ilusión de la nueva vida que me esperaba en México, pero arrastraba a la otra, a aquella otra vida que no se resignaba a quedarse atrás. Esa vida pincelada de momentos dolorosos y alegres que, en su mezcla de tonos y colores, formaba mi retrato. Porque,

¿qué otra cosa somos sino la suma de todos esos instantes que al rojo nos marcaron? ¿Qué más que esas brevedades de contrastados recuerdos? Iba a iniciar una vida nueva, sí. Pero, ¿cómo se inicia una nueva vida?

La presión de los pasajeros que subían tras de mí me sacó de aquellas cavilaciones. De inmediato busqué en la cubierta de popa un lugar desde donde poder mirar a Mariano. El resto de pasajeros pensó lo mismo. Las barandillas se atiborraron con brazos agitados al aire. Cientos de pañuelos ondeaban sus despedidas, enviaban besos dulces, besos fraternos, besos apasionados. Mi voz se perdió entre el griterío, pero Mariano seguía ahí, apostado a la vera del muelle; sonrió satisfecho de verme partir —por fin— a su tierra mexicana.

Me quedé ahí hasta que perdí de vista el puerto. Atrás quedaban mi tierra, mi ciudad, mi barrio. Atrás quedaba aquel continente ensangrentado.

Veinte días de travesía me separaban de mi nuevo hogar. Era difícil pensar en soltar las amarras de mi pasado. ¿Cómo sería México? Aunque Mariano me había hablado infinidad de veces de su natal Izúcar de Matamoros —ese lugar con el nombre más extraño para llamar a una ciudad o población—, del pan dulce de su abuela y de unas gordas de nata que "tienes que probar porque no hay nada mejor en el mundo"; de la gran capital —que se llamaba igual que el estado y el país—; de ese lugar al centro de un enorme valle flanqueado por volcanes y montañas donde encontraría finalmente algo de felicidad, yo no podía sacudirme el miedo.

Aquel primer día de octubre, en esa mañana soleada, miré el puerto mexicano que llamaban Veracruz.

Sobre el muelle, agitando un pañuelo de blanco encaje al vuelo, me esperaba el matrimonio Alcocer —Rita y Armando, se llamaban—, quienes me recibieron desde ese día como su hija.

Su única hija venida de España a curarse sus heridas.

Fueron muy amables —demasiado tal vez para el trato al que estaba acostumbrada—, por lo que la prudencia me indicó cierto recelo ante aquellos pares de ojos, sonrisas y abrazos que me causaron cierto agobio.

Intenté devolver las sonrisas, pero no era tiempo aún de nada más. No podía dar otra cosa todavía.

Quizá más adelante, con el trato, con el correr de los días Guillermina Giralt lograría rescatar a aquella niña alegre y traviesa, de gran nariz y piernas flacas que corría por el barrio de la Barceloneta.

Por ahora, caminar por esas calles del puerto de Veracruz donde no había soldados, ni armas, ni tanques, ni aviones, ni alarmas, ni bombas, ni muerte, ni terror, ni más llanto era —para mí— un verdadero paraíso.

El nuevo rostro de mi padre

Marsella, octubre de 1942

E l lado oscuro de mi padre lo conocí en uno de sus ires y venires entre Vichy y Marsella.

Desde el verano, cuando México había declarado la guerra a Alemania y a los países del Eje por el hundimiento —a cargo de submarinos alemanes— de sus petroleros *Potrero del Llano* y *Faja de Oro*, la tensión podía sentirse en cada poro y se metía en nuestras cabezas permanentemente. Lo mismo le sucedía a cada uno de los habitantes —refugiados o no— de Francia. Los paseos se hicieron menos frecuentes. Mis hermanos y yo salíamos a la escuela y de ahí nos volvíamos al piso. Las noticias de la guerra cada vez eran más terribles, hasta el punto en que yo no quería escuchar ni saber nada más.

Pero esa noche, reunidos a la mesa para cenar, el silencio se rompió con el anuncio de mi padre.

—Voy a solicitar la ruptura de relaciones entre México y Francia.

Nos miramos aturdidos por unos instantes. Mi madre se tomó su tiempo antes de dar su opinión a mi padre.

—¿No te parece una medida excesiva?

—¿Excesiva? En absoluto. Excesivo me parece —y comenzó a subir el tono— la cooperación de Pétain y de ese gobierno titiritero manejado por Laval, que desde el verano ha fichado, obligado a portar con ignominia la estrella amarilla y detenido a cerca de diecisiete mil judíos: ¡solamente en Francia!

—Tranquilízate, Gilberto.

—No puedo tranquilizarme, María Luisa. No cuando esta situación toma tan tremendas proporciones. Alemania, Polonia, Austria, Bélgica, los Países Bajos, Noruega, Hungría, Rumania, Italia, el norte de África, Grecia, Yugoslavia, Checoslovaquia. ¿Tienes idea de cuántos judíos han sido enviados a campos de concentración por las presiones del gobierno alemán? ¿Sabes qué harán con ellos?

Ni Teté, ni Gilberto, ni yo, movíamos un solo músculo. Parecía que papá y mamá se habían olvidado de nuestra presencia y nosotros, perplejos, asistíamos a un fenómeno que no habíamos visto antes en la personalidad de mi padre.

—No lo sé, Gilberto. ¡No lo sé!

—Los van a exterminar, María Luisa. Lo han comenzado a hacer. Cientos de miles. Millones —quizá— de judíos que no han cometido ningún delito y que han condenado a morir. Hemos recibido informes de grandes fosas comunes, de crematorios, de cámaras de gas, de fundas y colchones rellenos de cabello judío.

Teté y yo nos miramos. Volteamos a ver a Gilberto y encontramos también en su mirada esa terrible repulsión ante lo que acabábamos de escuchar. Un calor se generó en mi vientre, me subió por el estómago y se atoró en mi garganta antes de gritar:

—¡Mejor que los maten a ellos! ¿Cómo pueden hacer algo así?

Me levanté de la mesa de un salto y corrí a mi habitación. Mis hermanos se quedaron ahí. No podía dejar de pensar en aquel camión de judíos que vi frente a la charcutería. Sus rostros hirieron mi memoria al conocer ese espantoso destino al que habían sido llevados.

Un golpe suave a la puerta me trajo de vuelta.

Su semblante era el de siempre.

—Papá —me escondí en la amplitud de su pecho—. Es tan terrible.

—Lo sé, Laura. Perdóname por haberlos inquietado.

—Está bien.

Al día siguiente, mi padre solicitó al presidente Ávila Camacho la ruptura de relaciones diplomáticas con Francia.

La danza del estornino

Casablanca, noviembre de 1942

*M*ás de un año había pasado desde aquella tarde en que para alegría de Francesc, Mina se convenció de ir a México. Un año de espera tras los preparativos que Mariano y el Consulado de México habían hecho para Mina y para él.

Francesc y Mariano se despidieron en el muelle con un gran abrazo. Mariano se dejó ganar por la emoción. Ya había dejado ir a Mina y la despedida del joven le resultaba más difícil.

Desde la baranda del *Champlain*, Francesc agitó su sombrero hasta que el muelle de Marsella se convirtió en un punto diminuto en la lejanía del aquel océano que lo separaba de su vida anterior.

Lo acomodaron en una gran bodega que se había habilitado con camastros, y donde dormían hombres y niños. El vaivén del barco lo arrulló hasta sentir una deliciosa pesadez. Un niño de ojos negros enormes, tendido en la cama de al lado, no quitaba su vista de encima de él. Francesc sonrió y se durmió profundamente.

La mañana del quinto día —aún de madrugada— Francesc subió a la cubierta de popa a tomar aire fresco. Había dormido profundo durante la noche anterior. No sentía miedo. Le gustó ver la estela que se formaba tras el barco con su cadencioso andar. Las nubes cubrían una parte del cielo y los primeros rayos se asomaron. Fue entonces que lo vio: era el reflejo de un gran ojo de metal que salía por entre el oleaje. Lo miró fijamente por unos breves momentos y al siguiente instante ya no estaba ahí. Simplemente había desaparecido tal como apareció: de la nada.

Walter Shultz miró a través del periscopio en espera de los primeros rayos del sol. El letrero del barco —*Champlain*— que transportaba refugiados hacia México se distinguía por completo. Desde una de las cubiertas de aquel navío un joven le devolvía la mirada. ¿Qué hacía alguien a esa hora en cubierta? Su rostro tenía la serenidad de quien nada teme. Sin poder evitarlo sintió cierta pena. En los seis meses que había servido en el submarino, se había acostumbrado a acallar esos sentimientos que lo hicieron llorar la primera vez que torpedearon un barco. No supo qué había en la mirada del muchacho que lo hizo sentir tan mal. Vaciló un momento antes de informar al comandante que estaban en posición. Esperaba que una contraorden frenara la inmersión y continuar simplemente siguiéndolos a la distancia como habían hecho con el mismo barco el mes anterior.

—Comandante: estamos a tiro de torpedo.

Francesc no supo qué era aquel ojo de metal, pero de cualquier manera creyó importante informar a algún oficial del barco lo que había visto. Los demás pasajeros salían a cubierta también. Se abrió camino, preguntó aquí y allá, si alguno sabía dónde podía encontrar a algún oficial.

—En el puente —decían—. En el puente.

Francesc no tenía idea de dónde estaría el puente ese al que se referían, pero supuso que era en lo alto del barco. Tras subir y bajar un par de escaleras, finalmente lo encontró.

Una parvada de estorninos lo distrajo. Su vuelo formaba las más variadas figuras, siempre en perfecta sincronía. Durante unos minutos admiró la danza que sobre lo más alto del cielo formó una gran nube primero, después se dividió en dos para convertirse en un inmenso corazón, se alargó como flautín, se extendió como velo de novia y luego formó un sombrero, una pluma de ave, un túnel de acinturadas espirales. Los estorninos descendieron a ras del océano en ese viaje migratorio que cada año hipnotizaba con su baile a quien lo quisiera ver y que lo tuvo ahí de pie, inmóvil, hasta que recordó su cometido. No alcanzó a ver a uno de ellos que se alejó de la parvada, hasta que se acercó y por un breve instante lo miró antes de regresar al murmullo de los suyos.

Tomó el barandal de la escalerilla. Iba a medio camino cuando una fuerte sacudida lo hizo perder el balance. Algo había impactado al barco. No había duda. ¿Pero con qué podría chocar en medio del océano? Se oyeron gritos. Una nube de humo se elevó desde la parte trasera del navío. El segundo impacto llegó mientras alcanzaba lo alto de la escalera.

Un estruendo aterrador inundó el aire. El destello fue fulgurante. La sacudida lanzó a Francesc hacia el mar y miles de pedazos de bote cayeron a su alrededor.

Quiso mantenerse a salvo. En vano intentó alcanzar un pedazo de madera de las que flotaban a unos metros de él. Alcanzó a ver cómo el barco —en apenas unos minutos— se sumergía. Pudo ver a algunos aferrados a los tablones que él no pudo alcanzar.

El oleaje crecía con violencia desde su helada entraña. Lo elevó, lo hundió en un juego interminable que agotó sus brazos, las piernas y su voluntad.

No pasó mucho tiempo cuando el agua helada lo envolvió como aquella noche en Cap Béar. Su aliento frío se impregnó en cada parte de su cuerpo y cortó su respiración.

Recordó a sus padres. Recordó a sus compañeros. Recordó a Mina, su Mina.

Un pozo hondo de infinita oscuridad se apareció debajo de él, en sus costados y sobre su cabeza hasta que lo cubrió todo.

Silencio. Podía oír el silencio.

Sin poder luchar, su cuerpo se adormeció, suave, lenta y completamente.

Una gran bocanada de agua colapsó ese último aliento de terrible espanto.

Y Francesc cerró sus ojos en aquellas frías aguas del Atlántico.

¿Cuánto vale un recibo?

Vichy, 12 de noviembre de 1942

E l día anterior Gilberto había redactado una nota de formal
ruptura dirigida a Pierre Laval y habían quemado los archivos que podían hacer peligrar a los refugiados. En ellos estaban los datos de las visas otorgadas, de las transacciones y
beneficiados con los fondos de la JARE. En ausencia de Laval, la recibió
Ernest Lagarde, director de asuntos políticos y comerciales del Ministerio
de Asuntos Internacionales, quien le había asegurado la salida de Francia de
los miembros de las misiones diplomáticas y consulares de México.

Durante las primeras horas de esa tarde, Gilberto y Gabriel Lucio
—su primer secretario— se afanaron en descifrar un telegrama de la embajada de Suecia, para transcribirlo y enviarlo a la Secretaría de Relaciones
Exteriores de México.

El telegrama urgía a que entregaran los archivos de la legación
mexicana para hacerse cargo de sus intereses, que la situación en Vichy
adquiría matices de extrema gravedad.

Los cancilleres Assimans y Zapata esperaban para escribir el mensaje
a máquina cuando al unísono los sobresaltaron el timbre del teléfono y
repetidos golpes a la puerta. Assimans levantó el teléfono y Zapata abrió.
Un grupo de cuatro miembros de la Gestapo, encabezado por un oficial
militar, el capitán Niggerman, irrumpió con violencia.

—*Wer ist verantwortlich für die Mission?* —gritó el oficial.

—¿Quién está a cargo de la misión? —repitió el traductor y continuó—: todos ustedes, desde ahora, están bajo la jurisdicción del ejército

alemán. No podrán abandonar este sitio. Lo mismo aplica para los demás locales utilizados por la legación.

El oficial recorrió a los mexicanos con la mirada. Las armas alemanas apuntaban; los ojos detrás de ellas no parpadeaban.

—Tengo instrucciones de mis superiores —dijo el capitán mientras se paseaba con tranquilidad— de inspeccionar y confiscar todos los documentos de la legación.

—Este procedimiento es inadmisible —dijo Gilberto con energía.

Gilberto no estaba dispuesto a ceder ni un solo centímetro de lo que consideraba su mayor responsabilidad: los archivos de la legación que no habían alcanzado a quemar.

—¿Inadmisible?

—Representa una violación al derecho internacional, capitán. Estamos en un local protegido por el derecho de extraterritorialidad en un territorio bajo la jurisdicción del gobierno francés, que acaba de reafirmar que la legación mexicana gozaría de las debidas garantías.

—Lamento lo sucedido, *herr* Bosques, y entiendo la resonancia que esto pueda tener, pero el Estado de Guerra nos obliga a pasar por encima de toda clase de derechos. Le pido que pase al local de al lado hasta que termine la inspección y me deje cumplir mis órdenes.

—De ninguna manera dejaré este lugar.

El oficial, con fastidio, decidió dejarlos en el cuarto y comenzó su inspección. Sobre el escritorio estaban los códigos y el telegrama de Suecia que aún no acababan de descifrar. A la par, los demás locales se inspeccionaban también.

Casi dos horas habían transcurrido, cuando el canciller Martínez-Baca regresó de algunas diligencias ante el Ministerio de Asuntos Internacionales y, para aprovechar que no había sido notificado —con el resto— de que no podía abandonar el lugar, Gilberto pidió —en español— que regresara de urgencia al Ministerio para avisar lo que sucedía, pedir la intervención de las autoridades francesas ante la violación que se llevaba a cabo y hacer valer sus garantías.

—De ahí vaya con el cónsul de Suecia para pedir su intervención en este asunto, dado que México le ha solicitado se haga cargo de sus intereses.

El canciller regresó una hora más tarde tan sólo para informar que el gobierno francés lamentaba no poder hacer nada al respecto y que los suecos harían todo lo posible por detener ese atropello.

La inspección terminó y los documentos de interés fueron extraídos por los alemanes.

—*Herr* Bosques: abra la caja fuerte.

—Me niego rotundamente.

—¿Qué hay en su interior?

—Dinero para protección de los refugiados.

El capitán lo pensó un momento y repitió:

—Ábrala. Tengo que verificar su contenido.

—Supongo que no vienen ustedes a apoderarse del dinero. ¿O sí? ¿A eso vienen?

El capitán arrugó la frente y con tono de disgusto dijo:

—¿Sabe? Prefiero estar en el frente, en lugar de dedicarme a una misión como ésta. No vamos a tomar el dinero. Pero daré instrucciones de subirla al camión y abrirla en nuestro cuartel si no me obedece en este momento. He dicho que el dinero no nos interesa.

Los miembros de la Gestapo se molestaron. Hablaron entre ellos, mientras caminaban inquietos por la habitación. El comentario del capitán no les había parecido nada oportuno, y la actitud del embajador era insolente. ¿Quién se creía que era ese Gilberto Bosques para cuestionar la autoridad del Reich? Decidieron mejor consultar. Desde el teléfono de la legación, llamaron a sus superiores para informar de la existencia del dinero y la actitud del encargado de la legación mexicana. La Gestapo exigió la incautación de los fondos.

—La abriré entonces, pero deberá darme un recibo —exigió Gilberto.

Al escuchar esa respuesta, los miembros de la Gestapo que acompañaban al capitán se indignaron más, treparon sobre los escritorios y, con furia, replicaron que no estaban ahí para dar ningún recibo. La discrepancia con el oficial del ejército era evidente.

La caja se abrió. El más alto de los miembros de la Gestapo se inclinó hacia su interior y comenzó a sacar su contenido. Sus ojos se agrandaron con el brillo de la codicia. Los otros tres auxiliaron la maniobra hasta dejar aquella caja completamente vacía.

Gilberto y el capitán Niggerman se habían replegado en la mesa de un rincón del local para redactar el recibo y esa dura protesta que el embajador mexicano había exigido.

—Le firmaré el recibo, pero le ruego que suavice el texto de su protesta.

—¡Todavía se atrevía ese hombre a protestar! —dijeron los de la Gestapo entre sí.

Los miembros de la legación se miraban sin creer que el embajador hubiera corrido el riesgo de ser detenido o —lo que era peor— fusilado por exigir esas demandas. Miraron al suelo y esperaron lo peor. Los de la Gestapo vociferaban airados y amenazantes.

Entre todo aquel alboroto Gilberto no pudo dejar de reconocer la integridad del capitán que había demostrado ser un caballero, un hombre que conocía del honor y del valor de la palabra empeñada. Sin pensarlo mucho, cambió el tono de la protesta y asentó los fondos incautados: seis millones ciento ochenta mil setecientos cincuenta y siete francos con cincuenta centavos pertenecientes a los fondos de los refugiados españoles, setecientos dólares en oro, ciento tres dólares y tres mil seiscientos ochenta y dos francos en billetes franceses y fondos que habían sido cambiados por oro y traídos de Suiza para la repatriación de los mexicanos.

El capitán Niggerman estampó su firma, y el destino de muchos, en aquel pedazo de papel que Gilberto tuvo a bien guardar en el bolsillo interior de su saco con absoluta precisión.

Pasadas las 8:30 de la noche, el jefe militar alemán les hizo saber que se podían retirar a sus domicilios, donde seguirían bajo su autoridad, que los locales de la legación quedarían bajo su custodia hasta las primeras horas del día catorce cuando terminaran la inspección y que, bajo ninguna circunstancia, podían abandonar Vichy.

Los alemanes se llevaron todos los archivos que se iban a entregar a la legación de Suecia, pero dejaron los paquetes que Dolores de Rivas Cherif, viuda del presidente Manuel Azaña, les había dado a cuidar tras la muerte de su marido. Cinco paquetes con la obra literaria inédita del presidente Azaña y objetos de valor en una maleta de cuero que los alemanes no consideraron de importancia para su inspección.

Gilberto salió del edificio con temor de ser interceptado para quitarle el recibo. Se escabulló entre las callejuelas de Vichy hasta que se cercioró de que no era seguido. Entró al hotel donde se alojaba el ministro de Suecia. Tocó a su puerta y, a título personal, pidió que resguardara el escrito.

—¿Cómo hizo usted para conseguir este documento? Este recibo compromete gravemente a las autoridades alemanas. ¡Lo que hicieron fue un robo!

La legación de Suecia se haría cargo de la ayuda a los refugiados que, hasta ese día, había administrado el Consulado de México, con la esperanza de recuperarlos.

Al capitán Niggerman —denunciado por los miembros de la Gestapo—, ese recibo que aceptó firmar por honor, le costó que al cabo de algunas semanas fuera citado ante un consejo de guerra del alto mando alemán y fusilado al amanecer del día siguiente.

¡Volved a España!

Amélie-les-Bains, enero de 1943

L a velocidad de los sucesos nos envolvió a todos. Al día siguiente del cierre de los locales de Vichy y de Marsella, mi padre recibió una nota por parte de un representante de Laval en que notificaban que los cuarenta y dos miembros del personal diplomático mexicano, más tres niños menores de tres años, iban a ser transferidos a Amélie-les-Bains —una comuna situada cerca de Banyuls y Argelès— mientras se tramitaban las negociaciones para su regreso a México.

Con la angustia de saber que los locales de la legación en Vichy y del consulado en Marsella habían sido cerrados —y los diplomáticos detenidos— los refugiados comenzaron a desesperar. De México dependía la organización de la ayuda que recibían. ¿Qué pasaría ahora con ellos? La lista de hombres, mujeres, niños, de familias enteras alojadas en hoteles, pensiones, albergues; de auxiliados con bonos de comida, con la atención médica que brindaba el consulado hasta en los mismos campos de concentración era amplia, demasiado, como para cortarla de tajo.

La inquietud de no contar con el apoyo económico para su sustento se sumó al futuro incierto. La esperanza de nuevos embarques hacia México se tornó en quimera. De un día al otro, aquellas personas vieron cómo se esfumaba la seguridad que gozaban. Quedaban en la más completa sumisión frente a aquel poderío alemán instalado en toda Francia.

Dos días después de ser notificados, nos trasladaron al Hôtel des Thermes. No fuimos los únicos: las delegaciones de Cuba, Guatemala y

Nicaragua recibieron el mismo trato. Días más tarde, los cónsules de El Salvador y de Santo Domingo fueron también conducidos a Amélie-les-Bains.

Al hotel llegaron cartas que sólo reflejaban agobio, temor, anhelos de esperanza que suplicaban a mi padre una ayuda que ya no les podía dar.

Sin embargo aquella tarde que recibió la carta de la colonia de niños de Vernet-les-Bains, se dejó caer en un sillón. Todavía con la carta en las manos, nos dijo con pesadumbre que los cuáqueros iban a tener que reducir su ayuda de quinientos a trescientos cincuenta niños.

—¿Qué harás, papá?

—Hablaré con Lowegren —encargado de negocios de Suecia, que con cualquier motivo se sonrojaba— sobre la urgencia de continuar el apoyo económico a la colonia de Vernet-les-Bains.

Estados Unidos entró en guerra con Alemania y Vichy amenazó a los cuáqueros con la disolución de las colonias.

Fue entonces que los letreros aparecieron en los refugios, pensiones y en los campos de internamiento: ¡VOLVED A ESPAÑA! ¡ESPAÑA LOS ESPERA!

Volver a casa. Volver a casa. Ése era también nuestro anhelo. Aunque mamá, Gilberto, Teté y yo estábamos seguros de que mi padre nos llevaría de regreso, sabíamos también que no todo dependía de él. Nos había hecho saber que la guardia francesa puesta todo el tiempo junto a nosotros estaba ahí para nuestra protección, pero no estábamos tan seguros de si era para protegernos o para vigilarnos.

Para fines de noviembre, la legación de Portugal en Vichy tenía las solicitudes de visa de tránsito para que pudiéramos partir a México vía Lisboa. Hans K. Frey —el agregado en Vichy de la legación sueca— había hecho las veces de mediador entre Francia y México para lograr el intercambio de las misiones diplomáticas y consulares de ambos países. El gobierno mexicano estaba dispuesto, pero el de Pétain dependía de las decisiones del ejército de ocupación. El tiempo corría sin lograr una respuesta, y nosotros desesperábamos por momentos.

Cada día nos decían que ya estaban las negociaciones en la mesa para nuestro retorno, pero así pasaron las semanas en aquella comuna de los Pirineos orientales. Nos daban permiso de salir a cierta hora: una caminata para tomar aire fresco, pero siempre observados por la policía francesa.

Durante aquellos oscuros y fríos días noté, por primera vez, una honda preocupación en mi padre. No creo que no hubiera sentido antes temor, debió haberle acompañado durante su época de revolucionario. Ahora no era ese miedo al que mi padre se sobreponía, era algo distinto. Esta preocupación era por nosotros al no protegernos como lo deseaba, como creía que era su deber.

En esos días entregó al alcalde de Amélie-les-Bains veintisiete mil novecientos francos que las misiones diplomáticas habían reunido para apoyar a los indigentes de la ciudad.

Había enviado a través del cónsul de México en Berna y del encargado de negocios de Cuba en Portugal cartas y telegramas a la Secretaría de Relaciones Exteriores de México para solicitar con urgencia que lograran su liberación. Todos sus intentos terminaron en promesas.

Al año viejo siguió el nuevo. Un año que iniciábamos sin la esperanza de volver a México.

Si antes habíamos entendido la situación de aquellos cientos de miles de refugiados, de los perseguidos por sus creencias religiosas o por su ideología, ahora compartíamos con ellos la misma condición. Nos sentíamos abrumados por ese terrible sentimiento de no saber qué iba a suceder con nosotros, por ver escapar la libertad de nuestras manos. La inmunidad diplomática no valía nada para nuestros captores. En esos momentos estábamos desprotegidos y a merced de la voluntad del gobierno alemán, para el que un grupo de mexicanos no era motivo de atención urgente.

Esa mirada de chocolate

Amélie-les-Bains, enero de 1943

La nieve blanqueaba la ciudad y la entrada del hotel. El automóvil con la banderilla de la legación sueca llegaba, por lo que deduje que traerían buenas noticias.

Bajé las escaleras de dos en dos para buscar a mi padre, se calentaba las manos en la chimenea junto al lobby del hotel.

—¡Papá, papá! ¡Viene el señor Lowegren!

Ese día, el señor que siempre parecía estar sonrojado, lucía pálido. Saludó a mi padre y me dirigió una inclinación de cabeza.

—Tenemos que hablar, señor embajador —dijo a mi padre.

Mamá terminaba de retocar su peinado frente al espejo. Había envejecido desde que llegamos a París hacía cuatro años, pero en los últimos meses los surcos de su rostro se habían hecho más profundos. Su mirada ahora era más intensa, más sabia. Mantenerse al lado de mi padre había sido su razón de ser.

—¡Mamá! ¡Llegó el señor Lowegren! ¡Pidió hablar a solas con papá! ¡Seguro trae buenas noticias! ¡Teté! ¡Gilberto! ¡Vengan! ¡Iremos a casa! ¡Iremos a casa!

—Espera, Laura. No te adelantes.

Mi madre no compartía mi entusiasmo. ¿Pero qué otra cosa podría significar la presencia del agregado de Suecia? Ella bajó con su habitual elegancia y detuvo mi carrera para que yo bajara a la par. Gilberto y Teté venían tras de nosotros para averiguar qué significaba el alboroto que había provocado.

Mi padre y el señor Lowegren conversaban en un pequeño salón privado. Nosotros permanecimos afuera. Por más intentos que hicimos mis hermanos y yo de escuchar tras la puerta, no alcanzamos a distinguir una sola frase que confirmara mis sospechas.

—Tal vez hablan de otra cosa —dijo Teté.

Mi pequeña hermana se había convertido en una hermosa mujer. Más alta que yo y más ágil para la actividad física, no había carrera que no me ganara ni estante que no alcanzara. Oírla cantar podía ser el mejor pasatiempo en alguna tarde ociosa, pero su respuesta no había alcanzado ni siquiera el nivel de susurro.

Media hora más hicimos conjeturas, hasta que, finalmente, la puerta del saloncito se abrió.

El señor Lowegren estrechó la mano de mi padre, inclinó su cabeza ante las mujeres y agitó el cabello de mi hermano Gilberto que no había pronunciado ni una sola palabra hasta ese momento.

—¿Iremos a casa, papá? Ya me quiero ir.

Mi hermano era de pocas pero certeras palabras. En una simple frase dijo lo que los demás pensábamos sin atrevernos a decirlo.

—Ya me quiero ir —repitió.

Mi padre lo abrazó.

—No, hijo. Todavía no podemos irnos. Vengan, vamos a hablar.

Un cónsul peculiar

Bad Godesberg, marzo de 1943

*L*a naturaleza y tez de mi padre eran de bronce, así se lo habían dicho su madre y mi madre, y así se lo dije yo esa tarde tras enterarme de aquellas noticias.

El señor Lowegren no trajo buenas nuevas. Al contrario, había ido personalmente a informarle que en tres días seríamos trasladados a otro lugar llamado Mont-Dore, junto con otros diplomáticos latinoamericanos. El gobierno de Vichy —según dijo— no había dado ninguna explicación.

—Debe ser una táctica dilatoria antes de nuestra salida a México. No se preocupen.

Habían pasado cuatro años desde su nombramiento como cónsul de México en Francia. Aún tenía fresca esa idea de cuando el presidente Lázaro Cárdenas le había propuesto primero la embajada; pero, al fin maestro, mi padre había preferido tener tiempo para investigar el modelo educativo francés, que, a su modo de ver, había logrado significativos avances. Y como tenía poco tiempo de haberse logrado en México la modificación del artículo tercero para hacer la educación socialista o, como decía él, una educación de cara a la sociedad, era una oportunidad de oro la que había visto para conocer el sistema que a Teresa, Gilberto y a mí nos tocaría en la escuela.

¡Qué distinto lucía ahora ese lejano panorama!

En la región más alta de Francia, enclavado en un valle que remata al sur con las montañas de Sancy, está Mont-Dore. El pintoresco poblado que en verano se llena con el bullicio de los turistas que encuentran en sus aguas termales un remanso de paz y curación, nos recibió en la soledad del invierno. Un manto blanco se extendía por calles y techos, por sus laderas boscosas y sobre el río Dordogne.

Además de algunos lugareños sólo había una gran cantidad de soldados. Salpicados aquí y allá, los hoteles que nos asignaron estaban todos custodiados por la Gestapo.

A nosotros nos alojaron en el Sapins, uno de los mejores del lugar, situado a orillas de la ciudad y al pie de la montaña. Al resto de la legación los instalaron en el Regina, un hotel al centro de la población.

Como el personal de la legación se tenía que mantener en constante comunicación con mi padre, abundaban las idas y venidas de un hotel a otro. No se nos permitía salir solos. Por lo que en cada vuelta, cada uno era seguido por un guardia francés, quien a su vez era seguido por uno alemán, quien vigilaba al francés y a los miembros de la legación.

La estancia en aquellos parajes fue breve y mi padre la aprovechó para prepararnos para lo que él veía como algo irremediable.

—María Luisa, hijos: es probable que México no logre negociar nuestra salida de inmediato como era mi deseo.

—¿Por qué no, papá?

—Porque durante la guerra son muchos factores los que entran en juego para ejercer la diplomacia.

—¿Y qué pasará con nosotros?

—No lo sé.

Día a día y poco a poco, la incertidumbre se tornó en angustia. Se esparció como bruma silenciosa por entre las habitaciones y las almohadas, para influenciar nuestra mente, corazón y esperanzas.

Después de tres semanas en Mont-Dore nos llevaron a Alemania.

La táctica dilatoria que supuso mi padre me parece que más bien fue una medida para no angustiarnos. En el fondo creo que él sospechaba que las negociaciones de México para intercambiarnos no habían funcionado.

La Gestapo conocía a mi padre y sabía cada movimiento que había hecho, por los informes de los espías infiltrados en la legación, los que la falange entregaba a través de Urraca, de la policía francesa y por los de la embajada de Japón. Para ellos era un enemigo que había permitido la salida de Francia de los más acérrimos oponentes al gobierno del Tercer Reich.

No olvidarían tan fácil la presión que incitó para liberar a los intelectuales alemanes encarcelados tras la más feroz de sus *razzias*.

Ese día —imposible olvidarlo— las calles de Marsella se habían llenado de agitación. La policía francesa, la española y la Gestapo habían elaborado una lista de un selecto grupo de alemanes judíos que querían encontrar a toda costa. La policía francesa debía aprehenderlos y deportarlos, para que Alemania pudiera exterminarlos en sus campos de concentración.

Mi padre había recibido la noticia —a través de sus contactos— unas cuantas horas después. Los habían llevado a Castres —*una cárcel de castigo a la que no entraba ni el cura*— y desde ahí serían enviados a Auschwitz.

—Tenemos que detener la deportación. Retrasarla, al menos —decía mi padre todo el tiempo.

Para hacer presión al gobierno de Pétain consiguió en Vichy el apoyo de diplomáticos y embajadores de otros países. Buscó al nuncio —de forma no oficial, por supuesto— y también consiguió su apoyo.

En Francia, un grupo de hombres y mujeres habían formado un cuerpo de resistencia hacia la ocupación. Desde la clandestinidad operaban una red de comunicación con diplomáticos de los países que se oponían al fascismo.

La presión diplomática fue continua.

—Hay que ganar tiempo —decía a los demás embajadores.

El tono y volumen de aquellas elevadas protestas surgidas de la bruñida naturaleza de mi padre evitó la deportación inmediata.

Y Ludomir Illitch, yugoslavo distinguido y temerario, organizó la fuga. Junto con dos compañeros más se lanzó sobre del guardia, y los otros pudieron correr. Algunos murieron en la refriega, pero la mayoría de ellos lograron escapar auxiliados por la resistencia que los protegió y los hizo entrar a un fortín.

La Gestapo no olvidaba.

Mi padre, tampoco.

La presión diplomática consiguió un tiempo valioso con el que habían logrado salvar la vida el escritor alemán Franz Dahlen y el poeta Rodolfo Leonard.

Rin de ensueño, Rin amargo

Bad Godesberg, agosto de 1943

El tren cruzó la frontera germana. Estábamos en la tierra de Hitler. Era una tierra muy bella. Un cielo azul salpicado de bombones carmesí coronaba aquellos enormes pinos ocres, dorados, rojos y verdes que cruzaban los vastos bosques alemanes. El Rin —ese ancho río— serpenteaba majestuoso entre las comunas rurales más pintorescas. Un enorme arco de cerezos en flor cubrió nuestro paso en el tren antes de llegar a la estación en Bonn.

El contraste fue impactante. Si antes la presencia de la Gestapo me había causado temor, aquellas calles cubiertas de coloradas banderas con la esvástica y plagadas de soldados nazis me quitaron el habla.

En Bad Godesberg nos llevaron al Rheinhotel Dreesen, lugar de descanso a la orilla del Rin que utilizaba el Führer para vacacionar. Tan sólo de pensar que ese hombre se había hospedado en ese mismo lugar, que se habría paseado por esas habitaciones, sentado en algún sillón, tomado sus alimentos en el mismo comedor, hacía que se me pusiera la piel de gallina. No soportaba imaginarlo.

Era un hotel de lujo, propiedad de los hermanos Dreesen, quienes, a cambio de alojarnos, recibían cuantiosas cantidades de dinero por parte del gobierno alemán para tenernos —según ellos— lo mejor atendidos posible.

Toda la delegación se instaló en el hotel. Al llegar nos advirtieron que estábamos bajo la autoridad del doctor Bush y nos leyeron el reglamento que prácticamente nos hacía cautivos en ese hotel. Mi padre solicitó hablar con él.

—No veo para qué quiere hablar usted conmigo —dijo riendo.

—Mire, doctor Bush. Todo el personal mexicano se va a someter a su reglamento. El conflicto entre nuestros países nos hace prisioneros de guerra. No pediremos ninguna excepción, ninguna gracia sobre esas disposiciones que nos acaba de leer, pero no por eso crea usted que vamos a permitir ningún acto vejatorio, como los que acostumbran con sus prisioneros.

El doctor Bush frunció el entrecejo y chasqueó la lengua.

—¿Como qué?

—No lo sé, pero si es una cosa de poca trascendencia podemos acudir al país que tiene nuestros intereses; si es una ofensa grave, no sabría decirle. Los mexicanos nunca sabemos cómo reaccionar ante una ofensa. Mientras mayor sea, mayor será la defensa de nuestra parte.

Dejó pasar unos segundos de reflexión o de asombro ante esa actitud inesperada.

—Bueno, no creo que se presente el caso.

—Por otra parte —continuó mi padre—, creo que será mejor que las relaciones entre usted y yo se hagan por conducto de un funcionario de la legación: el primer secretario Gabriel Lucio. Solamente cuando haya algo muy importante que tratar lo haremos directamente.

Bush era un hombre grande, de gélida mirada y hosco hablar que finalmente aceptó todas esas condiciones, que a la larga nos darían cierto respeto y consideración personal.

A mis padres les asignaron una habitación; a mis hermanos y a mí, otra, que podría decirse que eran más o menos cómodas con terraza y baño. Era parte de algunos privilegios que tendría la familia gracias a que el conde Von Rosen, de la legación de Suecia, se encargó de apartarlas para los cuarenta y cinco mexicanos. Pero, al doctor Luis Lara Pardo, que no quiso una habitación compartida, lo asignaron a una buhardilla tan diminuta que no cabía siquiera su baúl.

El embajador de Brasil —que venía de habitar un palacio en París— y su esposa se tuvieron que conformar con una habitación con un baño diminuto.

A otro de los ministros le dieron un cuarto con una sola cama, por lo que el hombre dormía en el baño. Hasta que alguno de aquellos helados días enfermó y su esposa se instaló en el baño para dormir.

No está de más decir que poco importaba a los hermanos Dreesen nuestro bienestar. Los fondos que recibían eran utilizados para el restaurante con servicio para los lugareños. Éramos un gran negocio, aunque a nosotros nos daban como plato fuerte del día solamente papas.

Las primeras semanas fueron de expectación. El personal que laboraba en el hotel —con caras largas todo el tiempo— nos miraba con tal desdén que parecía que no valiéramos nada. La peor de todas era *frau* Rose, una enorme mujer que, además de mirarme hacia abajo —porque yo soy de estatura mediana—, acompañaba la impertinencia de cruzarme con ella con un bufido de desaprobación.

Solamente Anna, una jovencita de facciones toscas, tenía cierta bondad en el rostro. Era común encontrarla al bajar las escaleras o en el corredor. Más delgada y más mal vestida que el resto —sin contar a *frau* Agnes, que un día de fiesta traía un abrigo de pieles que podría haber despertado envidias—, a Anna se le veía roto el suéter, los zapatos torcidos y la falda zurcida a trechos.

Uno de esos días, el doctor Lara —siempre saludador— notó que a su *gutenmorgen* la joven respondía con un acento distinto. Más por intuición que por otra cosa, al día siguiente que la encontró en el pasillo, en vez del saludo alemán, le regaló un *dobroe utra*, saludo ruso al que ella, con la más dulce de sus sonrisas respondió: *zdrastishe, dobroe utra*.

—¿Qué haces aquí? —le preguntó el doctor.

La chica narró con miedo en la mirada, con cuidado de que no apareciera *frau* Rose, que durante la invasión nazi a su ciudad natal ella no había podido escapar con el resto de su familia. La apresaron y la enviaron como esclava a Bad Godesberg.

Todos los días, al alba escuchábamos el inconfundible sonido de sus pasos al iniciar las labores del día, y los oíamos, también, con el ánimo cansado por la fatiga, al rondar la media noche.

Anna no levantaba la vista.

De la experiencia con el ruso en sus pasados años de periodista, el doctor Pardo le fue regalando, de vez en vez, algunas frases en su idioma. Pero tuvieron que cesar, porque *frau* Rose —hitleriana hasta la médula—

había prohibido hablar de ella o articular palabra siquiera, en ese idioma espantoso que tenía.

El doctor Lara Pardo se dio cuenta, un día, de que el alimento que Anna recibía más bien era un plato de agua con unos pequeños pedazos de papa que flotaban, que una ración con algo de nutrientes. Con ese gran corazón que tenía, se las ingenió para dejarle a la joven —en el cajón de una mesita del pasillo— raciones de su propia comida que ella comía a hurtadillas, para no ser descubierta. Una burla a sus guardianes. Si creían que Anna la pasaba mal, estaban equivocados: el doctor le daba mejor alimento —provisto por la Cruz Roja— que el que ellos mismos tenían. Ése fue el triunfo del doctor. Una nimiedad visto ahora, pero que en aquellos días le supo a gloria.

Pasaron las semanas y los meses. Seis largos meses desde que llegamos.

Lo peor de estar prisioneros en aquel lugar era la inactividad. Podíamos salir del hotel a dar un paseo por la calzada de acceso, pero siempre custodiados por los guardias de la Gestapo. El resto del tiempo había que estar dentro del hotel.

Al principio, la mayoría disfrutamos de ese derecho que los alemanes nos dieron. Pero al correr del tiempo hasta ese deseo perdimos. Las horas transcurrieron una detrás de la otra; los días pasaron, grises o claros; el Rin mudó sus aguas, las sirenas y los bombardeos aumentaron.

Los bombardeos nos llamaron mucho la atención. Salíamos al balcón del cuarto a ver los aviones ingleses surcar el cielo hasta llegar a Colonia. El cielo se pintaba del rojo de las bengalas, del oro de los reflectores sobre el Rin; después, el brillo incandescente de los incendios clareaba la noche sobre aquel río amargo.

Alguna vez un avión cruzó sobre nuestras cabezas para estrellarse a unos metros del hotel. A la explosión, siguió el reflejo de las llamas.

Era un espectáculo formidable. Nos admiraba al principio, hasta aquella noche en que dejó de importarme.

—Laura, Teté, Gilberto: vengan a ver los aviones.

Mis hermanos respondieron al llamado. Yo me quedé en mi habitación. En lo único que pensaba tras seis meses de cautiverio era en un plato de comida. Imaginaba un bistec con salsa; tortillas recién hechas, un pedazo de pastel embetunado con abundancia y un vaso grande de limonada con mucha azúcar. Estaba cansada de agua y papas, también del encierro y de ser prisionera en ese hotel.

Papá lo adivinó.

Con sigilo, se sentó a un lado de mi cama. Me acarició el cabello y me besó la frente.

—¿Qué sucede, Laurita?

—Quiero ir a casa —dije mientras trataba de contener las lágrimas—. Estoy harta de estar aquí.

—Lo están intentando, hija.

—¿Cómo lo sabes? ¿Cómo sabes que no nos han abandonado?

Su silencio me obligó a hundir la cabeza en la almohada para ahogar aquel amargo llanto. ¡Cuántas veces me había compadecido del encierro de los refugiados en los campos de concentración, y ahora éramos nosotros quienes sufríamos el cautiverio!

Los alemanes habían impuesto silencio e incomunicación. No sabíamos nada del exterior. Ninguna noticia sobre el avance de los aliados, ni de las negociaciones para liberarnos. Habían prohibido a la legación sueca proporcionar alguna información hasta que tuvieran una resolución definitiva.

Aquellos gritos de victoria

Bad Godesberg, Septiembre de 1943

*G*ilberto entendía el deterioro en los miembros de la delegación; lo sufrió en su familia, lo vio en los demás cuerpos diplomáticos.

Las horas acumuladas en aquel encierro también pesaron sobre él, pero sabía que no podía dejarse vencer. Recordó los días de La Reynarde y cómo las actividades culturales levantaron el ánimo de los españoles.

No era el único que palpaba aquel desánimo que poco a poco se instalaba en el espíritu, en la mente y en la voluntad de los cautivos.

—¿Qué hacemos, Gilberto?

—Justo pensaba eso mismo, doctor. En La Reynarde, una de las residencias que México consiguió para los refugiados, las actividades culturales elevaron el espíritu alicaído de esos hombres que llegaron en muy mal estado. Creo que podríamos hacer algo similar aquí también.

El doctor Carneiro, un brasileño muy culto, con doctorado en la Sorbona, propuso un ciclo de conferencias.

—Me parece una excelente idea, doctor Carneiro.

—Podríamos aprovechar a los ministros para exponer. Sería un honor si usted mismo dictara alguna de ellas, Gilberto.

—Con gusto. ¡Claro!

—Bien, hablaré con el doctor Bush para solicitar permiso.

El doctor consiguió que se cediera el salón comedor para las actividades culturales —para aprovechar las naciones que ahí convivían— sin la presencia de la policía, que en todas las reuniones estaba presente.

El primer turno tocó a México. El embajador Bosques dio una conferencia sobre la Reforma Agraria. Edmundo González Roa leyó un estudio sobre Juárez. El poeta y cronista nicaragüense Eduardo Avilés Ramírez adornó con recitaciones un relato sobre Rubén Darío. Para la cuarta conferencia, el historiador y poeta colombiano Fernando de Soto dibujó con bellas pinceladas la figura exacta de Bolívar.

Pero para los jóvenes no fue suficiente.

Teté y Gilberto cada vez pasaban más tiempo en su habitación, sin interesarse por nada. María Luisa no dejaba de intentar sacarlos de esa depresión que, junto con la mala calidad alimenticia, había hecho estragos en ellos.

Era necesario idear algo más o los jóvenes no se recuperarían.

Solicitaron nuevos permisos y con el mismo entusiasmo con que idearon las actividades culturales, organizaron una fiesta de disfraces. Los preparativos recayeron sobre los mismos jóvenes. Los hermanos Bosques colaboraron con entusiasmo en la búsqueda y confección de materiales para que nadie dejara de portar algún disfraz. Los vestidos típicos de México y de otros países los portaron las más jóvenes. Teté sacó su atesorado cancionero, y en la más fina *a capella* entonó dos baladas mexicanas que alegraron con sus notas aquella fresca noche de verano.

A inicios de septiembre, decidieron organizar un baile. Aunque la música salía del fonógrafo con acento opaco, las notas lentas y melancólicas de bolero, las gallardas del tango o las suaves de vals animaron el ambiente y la velada dejó escapar la presión acumulada durante las abundantes horas de tedio.

Durante esos ocho meses de encierro, los custodios pasaron del desprecio completo hacia cierta admiración. Esos hispanoamericanos no eran tan salvajes como se los habían pintado. ¡Hasta bailaban el vals!

En una de aquellas fiestas, el doctor Bush —su principal carcelero— sin querer perder una sola palabra de lo que ahí se dijera se sentó en primera fila. Los jóvenes se habían preparado para recitar la poesía del nicaragüense Avilés Ramírez, del colombiano Fernández de Soto, del dominicano doctor Piñeiro y de los brasileños Dutra y Tabares Bastos. Laura memorizó un par de poemas de su padre y la "Marcha triunfal" de Rubén Darío.

Laura tenía delante al doctor Bush, ese hombre más tieso que una tabla y rostro de fortaleza inexpugnable. Días antes, había hecho creer que los americanos habían tomado las negociaciones de liberación de todos los que estaban ahí. Que sus países los habían abandonado y que no veían ninguna oportunidad de acuerdo. Hicieron circular también un documento en el que referían los alemanes detenidos en Argelia y Marruecos los maltratos que habían sufrido de manos de los agentes consulares ingleses en campos de concentración, durante la ocupación americana. La nota suscitó los temores y la división que los alemanes deseaban. La interpretaron como un aviso de que serían enviados a un campo de concentración. El oído atento de los alemanes no dejaba escapar la más mínima murmuración en contra de los gobiernos y en especial del americano.

El doctor Bush miró a Laura de arriba abajo con sus ojos claros y ella no pudo dejar de retorcerse las manos. Decidió recitar primero el "Nocturno" que su padre había escrito en París.

El silencio cabalga
toda esperanza en fuga

ronda las agonías
y se crispa en las dudas

es bálsamo y cauterio
perfección y locura

en cuatro dimensiones
toma cósmica hondura

es torvo en el abismo
y desnudo en la angustia

se hace agudo en la entraña
de la sombra absoluta

y en puntillas de miedo
recorre la llanura

desertor del desierto
prófugo de la altura

sabe que en una noche desgarrada
un avión de combate será su cruz impura!

Eligió también ese otro que Gilberto escribió unos días antes al mirar las corrientes del Rin: "Agua zarca de Xamezcala":

Agua zarca de Xamezcala
hecha con rayos de luna
y con ópalos de madrugada

Agua bellamente zarca
que teje sueños azules
para cuellos de torcaza

Agua de cielo hechizada
con agonía de celajes
y alborozo de alboradas

Agua dulcemente sápida
con suave jugo de anonas
y alientos de pitahaya

Agua de fuga nostálgica
que modula los suspiros
de la más honda distancia

Agua zarca de Xamezcala
agua que bebe mi ausencia
agua que llevo en el alma...

Los aplausos no se dejaron esperar cuando terminó de recitar.

Suspiró antes de iniciar el cierre de su presentación. Levantó la barbilla y pasó la mirada sobre aquella veintena de jóvenes, más los adultos que se habían sumado. Aclaró la garganta.

¡Ya viene el cortejo!
¡Ya viene el cortejo! Ya se oyen los claros clarines.
La espada se anuncia con vivo reflejo;
ya viene, oro y hierro, el cortejo de los paladines,
Ya pasa debajo los arcos ornados de blandas Minervas y Martes,
los arcos triunfales en donde las Famas erigen sus largas trompetas,
la gloria solemne de los estandartes,
llevados por manos robustas de heroicos atletas.
Se escucha el ruido que forman las armas de los caballeros,
los frenos que mascan los fuertes caballos de guerra,
los cascos que hieren la tierra,
y los timbaleros,
que el paso acompasan con ritmos marciales.
Tal pasan los fieros guerreros
debajo los arcos triunfales!

Y sucedió —sin quererlo— que a cada palabra que desde el alma recitó, el ánimo se levantó poco a poco. En un golpe instantáneo aquellos versos que pronunció con todo el sentimiento de sus diecinueve años, renovaron esa esperanza de liberación hacía tiempo perdida.

Y al sol que hoy alumbra las nuevas victorias ganadas
y al héroe que guía su grupo de jóvenes fieros;
al que ama la insignia del suelo materno;
al que ha desafiado, ceñido el acero y el arma en la mano,

los soles del rojo verano,
las nieves y vientos de gélido invierno,
la noche, la escarcha,
y el odio y la muerte, por ser por la patria inmortal,
¡saludan con voces de bronce las trompas de guerra
que tocan la marcha triunfal...!

El doctor Bush —con su limitado conocimiento del español— no entendió qué había sucedido. Cuando terminó su intensa recitación —entre aplausos y vítores— quiso saber de quién eran aquellas palabras que tanto habían alterado a los cautivos. Insistió en que le explicaran quién era ese Rubén Darío y sólo se quedó tranquilo —al menos aparentemente— cuando supo que el autor había muerto hacía muchos años y que aquel canto no era un himno de los aliados ante su inminente victoria.

¡Viva México!

Bad Godesberg, septiembre de 1943

Se acercaba la fecha de la celebración de la Independencia de México y de otros países del continente americano, por lo que Gilberto propuso dos actividades: una reunión íntima en su habitación en la víspera del 16 de septiembre para celebrar el Grito, y un coctel con los demás países hispanoamericanos, al filo del mediodía.

Aunque Gilberto Bosques tuvo que pedir permiso a sus carceleros y a los Dreesen, tragándose y pactando su precio. Pero rechazó rotunda y firmemente la petición de los hermanos Dreesen —a modo de soborno— de entregar los víveres que la Cruz Roja les hacía llegar para librarlos del hambre.

—No cejaré en ese punto —dijo— y, si es necesario, haré saber a las demás delegaciones de tan poco honrosa solicitud.

En su modo de pensar consideraba una traición, al bloqueo de víveres impuesto por Estados Unidos e Inglaterra, entregar los alimentos que la Cruz Roja de Estados Unidos hacía llegar. El café, la oleomargarina, el polvo de limón, el extracto de naranja eran los más deseados por los alemanes, pero también recibían ropa, telas y otros artículos de primera necesidad.

Los Dreesen cedieron y los mexicanos iniciaron los preparativos para su celebración.

El entusiasmo se contagió.

Pequeñas banderas con los colores mexicanos ornamentaron las solapas y los resquicios de las puertas. Poco importó que los alemanes pudieran confundir los colores con la bandera italiana, que en esos momentos les provocaba ira por haber firmado días antes su rendición ante los aliados.

Esa noche, la del 15, se llenó de bullicio. En tropel entraron a la habitación de Gilberto los miembros de la legación. Uno a uno, presentaron sus respetos. Se distribuyeron las copas del único vino disponible y, al llegar las once de la noche, en aquella habitación de ese hotel a la orilla del Rin, sin ningún discurso, se escuchó, del pecho de su jefe, ese "Viva México" que quedaría grabado para siempre en su memoria. Las gargantas se abrieron y, en un eco que resonó con fuerza hasta el puesto de vigilancia de la Gestapo, se escuchó un repetido

—¡Viva México!

El entusiasmo se tornó en euforia distante de su tierra.

Las frases del Himno Nacional resonaron con fuerza en aquella noche diáfana.

Rubén Montiel rasgó la guitarra y María Luisa acompañada de Laura elevaron sus voces para acompañar las letras de ese cancionero que Teté guardaba con tanto fervor.

Aquel grupo de mexicanos —que añoraba su tierra— recordó el eco de la campana de Dolores, que con su dulce repicar marca el momento de la Independencia.

Las horas pasaron hasta que los encontró el prematuro amanecer de aquellas tierras.

Ninguno deseaba el retiro.

Todos añoraban la patria.

Al compás de la música mexicana

Bad Godesberg, septiembre de 1943

l mediodía siguiente todos los convidados se presentaron al modesto coctel. Hombres y mujeres de países de Centroamérica que veían a México como ese hermano mayor que celebraba su fiesta.

Gilberto no dio ningún discurso, no realizó ninguna ceremonia. Solamente la convivencia íntima con los demás miembros de las legaciones.

Se sirvió la comida: un pan de centeno y media salchicha. La sensación fueron unas papas fritas, porque el aceite escaseaba.

La velada continuó en su habitación.

Edmundo González Roa —el cónsul adjunto que había encontrado los castillos de La Reynarde y Montgrand— tomó un disco y lo colocó en el fonógrafo.

Al mirar tras la ventana las lejanas luces sobre Bonn, Bosques recordó el cerrito de Titilinzin y su blanca fragancia de azucenas. En una oleada de aquel majestuoso perfume que lo rodeó al nacer y que se le habrá quedado adherido a la piel y a los pulmones, creyó ver en el cristal el reflejo del rostro de su madre, cuyos restos reposaban —en México— desde dieciséis años atrás, lejos de su querido Chiautla de Tapia.

Se alegró de que no hubiera sufrido la angustia de saberle —a él y a sus hijos— prisioneros en aquellas tierras remotas.

Los muebles fueron removidos de la pieza y, en ese hotel cárcel a la orilla del Rin, esos mexicanos bailaron toda la noche al compás de la música de su tierra.

Hombre justo

Bad Godesberg, enero de 1944

Habíamos perdido toda esperanza. Aquellos terribles vaticinios de abandono que el doctor Bush nos hacía constantemente, parecían haberse vuelto realidad. Habíamos cumplido un año en aquel encierro, mal comidos, anímicamente desahuciados. Hasta mis padres se habían contagiado de aquella condición humana de desmoralización, de ese sentimiento de total aceptación de condena que descubrí en aquel grupo de judíos que se habían llevado frente a mis ojos, dos años atrás, en la charcutería de Marsella.

Estaba de más intentar nada. No había escapatoria, estábamos en el centro de Alemania, donde era imposible lograr una fuga. Terminaríamos en un campo de concentración, muertos, olvidados por nuestro país, olvidados por los nuestros.

¿Había valido la pena entregar nuestras vidas? Mis papás habían vivido, pero mis hermanos y yo habíamos llegado a París cargados de ilusión.

Creo que sí, con todo y las tristes páginas llenas de guerra y dolor de esos cinco años.

Mi padre nos dio un gran ejemplo de honor y de entrega más allá de sus responsabilidades, que contrastó, muchas veces, con la actitud de otros diplomáticos menos celosos —o más cautos— que hicieron de la evasiva su herramienta para no comprometerse demasiado. Pudimos haber salido antes, haber regresado a casa ante el riesgo que se avecinó cuando México declaró la guerra a Alemania y con la ruptura de relaciones con Francia.

Pero mi padre era un hombre aguerrido.

Lo supo la Gestapo, el ejército alemán, la policía y todos sus espías: Gilberto Bosques, el hombre, el cónsul, el embajador, era un hijo de la Revolución Mexicana.

Si la muerte nos habría de encontrar en esas tierras germanas, que así fuera. Había valido la pena llevar a México a más de veinticinco mil personas y otras tantas que, con los papeles que mi padre les había dado, pudieron salvar su vida, algunas para volver a las filas de la resistencia, para luchar en los ejércitos o para defender su libertad.

Un plato de sopa

Bad Godesberg, febrero de 1944

Uno. Un buen plato de caldo de res o pollo con verduras, concentrado, oloroso a cilantro o yerbabuena. Un pedazo de carne blanda, rosa, con arroz rojo y frijoles refritos a un lado. Un trozo de pan blanco, calientito, untado con abundante mantequilla. Una tira de dulce pastel de chocolate, un buñuelo espolvoreado de azúcar y canela. Un helado de vainilla. Un filete de pescado a la cacerola, con sus rodajas de rojísimos tomates, morrón verde, aceitunas y hojas de fragante laurel. Un plato de lentejas, tupido de tocino y plátano macho. Un pollo en piezas —sí, todo el pollo— en mole rojo, verde y negro, con ajonjolí que salpique su suave textura. Una taza de chocolate caliente, espumoso, dulce, vigorizante. Dos. Dos chiles rellenos de carne de puerco cortada finito —nunca molida—, mezclados con un poco de fruta cristalizada y piñones, almendras y nuez tostados, bañados en blanca salsa de nogada y espolvoreados con granos tiernos de granada carmesí. Dos gorditas rellenas de chicharrón en salsa verde, picosita. Tres. Tres tacos de romeritos con sus bolitas de camarón seco y papita de Galeana —no, mejor sin papas, nada de papas—. Cuatro. Cuatro gajos de pera, jugosa, fresca. Cinco. Cinco. Cinco.

Durante las mañanas y las tardes imaginaba todos esos platillos que en una época comí sin darles importancia.

En todo ese tiempo de reclusión solamente una vez comimos un huevo y una taza de caldo de pollo, de algunos pollos que nunca vimos.

Mis padres nos daban su ración de alimentos de la Cruz Roja para aminorar un poco la mala alimentación que teníamos.

No estoy segura de si estaba perdiendo la razón, pero sólo podía pensar en comida. Ni la lectura de mis amados poetas, la música del fonógrafo, la charla con mi familia o con el resto de los recluidos, ni nada que no pudiera oler, entrar por la boca y saborearse, me interesaba.

El blanco de la pared invadía mi mente.

Ya no era Laura. Era una sábana blanca, andante, murmurante sin palabras entre aquellos muros, de aquel hotel, en aquella ciudad de Alemania, demasiado lejos de mi hogar.

Era una prisionera. Si no compartí el mismo sufrimiento físico para resistir las inclemencias o las indignas condiciones que los miles de refugiados padecieron en los campos de Argelès, Saint-Cyprien, Rivesaltes, Collioure, Les Bacarés, Le Vernet, Gurs, Les Milles y muchos más, sí compartí el hambre y toda esa angustia y desolación emocional que se aglutina en el interior al verte sin libertad. Vigilada, acechada, escuchada, revisada, juzgada, la condición humana se desgasta, se opaca.

El deseo de vivir se pierde.

Y eso fue exactamente lo que nos sucedió en aquella prisión. Se sucedieron los días, las semanas y los meses, frente a los mismos rostros, con las mismas conversaciones, la misma escasa actividad que se apodera de un alma en tedio que no puede hacer otra cosa más que pensar, encerrarse en sí misma en sus temores o en sus anhelos.

La alerta de bombardeo dejó caer su postrero suspiro. La última escuadra de aviones pasó sobre el hotel. Por la ventana, el refulgente estallido de luces aclaró la noche. ¿Serían de algún otro incendio en Colonia? ¿O eran del aeródromo para indicar la ruta de regreso a los cazas nocturnos? ¡Qué importaba! Sólo me importaba que me dejaran dormir.

Dormir. Dormir.

Uno. Unos molletes con salsa, suaves. Dos. Dos tortas de pierna de puerco, con lechugas frescas y crema agria. Tres. Tres vasos de jugo de naranja, dulce, recién exprimido. Cuatro. Cuatro galletas de manteca espolvoreadas con azúcar pulverizada. Cinco. Cinco. Cinco.

¡Libertad! ¡Libertad!

Bad Godesberg, febrero de 1944

*N*o supimos con exactitud cómo se realizaron las negociaciones ni cuántos prisioneros alemanes iban a canjear por nosotros, y la verdad poco nos importó cuando el barón Von Rosen nos informó que nuestra liberación estaba próxima, al igual que la del resto de legaciones, a excepción de la de Brasil, que continuaba en proceso.

La alegría que sentimos no era como cualquier otra que inunda segura y confiada. En esos pocos días que pasamos en el Rheinhotel Dreesen hubo momentos en que Teté y yo brincamos de la emoción. Nos abrazábamos con entusiasmo porque nuestro país no nos había olvidado; ni era —como los otros países— un gobierno servil que se había plegado a la voluntad de Estados Unidos, para que ellos organizaran nuestro canje, como de continuo nos decía el doctor Bush.

—¡Por fin! ¡Por fin! —decía mi hermano Gilberto de continuo.

Pero en otros momentos a mí me aterraba que todo fuera un engaño, y que la Gestapo, en vez de conducirnos hacia Francia, nos llevara a uno de los campos de concentración.

No recibíamos muchos informes del exterior. A veces pensábamos que la guerra acabaría. Que los aliados lograrían una victoria contundente y que todos aquellos cientos de miles de hombres, mujeres y niños encerrados en los campos de refugiados, de trabajos forzados, de concentración, o en esos, los más terribles, los de extermino, los detenidos como esclavos, los obligados a luchar con el ejército inglés o a regresar a

España, por fin un día pudieran volver a tener la libertad, la dignidad de seres humanos.

No sabíamos si ese día estaba por venir, o aún era lejano.

Llegamos a enterarnos gracias a una estación captada por un pequeño radio que tenían los de Brasil y por la revista militar alemana que llegaba al hotel. Alguna vez uno de otra legación alcanzó a hojear una antes de ser retirada del alcance de los prisioneros. Así supimos de la rendición italiana.

Deprisa reunimos las pocas cosas que teníamos en el cuarto. El equipaje, en su totalidad, estaba retenido en la estación. No está de más decir que alguna de nuestras pertenencias, además de que continuamente eran revisadas, incluso fueron confiscadas. Mi padre lamentó que lo hubieran despojado de una maleta de libros entre los que iba uno del poeta alemán Leonard, con una dedicatoria muy emotiva.

Las actividades culturales se suspendieron y no hubo ningún tipo de festejo, en consideración a los brasileños que continuarían presos. Imposible demostrar alegría frente a esas familias cuyo destino todavía continuaba siendo incierto.

No fue difícil entender el sentimiento de los brasileños al despedirnos. Pero con esa alegría carioca que se supo imponer, rápidamente lo suplantaron por abrazos fraternos, fuertes, sinceros. No en balde habíamos compartido con ellos esos trece meses de cautiverio que ahora se quedaban con ellos.

Nos miraron partir.

Atrás quedó Bad Godesberg, atrás nuestro hotel prisión.

Aún bajo una estricta custodia, los alemanes nos subieron al tren de las once, en la estación de Bonn. El arco de cerezos —desnudo en esa época—, nos despidió sin entusiasmo. Un silbato lánguido marcó nuestra partida. Los cuarenta y cinco miembros de la legación mexicana por fin regresábamos a casa y los periódicos dieron cuenta de ello. Las rotativas de México decían: "¡Partieron ayer los 45 mexicanos canjeados!"

Varios días de camino sin poder bajar en ninguna de las estaciones prolongaron todavía nuestro martirio. Los custodios no nos decían nada. A través del paisaje y de las estaciones nos dimos cuenta de que íbamos hacia Francia.

De un hotel prisión, pasamos a un tren donde el espacio era minúsculo, y el continuo movimiento arrullador al principio, se volvió exasperante para el tercer día.

El invierno mantenía los cerros y los valles cubiertos de nieve. El frío era intenso, pero aligerado por la cercana liberación. ¡Libertad! ¿Cuánto significado tiene esa palabra? ¿Cuánta valía para un solo hombre o para una nación entera?

El panorama era blanco. Salpicado cada tanto por alguna ladera negra o sombra de la montaña. Mamá y Teté platicaban animadamente. Papá y Gilberto, también. Yo no podía. Trataba de sacudirme aquellas imágenes que durante cinco años se acumularon en mi mente. Con todas mis fuerzas intentaba dejar de pensar en el significado de esa guerra. ¿Hasta dónde llegaba la ambición humana? ¿Hasta dónde la falaz creencia de superioridad? ¿Por qué pelear? ¿Por qué matar? ¿Por qué estigmatizar desde el pasado el futuro del hombre?

Trataba de entender —en verdad lo digo—, pero no tenía las respuestas, ni ánimo de preguntar. ¿Sería acaso la naturaleza humana siempre bélica?

Mis diecinueve años no me daban para entender en ese entonces que la historia del hombre ha sido ésa precisamente: una continua lucha por la posesión de la tierra. Por su dominio. Los mapas cambian de continuo, es la mejor evidencia. Las fronteras se establecen, se negocian, se borran, se vuelven a delimitar. Hombres-niños juegan a sus juegos de poder.

Y los hombres mueren. Las mujeres mueren. Los niños quedan en la orfandad, lloran a sus padres muertos.

Niños mueren. Inocentes de ambiciones. Siguientes generaciones de hombres que jugarán sus juegos de muerte y lumbre. De desolación. De llanto y horror. Pero la tierra lo vale. Poseer más tierra lo vale. Incesantes episodios, siempre los mismos. Nombres distintos. Rostros diversos. Otros países. La historia se repite. Y se repite.

¿Algún día habrá saciedad de guerra?

—Papá: háblame de aquellas comunidades que vivían en la sierra huasteca. De esas que un día dijiste que sabían vivir como una unidad entre ellos y su entorno.

Mi padre había sentido un gran descanso cuando nos comunicaron que estaba próxima nuestra libertad, no sólo por nosotros sino porque también era responsable de los demás miembros de la legación, y el retorno a México le quitaba aquel agobio que nunca dijo tener, pero que marcó largos surcos en su frente.

—La vida en aquellos lugares de la sierra no tienen nada que ver con lo que tú conoces. Con lo que el mundo conoce. Esos grupos tienen todavía una fuerte influencia de nuestros ancestros. Ahí, el entorno se funde con ellos. Son una unidad. No sé si me explico.

—Pues no mucho, papá.

Mi padre hizo una pausa y suspiró otra vez, tal vez para recordar aquellos días en que tuvo que esconderse en la sierra, de Mucio Martínez, quien lo persiguió con tanto ardor cuando apoyaba el levantamiento de Aquiles Serdán.

—Es difícil explicar a alguien que se ha acostumbrado a este ritmo de vida citadino, Laura. Tendrías que pasar un tiempo entre ellos, sólo así podrías comprender su sabiduría, su modo de vida y su grandeza.

—¿Pero ellos son pacíficos, papá?

—¿Pacíficos? —la pregunta al parecer removió alguna fibra interior, porque no me contestó de inmediato—. Mira, hijita: hay una gran diferencia entre ser pacífico y no saber defenderse. Son dos cosas distintas. Los habitantes de la sierra, y yo creo que todos los mexicanos en general somos pacíficos no tenemos una actitud belicosa que busque la dominación. Pero también sabemos defendernos. O al menos lo intentamos. Así lo marca nuestra historia. Muchos mexicanos han muerto en el intento de defender a nuestra nación.

—Lo entiendo.

Me envolví en mi abrigo y subí los pies sobre el asiento. La respuesta de mi padre no me aclaraba algunos detalles que para mí eran importantes. Las notas vigorosas, intensas, del invierno de Vivaldi se dejaron oír en aquel vagón restaurante. Alguien olvidó que la nación del compositor se había doblegado ante los aliados —y por pura gracia de Dios— podíamos escuchar aquella energía desbordante, explosiva, de esas notas del primer movimiento que parecían resquebrajar el interior del alma con la misma fuerza de un alud, de una ventisca.

Una canción, una alegría

Biarritz, marzo de 1944

Llegamos a la costa francesa los primeros días de marzo. Cada día que pasaba veíamos más próxima nuestra llegada a México y más lejos aquellos días de encierro en Bad Godesberg.

Teté y Gilberto tenían el rostro iluminado. La ilusión de regresar era fuerte en ellos. Teté, apenas un par de años menor, me parecía —a veces— que tenía más madurez que la de una joven de 17. Ella había sufrido igual que yo; sin embargo, me parece que algún tipo de barniz había permeado su alma hasta dejársela intacta. ¿Cómo era posible que ella no sufriera con la misma intensidad? ¿Que no se cuestionara de la misma manera?

—Laura, ¿me acompañas a cantar a los soldados? ¿Crees que sea una buena idea?

En Biarritz había subido al tren a un número importante de mutilados de la guerra. Eran soldados americanos que Alemania había canjeado con Estados Unidos.

—Claro, Teté. Es muy buena idea.

Caminamos entre los vagones hasta que llegamos a donde estaban aquellos hombres. Sus heridas eran tan terribles que me hicieron desear regresar, pero Teté me sostuvo y con esa, su hermosa sonrisa, comenzó a entonar "Granada", de Agustín Lara. Sin poderme negar, porque estaban todos los ojos de aquellos soldados sobre nosotros, hice segunda voz. No sé si habrá sido por la calidad de nuestras voces o porque hayan agradecido nuestra intención de hacerles pasar un rato agradable, pero irrumpieron en aplausos dignos del mejor teatro del mundo.

No pudimos dejarlos pronto. Los soldados nos pidieron con la mirada y alguno que otro con un buen español, que continuáramos con otra canción.

Durante el trayecto hacia Lisboa, cada día visitamos el vagón de los soldados, llevamos nuestro canto, chocolates y algo de oporto. No podíamos darles ningún otro consuelo.

Lisboa nos acogió sin ceremonia de ningún tipo. El aire frío del invierno todavía no cedía su paso a la calidez de la primavera. Hasta que el barco no llegara al muelle, con los prisioneros para el canje, no nos permitieron abandonar el barco al que nos habían llevado desde la estación del tren. Los alemanes querían hacer todo con escrupulosa exactitud. Según nos dijeron, se habían canjeado doce alemanes por cada mexicano. Se hizo el trámite y finalmente pudimos bajar.

¡Libertad por fin!

Estirar las piernas y caminar por aquellas calles sin ningún guardia detrás era prácticamente el paraíso, pero cuando por fin pudimos estar sentados frente a un plato completo de comida, fue tal la emoción que me eché a llorar como una niña pequeña.

Tantas noches soñé con mi comida favorita que ahora que la tenía delante, me parecía irreal, como si a la primera cucharada aquella sopa caliente y cremosa se fuera a esfumar en una burla irónica.

Mi madre me acarició la cabeza.

—Come, Laura. Come.

Tiempo de eternidad

Sobre el Atlántico, marzo de 1944

*H*icimos la travesía a bordo del *Gripsholm*. Como un gran pino de Navidad, el barco mantuvo todas sus luces encendidas —según nos dijeron— para ser identificado sin problema durante todo su recorrido y no sufrir el ataque de algún submarino alemán, que para entonces había hundido a más de cinco mil barcos de los aliados.

Tal vez por ser el último tramo de nuestro trayecto, o porque estaba por finalizar esa etapa de gran intensidad, los minutos se nos pasaron con una lentitud exasperante. Solamente los ratos en que íbamos a conversar con los soldados americanos las horas transcurrían según su tiempo. Eran impresionantes sus heridas de guerra. Uno de ellos perdió la razón.

Llegamos a Nueva York en un fresco y tornasol atardecer. La Estatua de la Libertad nos brindó su flamante saludo antes de atracar. Pisar tierra firme luego de tantos días de travesía hacía parecer que el piso se movía con el mismo bamboleo que el barco en altamar. Pero no me importó.

Un grupo de automóviles nos esperaba. El gobierno de los Estados Unidos había enviado por nosotros para llevarnos al Waldorf Astoria, donde nos alojarían. Al segundo día asistimos a una recepción en la que había un gran número de refugiados que habían alcanzado su libertad gracias a México, gracias a mi padre.

Apretones de manos, abrazos, cálidas palabras y tantas muestras de afecto que, ni mi padre ni nosotros esperamos encontrar, nos levantaron el ánimo durante esos días.

Todo fue muy emotivo, pero nos urgía partir. Estados Unidos dispuso un vagón a quienes formábamos la legación mexicana.

Llegar a México, a casa, a nuestros muebles, nuestros cajones y nuestras cosas, era algo vital, y el tiempo de verlo cumplido nos parecía una eternidad.

Ese hombre era mi padre

México, 29 de marzo de 1944

*L*a negra locomotora entró a la estación de Buenavista, en México, con fatigado aliento. Resopló. Se detuvo.

Siete horas de retraso no hicieron mella en nuestro ánimo. Habíamos dejado esa misma estación hacía más de cinco años, mi padre con el optimismo de una gestión consular en Francia que le daría tiempo para sus investigaciones; mi madre, tras la oportunidad de tomar sus clases en La Sorbona, y nosotros, con la ilusión juvenil de descubrir el continente europeo.

¿Cómo imaginar entonces lo que nos esperaba?

¿Se sanarían esas heridas? Deseaba que así fuera. Algún día.

La primavera se había instalado en la ciudad. Teté y Gilberto se asomaban por las ventanillas. Mis padres, tomados de la mano, descansaban sus cabezas. Mi madre acurrucada entre el cuello y el hombro de mi padre. Él la recargaba a la distancia de un beso de la frente de mi madre. Tal vez pensaban que atrás quedaban aquellos días de sufrimiento; quizá vislumbraban nuevos planes para el futuro. A mí me invadió una incomprensible tristeza. Era extraño. Debería estar tan alegre como el resto y, sin embargo, había algo que me cosquilleaba. Mi padre me miró y entonces lo supe. Era el dolor por los que quedaban atrás. Por aquellas familias, por esos hombres y mujeres que todavía luchaban por sus vidas. Recordé a los refugiados españoles en los campos. A los niños de los albergues. A los judíos deportados. A los miembros de la legación de Brasil.

Me sentí culpable por estar a salvo. Como si me hubiera leído el pensamiento, mi padre asintió. Ni por un segundo dudaba que él se sintiera exactamente igual. Con seguridad algo idearía para continuar con la ayuda.

Nos recibió el clamor de ocho mil personas que abarrotaban el andén, los pasillos, las escaleras y cualquier espacio en la estación de tren. Ahí estaban esos rostros conocidos de mi padre. Españoles, alemanes, franceses, libaneses, italianos, austriacos, polacos y tantos otros que, al saber que Gilberto Bosques regresaba de su cautiverio en Alemania, se habían volcado a recibirlo.

Ese hombre al que aquella multitud agradecida sacaba en hombros era mi padre.

Epílogo

*T*ras un año en que nos recuperamos de los estragos físicos, mi padre asumió los cargos de enviado extraordinario y ministro plenipotenciario en Lisboa, Portugal; Estocolmo, Suecia, y Helsinki, Finlandia.

Concluyó su carrera diplomática en La Habana, Cuba, de 1953 a 1964. A los cien años de edad otorgó su última entrevista y falleció el 4 de julio de 1995, a la edad de ciento tres años.

Agradecimientos y aclaraciones

*P*ara reconstruir la vida del embajador Gilberto Bosques deseo agradecer a su hija Laura Bosques Manjarrez, por el tiempo que me regaló en las entrevistas. Su voz me permitió narrar desde su experiencia los acontecimientos que vivieron y aquellos otros que les fueron heredados por testimonios directos o por documentos que resguardó la familia Bosques. A Joaquín Urquidi por revisar que los hechos referentes al embajador Bosques fueran narrados con fidelidad.

Agradezco al entonces director general adjunto Francisco de Paula Castro Reynoso y al subdirector Jorge Fuentes Hernández del Archivo Histórico Genaro Estrada, Acervo Histórico Diplomático, Secretaría de Relaciones Exteriores, por las facilidades recibidas para la consulta en sus expedientes de los documentos de Gilberto Bosques.

Como inspiración y consulta aproveché el trabajo de los magníficos autores en las publicaciones que existen sobre Gilberto Bosques, por lo que extiendo un particular agradecimiento: al periodista francés Gérard Malgat, por haber seguido durante su investigación sobre la vida de Max Aub el hilo que lo llevó a descubrir la labor de embajador mexicano hasta plasmarla en su obra *La diplomacia al servicio de la libertad* que abarca la época de 1939 a 1942. A Graciela de Garay, por la entrevista que a través de la historia oral nos permite sumergirnos en El oficio del gran negociador, que integra la labor diplomática del embajador Bosques. A Ana María Dolores Huerta Jaramillo, directora de Fomento Editorial de la Benemérita Universidad Autónoma de Puebla, por el libro *Chiautla y Puebla en mi vida*, que contiene relatos, testimonios, apuntes, notas, entrevistas, poesías que denotan el amor que tuvo por las ciudades que forjaron la infancia y juventud de Gilberto Bosques. A Teresa de Sierra por su recopilación de *Testimonios de décadas olvidadas*, que integra conversaciones con Gilberto Bosques sobre la educación en México durante las décadas de los años veinte y treinta, la reforma al artículo tercero y la transformación de la escuela en México, de la que él mismo fue un protagonista.

Mi más sincera gratitud a Felipe Montes por su paciente lectura y sugerencias atinadas para hilvanar las páginas de esta novela.

Agradezco al equipo de Penguin Random House, en especial a mi editora, María Fernanda Álvarez Pérez por confiar en estas letras y llevarlas hasta ustedes.

A mis primeros lectores, Ricardo Máynez, Francisco Porras, Tere Elizondo, Cecilia Lankenau, Hilda Villafuerte, Luz Aurora Fierro, Leoncio Montemayor, José Luis Morro y Jaime Palacios: gracias.

Con especial cariño agradezco el consejo y acompañamiento de Verónica Flores Aguilar, quien, de agente literaria, se convirtió en amiga entrañable.

Aquellas horas que nos robaron de Mónica Castellanos
se terminó de imprimir en el mes de abril de 2022
en los talleres de Diversidad Gráfica S.A. de C.V.
Privada de Av. 11 #1 Col. El Vergel, Iztapalapa,
C.P. 09880, Ciudad de México.